Ni vue ni connue

Mary Higgins Clark

Ni vue
ni connue

ROMAN

Traduit de l'anglais
par Anne Damour

Albin Michel

COLLECTION « *SPÉCIAL SUSPENSE* »

Titre original :

PRETEND YOU DON'T SEE HER

© Mary Higgins Clark, 1997
Publié avec l'accord de Simon & Schuster, New York.

Traduction française :
© Éditions Albin Michel S.A., 1997
22, rue Huyghens, 75014 Paris

ISBN 2-226-09325-7
ISSN : 0290-3326

A mon mari, John Conheeny et nos enfants

Marilyn Clark
Warren et Sharon Meier Clark
David Clark
Carol Higgins Clark
Patricia Clark Derenzo et Jerry Derenzo

John et Debbie Armbruster Conheeny
Barbara Conheeny
Patricia Conheeny
Nancy Conheeny Tarleton et David Tarleton

Avec tout mon amour.

*P*AR la suite, Lacey s'efforça de se réconforter à la pensée qu'en arrivant quelques secondes plus tôt, non seulement elle n'aurait pas pu aider Isabelle, mais serait morte avec elle.

Or les choses s'étaient déroulées autrement. Utilisant la clé dont elle disposait pour faire visiter l'appartement, elle était entrée dans le duplex de la 70ᵉ Rue Est et avait appelé Isabelle au moment précis où cette dernière hurlait : «Non... !» et où retentissait un coup de feu.

Entre fuir ou se cacher, Lacey n'avait pas hésité une seconde, elle avait claqué la porte et s'était réfugiée à la hâte dans la penderie de l'entrée. Avant qu'elle n'ait eu le temps de la refermer complètement, un homme blond et élégamment vêtu avait dévalé l'escalier. Par l'entrebâillement, elle avait aperçu distinctement son visage, qui resta gravé dans sa mémoire. En fait, elle l'avait déjà vu. L'expression était à présent froide et cruelle, mais il n'y avait aucun doute, c'était l'homme à qui elle avait fait visiter ce même appartement quelques heures plus tôt, l'aimable Curtis Caldwell, originaire du Texas.

Depuis son poste d'observation, elle l'avait regardé passer d'un pas rapide devant elle, un pistolet dans la main droite et un dossier recouvert de cuir sous le bras gauche. Il avait ouvert brusquement la porte d'entrée et il était sorti en courant.

Les ascenseurs et l'escalier de secours étaient situés à l'autre extrémité du couloir. Lacey savait que Caldwell allait tout de suite se douter que la personne qui était entrée dans l'appartement s'y trouvait encore. Poussée par un instinct primitif, elle s'était ruée hors de la penderie pour refermer brutalement la porte derrière lui. Il avait pivoté sur lui-même et pendant une seconde atroce leurs regards s'étaient croisés, l'iris glacé de ses yeux rivé sur elle. Il s'était jeté sur le battant mais pas suffisamment vite. Lacey poussait le verrou au moment où il introduisait sa clé dans la serrure.

Pétrifiée d'horreur, elle s'était appuyée contre la porte, tremblant en voyant le bouton tourner, espérant que Caldwell n'avait plus aucun moyen de rentrer.

Elle devait prévenir la police.

Demander du secours.

Isabelle ! avait-elle pensé. C'était elle, certainement, qui avait poussé ce cri tout à l'heure. Etait-elle encore en vie ?

La main sur la rampe de l'escalier, Lacey avait gravi quatre à quatre les marches recouvertes d'un épais tapis et traversé le petit salon ivoire et pêche où elle s'était si souvent tenue avec Isabelle, l'écoutant répéter et répéter obstinément qu'elle ne croyait pas, malgré les apparences, que la mort de sa fille, Heather, avait été un simple accident.

Redoutant ce qu'elle allait découvrir, elle s'était élancée dans la chambre. Isabelle était couchée en travers du lit, recroquevillée, les yeux ouverts, sa main ensanglantée crispée sur une liasse de feuillets qui dépassait de l'oreiller à côté d'elle. L'une des pages voletait dans la pièce, poussée par le courant d'air provenant de la fenêtre ouverte.

10

Lacey était tombée à genoux. « Isabelle », avait-elle murmuré. Il y avait tant de choses qu'elle aurait voulu dire — qu'elle allait appeler une ambulance ; que tout irait bien — mais les mots refusaient de franchir ses lèvres. Il était trop tard, Lacey le voyait bien. Isabelle était en train de mourir.

Plus tard, cette scène revint de plus en plus souvent hanter ses nuits. Toujours le même rêve : elle était agenouillée près d'Isabelle, écoutait ses dernières paroles. Isabelle lui parlait du journal, l'implorait de prendre les pages. Puis une main lui touchait l'épaule, elle levait la tête. L'assassin se tenait devant elle, le regard glacial, pointant le pistolet sur son front, appuyant sur la gâchette.

1

C'ÉTAIT la semaine d'après Labor Day, et à entendre le téléphone sonner sans interruption dans les bureaux de Parker et Parker, Lacey sentit que la période d'inactivité de l'été était enfin terminée. Le marché immobilier de Manhattan avait été anormalement morose le mois précédent ; les affaires allaient reprendre.

« Ce n'est pas trop tôt, dit-elle à Rick Parker qui lui apportait une tasse de café à son bureau. Je n'ai pas fait une seule vente intéressante depuis juin. Tous les clients que j'avais accrochés ont filé dans les Hampton ou à Cape Cod, mais, Dieu soit loué, les voilà qui reviennent en ville. J'ai bien profité de mon mois de congé, moi aussi, à présent, j'ai hâte de me remettre au travail. »

Elle prit son café. « Merci. J'apprécie que l'héritier désigné de la boîte prenne si grand soin de ma personne.

— Tout le plaisir est pour moi. Vous avez l'air en grande forme, Lacey. »

Elle s'efforça d'ignorer l'expression de Rick. Elle avait toujours l'impression qu'il la déshabillait du regard. Joli garçon, trop gâté, doté d'un charme superficiel dont il usait à sa guise, il la mettait incontestablement mal à l'aise. Lacey regrettait franchement que son père ne l'ait pas laissé dans leur agence du West Side au lieu de le faire venir ici. Elle n'avait pas envie de perdre son job, mais tenir Rick à distance commençait à devenir délicat.

Le téléphone sonna et elle s'en empara avec soulagement. Sauvée par le gong, pensa-t-elle. « Lacey Farrell, annonça-t-elle.

— Mademoiselle Farrell, ici Isabelle Waring. Nous nous sommes rencontrées au printemps dernier, lorsque vous avez vendu un appartement dans mon immeuble. »

Une touche, songea Lacey. Instinctivement, elle présuma que Mme Waring mettait son appartement en vente.

Son esprit se mit immédiatement à gamberger. Elle avait vendu deux appartements au mois de mai dans la 70e Rue Est, l'un dans le cadre d'une succession, pour lequel elle n'avait été en contact avec personne hormis le gérant de l'immeuble ; l'autre se trouvait à l'angle de la Cinquième Avenue. Il s'agissait sans doute de ce dernier, celui des Norstrum ; elle se souvenait vaguement d'avoir bavardé avec une femme charmante d'une cinquantaine d'années, rousse, qui lui avait demandé sa carte.

Espérant tomber juste, elle demanda : « Le duplex des Norstrum ? Nous nous sommes rencontrées dans l'ascenseur, n'est-ce pas ? »

Mme Waring parut agréablement surprise. « *Exactement !* Je compte mettre l'appartement de ma fille en vente, et si cela vous convient j'aimerais que vous vous en occupiez.

— Ce sera avec le plus grand plaisir, madame Waring. »

Lacey prit rendez-vous pour le lendemain matin et se tourna vers Rick. « Un coup de chance ! Au 3, 70e Rue Est. Un bel immeuble.

— 3, 70e Rue Est. Quel appartement ? demanda-t-il vivement.

— 10 B. Vous le connaissez ?

— Pour quelle raison le connaîtrais-je ? répliqua-t-il sèchement. N'oubliez pas que mon père, dans son extrême sagesse, a voulu que je travaille dans le West Side pendant cinq ans. »

Lacey eut l'impression que Rick se forçait pour avoir l'air aimable quand il ajouta : « Si j'ai bien compris, une personne a fait votre connaissance, vous lui avez plu, et elle veut tout de go vous confier une exclusivité. Je vous ai déjà raconté ce que mon grand-père disait de ce métier : "C'est une bénédiction si les gens se souviennent de vous."

— Peut-être, encore que je ne sois pas convaincue que ce soit une bénédiction », répliqua Lacey, espérant que sa réponse dubitative mettrait fin à leur conversation. Elle espérait aussi que Rick se résignerait un jour à la considérer comme une employée parmi les autres dans l'empire familial.

Il haussa les épaules et se dirigea vers son propre bureau, qui donnait sur la 62e Rue Est. Les fenêtres de Lacey avaient vue sur Madison Avenue. Elle ne se lassait jamais de contempler l'animation de la rue, les hordes de touristes, les élégantes qui entraient et sortaient des boutiques de mode.

« Certains parmi nous sont de vrais New-Yorkais, expliquait-elle parfois aux épouses de cadres mutés à Manhattan dont elle devinait l'inquiétude. D'autres viennent s'installer contre leur gré, mais découvrent vite qu'en dépit de tous ses problèmes, New York reste la ville la plus excitante du monde. »

Et si on l'interrogeait, elle ajoutait : « J'ai été élevée à Manhattan, et hormis les années que j'ai passées à l'université, j'ai toujours vécu ici. C'est ma ville, l'endroit où je me sens chez moi. »

Son père, Jack Farrell, avait montré le même attachement pour New York. Dès son plus jeune âge, Lacey en avait exploré le moindre recoin avec lui. « Nous nous entendons tous les deux, Lace, lui disait-il. Tu es comme moi, une fleur de bitume. Et dire que ta chère mère meurt d'envie d'émigrer en banlieue. Il faut reconnaître qu'elle se force bon gré mal gré à vivre ici, sachant que je me dessécherais sur pied si je devais partir ailleurs. »

Lacey n'avait pas seulement hérité de l'amour de son père pour cette ville, elle tenait de lui ses couleurs d'Irlandaise — teint clair, yeux bleu-vert, cheveux sombres. Sa sœur, Kit, avait pris le côté anglais de sa mère — un regard bleu de porcelaine et une chevelure blonde comme les blés.

Musicien, Jack Farrell avait passé l'essentiel de sa carrière dans les fosses d'orchestre, jouant occasionnellement dans des clubs ou en concert. Il n'y avait pas un air de comédie musicale que Lacey n'ait chanté avec lui. Son décès soudain, alors qu'elle venait à peine de terminer ses études, avait été un choc qu'elle n'avait toujours pas surmonté. A vrai dire, elle se demandait si elle y parviendrait jamais. Parfois, lorsqu'elle se trouvait dans le quartier des théâtres, elle s'attendait presque à tomber sur lui.

Après les funérailles, sa mère avait annoncé avec un sourire triste : « Comme ton père l'avait prédit, je quitte la ville. » Elle avait acheté un appartement dans le New Jersey. Elle voulait se rapprocher de Kit et de sa famille. Une fois installée, elle avait pris un emploi dans un hôpital de la région.

Ses études terminées, Lacey avait trouvé un petit appartement dans East End Avenue et un travail chez Parker et Parker, l'agence immobilière. Aujourd'hui, huit ans plus tard, elle était l'un de leurs principaux agents.

Tout en fredonnant, elle sortit le dossier du 3, 70ᵉ Rue Est, et commença à l'étudier. J'ai vendu le duplex du premier étage, se rappela-t-elle. Belles pièces, hautes de plafond. La cuisine avait besoin d'un coup de neuf. Maintenant, tâchons de rassembler quelques renseignements concernant l'appartement de Mme Waring.

Chaque fois qu'elle le pouvait, Lacey aimait recueillir des informations sur une nouvelle affaire. Elle avait appris qu'il était extrêmement utile de connaître les gens chargés de l'entretien des différents immeubles dont l'agence s'occupait. Elle avait la chance aujourd'hui d'être en bons termes avec Tim Powers, l'intendant du 3, 70ᵉ Rue Est. Elle l'appela, écouta pendant une bonne vingtaine de minutes le compte rendu de ses vacances, se rappelant en rongeant son frein que Tim était un bavard impénitent, et parvint enfin à orienter la conversation sur l'appartement de Mme Waring.

Selon Tim, Isabelle Waring était la mère de Heather Landi, une jeune chanteuse de comédie musicale qui avait commencé à se faire un nom dans le métier. Heather, fille de Jimmy Landi, célèbre propriétaire de restaurant, avait trouvé la mort au début de l'hiver précédent. Sa voiture était sortie de la route alors qu'elle rentrait d'un week-end de ski dans le Vermont. L'appartement avait appartenu à Heather, et aujourd'hui sa mère avait visiblement décidé de le vendre.

« Mme Waring ne se résout pas à croire que la mort de Heather a été le fait d'un accident », ajouta Tim.

Après avoir enfin raccroché, Lacey resta longtemps songeuse, elle se rappelait avoir vu Heather Landi un an plus tôt dans une comédie musicale off-Broadway. En réalité, c'était surtout d'elle qu'elle se souvenait.

Elle avait tout pour elle — la beauté, la présence en scène, et une voix exquise de soprano. Une perle, aurait dit son père. Pas étonnant que sa mère refuse d'accepter sa disparition.

Lacey frissonna et se leva pour aller régler l'air conditionné.

Le mardi matin, Isabelle Waring parcourut l'appartement de sa fille, l'examinant avec l'œil critique d'un agent immobilier. Elle se félicitait d'avoir conservé la carte de Lacey Farrell. Jimmy, son ex-mari, le père de Heather, l'avait incitée à mettre

18

l'appartement en vente, et elle devait admettre qu'il lui avait laissé tout le temps voulu.

Le jour de sa rencontre avec Lacey Farrell dans l'ascenseur, la jeune femme lui avait plu instantanément. Elle lui rappelait Heather.

Pourtant Lacey ne ressemblait pas à Heather. Celle-ci avait des cheveux courts et bouclés, châtain clair avec des reflets dorés, et des yeux couleur noisette. Elle était petite, à peine un mètre soixante, avec un corps souple et rond. Elle se qualifiait elle-même de poupée de service. Lacey était plus grande, mince, avec des yeux bleu-vert et de longs cheveux bruns et lisses qui lui tombaient sur les épaules, toutefois il y avait quelque chose dans son sourire et dans son attitude qui évoquait indiscutablement le souvenir de Heather.

Isabelle regarda autour d'elle. Tout le monde n'apprécierait peut-être pas les lambris de bois clair et les dalles de marbre rutilantes dont Heather avait orné l'entrée, mais c'étaient des éléments qui pouvaient aisément être remplacés ; en revanche, la cuisine et la salle de bains rénovées depuis peu constituaient de bons arguments de vente.

Après plusieurs courts et douloureux séjours à New York durant ces derniers mois, entièrement consacrés à trier le contenu des cinq énormes penderies et des multiples tiroirs, à rencontrer les amis de Heather, Isabelle savait qu'il lui fallait en finir. Elle devait cesser de chercher des explications, reprendre le cours normal de sa vie.

Il n'en restait pas moins qu'elle ne croyait pas et ne croirait jamais que la mort de Heather était due à un simple accident. Elle connaissait sa fille ; elle n'aurait pas été inconsciente au point de prendre la route depuis Stowe au beau milieu d'une tempête de neige, et de surcroît tard dans la nuit. Mais le médecin légiste avait trouvé l'explication suffisante. Et Jimmy en était tout aussi convaincu, sinon elle savait qu'il aurait mis tout Manhattan en branle pour découvrir la vérité.

Lors du dernier de leurs rares déjeuners ensemble, il avait redit à Isabelle de ne plus penser à tout ça, de reprendre goût à la vie. Pour lui, Heather n'avait sans doute pas pu dormir cette nuit-là, elle s'était inquiétée parce que la météo annonçait une tempête de neige et qu'elle devait impérativement rentrer à temps pour une répétition le lendemain. Il refusait purement et simplement de voir quoi que ce soit de louche ou d'alarmant dans les circonstances de sa mort.

Isabelle, pourtant, n'en démordait pas. Elle lui avait parlé d'une conversation troublante qu'elle avait eue au téléphone avec sa fille peu avant sa mort. « Jimmy, Heather n'était pas dans son état normal quand je lui ai parlé. Quelque chose la tourmentait. Elle paraissait horriblement inquiète. Je l'ai senti dans sa voix. »

Le déjeuner avait pris fin lorsque Jimmy, exaspéré, s'était écrié : « Isabelle, arrête ! Arrête, pour l'amour du ciel ! C'est déjà assez douloureux sans que tu continues ainsi à rabâcher cette histoire, à interroger tous ses amis les uns après les autres. Je t'en prie, laisse notre fille reposer en paix. »

Au souvenir de ces mots, Isabelle secoua la tête. Jimmy Landi avait aimé Heather plus que tout au monde. Et en seconde position venait l'amour du pouvoir, songea-t-elle amèrement — c'était ça qui avait brisé leur couple. Son célèbre restaurant, ses investissements, maintenant son hôtel et son casino d'Atlantic City. *Il ne restait plus de place pour moi. S'il avait pris un associé alors, comme Steve Abbott aujourd'hui, notre mariage aurait peut-être tenu le coup.* Soudain consciente d'avoir parcouru les pièces sans les voir, elle s'immobilisa devant une fenêtre qui donnait sur la Cinquième Avenue.

New York est si beau en septembre, pensa-t-elle, contemplant les joggers qui sillonnaient Central Park, les nurses poussant leurs landaus, les vieux en train de prendre le soleil sur les bancs. *J'y emmenais Heather dans sa poussette par des journées comme celle-ci. Il m'a fallu dix ans et trois fausses couches avant de la mettre au monde, mais elle m'a récompensée de toutes ces peines. C'était un bébé si merveilleux. Les gens s'arrêtaient dans la rue pour la regarder et l'admirer. Et elle le savait, bien entendu. Elle adorait s'asseoir et participer à tout ce qui l'entourait. Elle était tellement intelligente, observatrice, douée. Si confiante...*

Pourquoi avoir tout gâché, Heather ? Pour la centième fois, Isabelle se posa les questions qui l'avaient torturée depuis la mort de sa fille. *Après cet accident survenu quand tu étais petite — tu avais vu une voiture déraper sur la chaussée et aller s'écraser contre un mur —, tu étais restée terrifiée par le verglas. Tu parlais même d'aller vivre en Californie pour éviter les rigueurs de l'hiver. Pourquoi alors partir sur une route de montagne enneigée à deux heures du matin ? Tu n'avais que vingt-quatre ans. Tu étais comblée par la vie. Qu'est-il arrivé cette nuit-là ? Pour quelle raison as-tu pris ta voiture ? Ou qui t'a poussée à la prendre ?*

La sonnerie de l'interphone l'arracha brutalement aux tourments des regrets. C'était le portier qui annonçait l'arrivée de Mlle Farrell pour son rendez-vous de dix heures.

Lacey n'était pas préparée à l'accueil à la fois chaleureux et fébrile d'Isabelle. «Dieu du ciel, je ne me souvenais pas que vous aviez l'air si jeune ! Quel âge avez-vous donc ? Trente ans ? Ma fille aurait eu vingt-cinq ans la semaine prochaine, vous savez. Elle habitait ici. L'appartement était à elle. Terrible aberration, non ? Selon l'ordre naturel des choses, ç'aurait dû être à moi de partir la première et à elle de trier mes affaires.

— J'ai moi-même deux neveux et une nièce, dit Lacey, et je n'imagine pas qu'il puisse leur arriver malheur. Je comprends ce que vous ressentez. »

Isabelle la suivit, tandis qu'elle notait d'un œil exercé les dimensions de chaque pièce. L'étage inférieur comprenait l'entrée, une salle à manger et un salon de belles proportions, une petite bibliothèque, la cuisine et un cabinet de toilette. Au niveau supérieur, que l'on atteignait par un escalier en colimaçon, se trouvait la chambre à coucher avec dressing, petit salon et salle de bains.

«C'était spacieux pour une jeune femme seule, expliqua Isabelle. C'est son père qui le lui avait acheté, voyez-vous. Il voulait tellement qu'elle soit heureuse. Mais il n'en a jamais fait une enfant gâtée. En réalité, en venant s'installer à New York une fois, scs études achevées elle avait l'intention de louer un petit appartement dans le West Side. Jimmy a sauté au plafond. Il tenait à ce qu'elle habite un immeuble avec un portier, il voulait qu'elle soit en sécurité. Aujourd'hui, il me demande de vendre l'appartement et de garder l'argent pour moi. Il dit que Heather l'aurait souhaité. Il dit que je dois cesser de me complaire dans le chagrin, que je dois recommencer à vivre normalement. Mais c'est si difficile d'oublier... Je m'y efforce, pourtant je ne sais si j'y arriverai un jour... » Sa voix s'étrangla.

Lacey posa la question qui lui semblait essentielle : « Etes-vous certaine de vouloir vendre ? »

Désemparée, elle vit l'expression courageuse d'Isabelle Waring se décomposer et ses yeux se remplir de larmes. « J'ai tenté de découvrir ce qui a provoqué la mort de ma fille. Pourquoi elle a quitté son hôtel à la hâte cette nuit-là. Pour quelle raison elle n'a pas attendu le lendemain matin pour repartir avec ses amis, comme prévu. Qu'est-ce qui l'a fait changer d'avis ? Je suis sûre que quelqu'un le sait. J'ai besoin de comprendre. Je sais que quelque chose la tourmentait, même si elle ne voulait pas m'en parler. J'ai cru pouvoir trouver une réponse ici, à New York, soit dans l'appartement, soit auprès de l'un de ses amis. Mais son père me reproche d'importuner tout le monde avec mes histoires, et il a sans doute raison en disant qu'il faut que la vie continue. Donc, pour répondre à votre question, Lacey, oui, je veux vendre. »

Lacey lui prit la main. « Je suis convaincue que Heather vous l'aurait elle-même conseillé », dit-elle doucement.

Ce même soir, Lacey prit sa voiture pour parcourir les quarante kilomètres qui la séparaient de Wyckoff, dans le New Jersey, où vivaient sa mère et sa sœur. Elle ne les avait pas vues depuis les premiers jours d'août, quand elle était partie passer son mois de congé dans les Hampton. Sa sœur Kit et son mari, Jay, avaient une maison d'été à Nantucket, et pressaient toujours Lacey de venir en vacances chez eux.

En franchissant le pont George Washington, Lacey se prépara à subir les reproches qui l'attendaient. « Tu n'as passé que trois jours avec nous, lui rappellerait son beau-frère, qu'est-ce qu'East Hampton a de plus que Nantucket ? »

En premier lieu, tu n'y es pas, pensa Lacey avec un petit sourire. Son beau-frère, Jay Taylor, propriétaire d'une affaire florissante de matériel de restauration, n'était pas son type d'homme, mais Kit était visiblement folle de lui, et à eux deux ils avaient fait de merveilleux enfants ; alors que demander de plus ? Si seulement il n'était pas aussi pompeux ! se dit-elle. Certains de ses discours étaient aussi solennels qu'une bulle papale.

En s'engageant sur la route 4, elle se sentit soudain impatiente de retrouver les autres membres de sa famille : sa mère, Kit et les enfants — Todd, douze ans, Andy, dix, et sa préférée, la petite Bonnie, un timide bout de chou de quatre ans. Songeant à sa nièce, elle s'aperçut que la pensée de la pauvre Isabelle Waring ne l'avait pas quittée de la journée ; il lui semblait encore entendre ses propos.

Le chagrin de cette femme était presque palpable. Elle avait insisté pour que Lacey prenne une tasse de café avec elle et avait continué à parler de sa fille. «Je me suis installée à Cleveland après mon divorce. C'est la ville où j'ai été élevée. Heather avait cinq ans à l'époque. En grandissant, elle a toujours partagé son existence entre son père et moi. Tout se passait bien. Je me suis remariée. Bill Waring était beaucoup plus âgé que moi, mais très gentil. Il est décédé il y a trois ans. J'espérais tellement que Heather trouverait l'homme de sa vie, aurait des enfants, mais elle était décidée à privilégier sa carrière. Pourtant, peu avant sa mort, j'ai eu l'impression qu'elle avait peut-être rencontré quelqu'un. Je peux me tromper, mais il me semblait l'entendre au son de sa voix.» Puis Isabelle avait demandé, avec un intérêt maternel : «Et vous, Lacey, y a-t-il quelqu'un d'important dans votre existence?»

Au souvenir de cette question, Lacey eut un sourire mélancolique. Pas vraiment, pensa-t-elle. Et depuis que j'ai atteint les trente ans fatidiques, je suis tout à fait consciente que mon horloge biologique tourne. Oh, et puis zut! J'adore mon travail, j'adore mon appartement, j'adore ma famille et mes amis. Je m'amuse dans la vie. Je n'ai aucun droit de me plaindre. Ce qui doit arriver arrivera.

Sa mère ouvrit la porte. «Kit est dans la cuisine. Jay est allé chercher les enfants, expliqua-t-elle après l'avoir tendrement embrassée. Et il y a quelqu'un à la maison que j'aimerais te présenter.»

Lacey eut un mouvement de surprise en apercevant un homme qu'elle ne connaissait pas debout près de l'imposante cheminée du salon, un verre à la main. Rougissante, sa mère fit les présentations, expliqua à Lacey qu'Alex Carbine et elle s'étaient connus des années auparavant et qu'ils s'étaient retrouvés récemment, grâce à Jay, qui lui avait vendu du matériel pour son nouveau restaurant de la 46ᵉ Rue Ouest.

Tout en lui serrant la main, Lacey se livra à un rapide examen. La soixantaine, l'âge de maman. Belle allure, l'air solide. Et maman semble dans tous ses états. Qu'y a-t-il là-dessous? Dès qu'elle en eut l'occasion, elle s'éclipsa dans la cuisine hypermoderne où Kit était en train de préparer la salade. «Depuis combien de temps cela dure-t-il?» demanda-t-elle à sa sœur.

Kit, ses cheveux blonds tirés en arrière, une vraie publicité à la Martha Stewart[1], eut un sourire complice. «Environ un mois. Il est très gentil. Jay l'a invité un soir à dîner et maman était là. Alex est veuf. Il a toujours travaillé dans la restauration, mais c'est le premier établissement dont il est propriétaire, je crois. Nous y sommes allés. C'est un endroit agréable.»

Elles sursautèrent toutes deux au bruit d'une portière qui claquait devant la maison. «Courage, dit Kit. Jay et les gosses sont de retour.»

Dès que Todd avait eu cinq ans, Lacey l'avait emmené, lui, comme plus tard les autres enfants de Kit, visiter Manhattan. Elle voulait leur montrer la ville comme son père la lui avait fait connaître. Ils appelaient ces sorties leurs journées Jack Farrell —

---

1. Martha Stewart : le modèle de la maîtresse de maison. (*N. d. T.*)

des journées qui comportaient aussi bien des spectacles à Broadway (elle avait vu *Cats* à cinq reprises) que des visites de musées (le Muséum d'histoire naturelle avec ses squelettes de dinosaures étant naturellement leur favori). Ils avaient exploré Greenwich Village, pris le tram jusqu'à Roosevelt Island, le bateau pour Ellis Island, avaient déjeuné au sommet du World Trade Center, et patiné au Rockefeller Center.

Les garçons accueillirent Lacey avec leur exubérance habituelle. Bonnie, toujours timide, se blottit contre elle. «Tu m'as beaucoup manqué», lui confia-t-elle. Jay la complimenta sur sa bonne mine, ajoutant que les vacances à East Hampton lui avaient visiblement profité.

«C'était supercool», dit Lacey, prenant un malicieux plaisir à le voir faire la grimace. Jay avait une véritable aversion pour les expressions argotiques à la mode.

Au dîner, Todd, qui s'intéressait à ce que faisait sa tante, demanda à Lacey comment se portait l'immobilier à New York.

«Ça reprend, répondit-elle. A propos, on m'a confié une nouvelle affaire très intéressante aujourd'hui.» Elle leur parla d'Isabelle Waring, remarqua qu'Alex Carbine tendait l'oreille. «Est-ce que vous la connaissez? demanda-t-elle.

— Non, dit-il, mais je connais Jimmy Landi, et j'avais rencontré leur fille Heather. Une fille ravissante. Cet accident a été une véritable tragédie. Jay, vous avez été en contact avec Landi. Vous avez certainement connu Heather, vous aussi. Elle venait très souvent au restaurant.»

Lacey vit avec étonnement son beau-frère s'empourprer.

« Non. Je ne l'ai jamais vue, dit-il d'un ton pincé où perçait une note d'irritation. Effectivement, j'ai fait quelques affaires avec Jimmy Landi. Qui désire une autre tranche de gigot ? »

Il était sept heures. Il ne restait plus une seule place au bar et la foule des dîneurs affluait. Jimmy Landi savait qu'il aurait dû descendre pour accueillir les clients mais il n'en éprouvait aucune envie. Il avait passé une journée détestable, dans un état d'abattement profond, à la suite d'un appel d'Isabelle ; il revoyait l'image de Heather coincée dans sa voiture en train de brûler. Une image qui avait continué à l'obséder longtemps après qu'il eut reposé le récepteur.

Les rayons obliques du soleil couchant filtraient à travers les hautes fenêtres de son bureau lambrissé de boiseries, en haut du petit immeuble de pierre brune de la 56e Rue Ouest qui abritait le Venezia, le restaurant que Jimmy avait ouvert trente ans plus tôt.

Il avait repris un local où trois restaurants successifs avaient fait faillite. Jeunes mariés, Isabelle et lui avaient vécu dans ce qui était alors un meublé au premier étage. Aujourd'hui, il était propriétaire de l'immeuble, et le Venezia était devenu l'un des lieux où venait dîner le Tout-Manhattan.

Assis devant son vaste bureau à cylindre, Jimmy réfléchissait aux raisons qui le retenaient de descendre au rez-de-chaussée. Ce n'était pas seulement l'appel téléphonique de son ex-femme. La salle de restaurant était décorée de fresques murales, une idée qu'il avait copiée chez l'un de ses concurrents, la Côte Basque. Ces peintures représentaient Venise, et elles comprenaient toutes des scènes où Heather apparaissait à des âges différents. A deux ans, elle avait prêté sa petite frimousse à l'enfant qui se dessinait à la fenêtre du palais des Doges. Adolescente, elle écoutait un gondolier lui donner la sérénade ; à vingt ans, elle avait servi de modèle pour la jeune femme qui traversait le pont des Soupirs, une partition de musique sous le bras.

Jimmy savait que, pour retrouver la paix de l'esprit, il aurait dû faire effacer ces portraits, mais de même qu'Isabelle restait accrochée à l'idée que quelqu'un était responsable de la mort de Heather, il ressentait pour sa part le besoin constant de la présence de sa fille, de son regard fixé sur lui quand il traversait la salle du restaurant, le besoin de la sentir près de lui, là, jour après jour.

Il avait soixante-sept ans, le teint coloré, des cheveux encore naturellement bruns et un regard songeur, sous des sourcils en broussaille, qui lui donnait un air blasé. De taille moyenne, son corps robuste et musclé dégageait une force animale. Il savait que ses costumes coupés sur mesure faisaient ricaner ses détracteurs et qu'en dépit de ses efforts, il aurait toujours l'apparence d'un homme de la rue. Un sourire lui vint aux lèvres au souvenir de l'expression indignée de Heather la première fois qu'elle avait entendu cette remarque.

Il lui avait dit de ne pas s'en faire. Qu'il pouvait

acheter tous ces types par douzaines, et que c'était la seule chose qui comptait.

Il secoua la tête. Aujourd'hui plus que jamais, il savait que ce n'était pas la seule chose qui comptait, mais elle lui donnait une raison de se lever le matin. Il avait surmonté l'épreuve de ces derniers mois en se concentrant sur le projet de casino et d'hôtel qu'il construisait à Atlantic City. « Donald Trump, dégage ! s'était exclamée Heather le jour où il lui avait montré la maquette. On pourrait l'appeler le Heathers Place et je m'y produirais en exclusivité, qu'est-ce que tu en penses, Baba ? »

Elle avait adopté ce diminutif affectueux à l'âge de dix ans, lors d'un voyage en Italie. Depuis, elle ne l'avait plus jamais appelé papa.

Jimmy se rappela sa réponse : « Je te donnerais immédiatement la tête d'affiche, si ça ne tenait qu'à moi — tu le sais. Mais il faut voir ce qu'en pense Steve. Il a mis un paquet d'argent dans Atlantic City lui aussi, et je lui abandonne une grande partie des décisions. Mais parlons sérieusement, si tu laissais tomber ta carrière pour te marier et me donner des petits-enfants ? »

Heather avait ri. « Oh, Baba, laisse-moi encore deux ans. Je m'amuse tellement ! »

Il soupira, croyant encore entendre son rire. Il n'y aurait pas de petits-enfants, jamais — pas de petite fille avec des cheveux dorés et des yeux couleur noisette, ni de petit garçon qui grandirait et prendrait un jour sa place.

Un coup à la porte ramena brusquement Jimmy sur terre.

« Entrez, Steve », dit-il.

Heureusement que j'ai Steve Abbott, pensa-t-il. Vingt-cinq ans plus tôt, le bel étudiant blond avait quitté Cornell pour venir frapper à la porte du restaurant avant même qu'il ne soit ouvert. « Je veux travailler pour vous, monsieur Landi, avait-il annoncé. J'apprendrai davantage avec vous que dans n'importe quelle université. »

Jimmy l'avait accueilli avec un mélange d'amusement et d'irritation. Il avait mentalement jaugé le jeune homme. Impertinent, le genre qui sait tout. « Vous voulez travailler pour moi ? » avait-il demandé, puis, indiquant la cuisine : « Eh bien, voilà où j'ai débuté. »

Il n'avait pas regretté sa décision. Steve avait peut-être l'allure d'un blanc-bec bon chic bon genre, mais c'était en réalité un jeune Irlandais dont la mère avait pris un emploi de serveuse pour payer les études de son gosse, et il avait prouvé qu'il possédait la même énergie. Sur le moment, se rappelat-il, je l'ai jugé stupide d'abandonner ses études, mais j'avais tort. Il était fait pour ce métier.

Steve Abbott poussa la porte et alluma la lampe la plus proche en pénétrant dans la pièce. « Pourquoi rester dans l'obscurité ? Vous faites tourner les tables, Jimmy ? »

Landi leva vers lui un sourire las, notant la compassion qui emplissait le regard de son cadet. « J'avais l'esprit ailleurs.

— Le maire vient d'arriver accompagné de quatre personnes. »

Jimmy repoussa son siège et se leva. « On ne m'a pas prévenu qu'il avait réservé.

— Il ne l'a pas fait. Son Honneur n'a pu résister

31

à nos hot dogs, je présume… » Abbott traversa la pièce en quelques longues enjambées et posa sa main sur l'épaule de Landi. « Dure journée, hein ?

— Ouais, soupira Jimmy. Isabelle m'a téléphoné ce matin pour m'annoncer que l'agent immobilier était venu visiter l'appartement de Heather et pensait qu'il se vendrait rapidement. Et comme d'habitude, chaque fois qu'elle m'a au téléphone, il faut qu'elle ressasse la même chose ; elle n'arrive pas à croire que Heather ait pu prendre la route par un temps aussi pourri. Pour elle, sa mort n'a pas été accidentelle. Elle n'en démord pas. Ça me rend fou. »

Le regard vague, il fixait un point derrière Abbott. « A l'époque où j'ai connu Isabelle, elle était ravissante, croyez-moi. Une reine de beauté de Cleveland. Fiancée, sur le point de se marier. Je lui ai ôté du doigt la bague que ce type y avait passée et l'ai jetée par la fenêtre de la voiture. » Il eut un petit rire. « J'ai dû faire un emprunt pour rembourser le fiancé, mais j'ai gagné. C'est moi qu'Isabelle a épousé. »

Abbott connaissait l'histoire et savait pourquoi Jimmy l'évoquait. « Votre mariage n'a peut-être pas duré, mais vous avez eu Heather en compensation.

— Pardonnez-moi, Steve. Parfois je me sens très vieux, je radote. Vous avez déjà entendu tout ça. Isabelle n'a jamais aimé New York, ni ce genre de vie. Elle n'aurait jamais dû quitter Cleveland.

— Mais elle l'a fait, et vous l'avez rencontrée. Venez, Jimmy, le maire vous attend. »

2

URANT les jours qui suivirent, Lacey montra l'appartement à huit acquéreurs potentiels. Deux d'entre eux étaient visiblement venus pour se distraire, des curieux décidés à faire perdre leur temps aux agents immobiliers.

« Par ailleurs, on ne sait jamais, avait-elle dit à Rick Parker un soir où il s'était arrêté dans son bureau alors qu'elle s'apprêtait à rentrer chez elle. Vous traînez quelqu'un dans tout New York pendant un an, vous donneriez n'importe quoi pour en être définitivement débarrassé, et qu'arrive-t-il ? Au moment où vous êtes près d'abandonner, il signe un chèque pour un appartement d'un million de dollars.

— Vous êtes plus patiente que moi », lui avait répondu Rick. Ses traits, modelés à l'image de ses ancêtres aristocratiques, exprimaient un dédain hautain. « Je ne supporte pas qu'on me fasse perdre mon temps. RJP voudrait savoir si vous avez eu des touches sérieuses pour l'appartement Waring. » RJP était l'abréviation utilisée par Rick lorsqu'il parlait de son père.

«Pas vraiment. Mais c'est une nouvelle affaire, et demain est un autre jour.»

Il rit. «Merci, Scarlett. Je vais lui passer le message. A plus tard.»

Lacey lui adressa une grimace dans son dos. Rick s'était montré d'une humeur de chien aujourd'hui. Qu'est-ce qui le tracasse? se demanda-t-elle. Et pourquoi, alors qu'il est en train de négocier la vente du Plaza, son père s'intéresse-t-il à l'appartement Waring? Qu'il me fiche la paix.

Elle ferma à clé le tiroir de son bureau et se massa le front, cherchant à dissiper la migraine qu'elle sentait venir. Elle avait soudain l'impression d'être exténuée. Elle avait vécu dans un tourbillon depuis son retour de vacances — il lui avait fallu reprendre contact avec d'anciens clients, accrocher de nouvelles affaires, revoir ses amis, recevoir les enfants de Kit pendant un week-end... sans compter les heures entières qu'elle avait consacrées à Isabelle Waring.

Isabelle avait pris l'habitude de lui téléphoner tous les jours, la pressant fréquemment de venir la retrouver à l'appartement. «Lacey, nous pourrions déjeuner ensemble. Il faut bien que vous mangiez, n'est-ce pas?»disait-elle. Ou bien : «Lacey, en rentrant chez vous, passez prendre un verre avec moi, d'accord? Connaissez-vous le nom que les immigrants de la Nouvelle-Angleterre donnaient au crépuscule? Ils l'appelaient la "lumière brune". C'est le moment mélancolique de la journée.»

Lacey regarda par la fenêtre. De longues ombres s'inclinaient en travers de Madison Avenue, preuve indiscutable que les jours raccourcissaient. C'est effectivement un moment mélancolique, pensa-t-elle. Et Isabelle est si triste. Elle se force à tout trier dans l'appartement, à donner les vêtements et les effets personnels de sa fille. Et ce n'est pas une mince affaire. A première vue, Heather était du genre qui aimait accumuler.

Ce n'est pas grand-chose de passer un peu de temps avec elle et de l'écouter, se dit Lacey. Cela ne m'ennuie pas vraiment. Et j'ai beaucoup d'affection pour Isabelle. Elle est presque devenue une amie. Mais je dois avouer que partager son chagrin me rappelle celui que j'ai ressenti à la mort de papa.

Elle se leva. *Je vais rentrer chez moi et m'écrouler. J'en ai besoin.*

Deux heures plus tard, à neuf heures, vivifiée par vingt minutes de bain à remous, Lacey se préparait un BLT. Bacon, laitue, tomate, le sandwich préféré de son père. A l'entendre, le meilleur des repas sur le pouce pour tout New-Yorkais qui se respectait.

Le téléphone sonna. Elle laissa le répondeur se mettre en marche, puis entendit la voix familière d'Isabelle Waring. Je ne vais pas répondre, décida Lacey. Je n'ai pas envie de passer vingt minutes à lui parler.

La voix hésitante d'Isabelle Waring s'éleva, basse et tendue. «Lacey, je suppose que vous n'êtes pas chez vous. J'ai besoin de me confier à quelqu'un. J'ai trouvé le journal de Heather dans la grande penderie-débarras. Quelque chose dans ce qu'elle a écrit prouverait que je ne suis pas folle de croire que sa mort n'a pas été un accident. Je vais peut-être pouvoir démontrer que quelqu'un voulait l'éliminer. Je n'en dis pas plus. Je vous parlerai demain.»

Après avoir écouté le message, Lacey secoua la

35

tête, débrancha le répondeur et coupa la sonnerie du téléphone. Elle ne voulait même pas savoir si quelqu'un d'autre cherchait à la joindre. Elle voulait avoir la paix jusqu'au lendemain.

Passer une soirée tranquille — un sandwich, un verre de vin, un bon livre. Elle l'avait bien mérité.

Dès son arrivée à l'agence le lendemain, Lacey paya cher d'avoir refusé de répondre au téléphone la veille. Sa mère appela, suivie de Kit un instant plus tard ; toutes les deux voulaient savoir ce qui lui était arrivé, elles s'étaient inquiétées de n'avoir pu la joindre le soir précédent. Tandis qu'elle s'efforçait de rassurer sa sœur, Rick apparut à la porte de son bureau, l'air bougon. « Isabelle Waring désire vous parler. On me l'a passée sur mon poste.

— Kit, je dois te quitter, j'ai du travail. » Lacey raccrocha et se rendit précipitamment dans le bureau de Rick. « Isabelle, excusez-moi, je n'ai pas pu vous rappeler hier soir, commença-t-elle.

— C'est sans importance. Je n'aurais rien pu vous dire au téléphone, de toute façon. Comptez-vous faire visiter l'appartement aujourd'hui ?

— Je n'ai aucun client en vue jusqu'à présent. »

Elle avait à peine fini sa phrase que Rick lui glissa une note sur son bureau. « Curtis Caldwell, un des avocats du cabinet Keller, Roland et Smythe. Muté le mois prochain du Texas à New York. Cherche un appartement de célibataire entre la 65e et la 72e Rue, Cinquième Avenue. Peut visiter aujourd'hui. »

Lacey forma à l'adresse de Rick un merci muet et dit à Isabelle : « Je vais peut-être vous amener quelqu'un. Touchez du bois. J'ignore pourquoi, mais j'ai le pressentiment que nous tenons peut-être notre acquéreur. »

« Un certain M. Caldwell vous attend, mademoiselle Farrell », dit Patrick, le portier, à Lacey, au moment où elle descendait de son taxi.

A travers la porte de verre dépoli, elle aperçut la mince silhouette d'un homme d'une quarantaine d'années qui pianotait sur la table du hall d'entrée. Dieu merci, j'ai dix minutes d'avance, pensa-t-elle.

Patrick lui ouvrit la porte de l'immeuble. « Je dois vous informer d'un petit problème, dit-il avec un soupir. La clim est tombée en panne. Ils sont en train de la réparer, mais il fait une chaleur à crever à l'intérieur. Croyez-moi, je prends ma retraite au 1er janvier prochain, et ce ne sera pas trop tôt. Quarante ans de boulot, ça suffit. »

Voilà qui tombe bien ! se dit Lacey. Pas d'air conditionné par un jour de canicule. Je comprends pourquoi ce type s'impatiente. Ça n'augure rien de bon pour la vente.

Pendant quelques secondes, le temps de traverser le hall et d'arriver jusqu'à Caldwell, son impression à la vue de l'homme au teint hâlé, avec ses cheveux blond cendré et ses yeux bleu très clair, la laissa hésitante. Elle se raidit malgré elle, s'attendant à une remarque lui signifiant qu'il n'aimait pas attendre.

Mais quand elle se présenta, un sourire éclaira le visage de Curtis Caldwell. Il alla jusqu'à plaisanter. « Dites-moi la vérité, mademoiselle Farrell, dit-il, la climatisation fait-elle souvent des caprices dans cet immeuble ? »

Lorsque Lacey avait téléphoné à Isabelle Waring pour lui confirmer l'heure du rendez-vous, son interlocutrice lui avait dit d'un ton absent qu'elle serait dans la bibliothèque, et qu'elle entre avec sa clé.

En sortant de l'ascenseur en compagnie de Caldwell, Lacey avait donc sa clé à la main. Elle ouvrit la porte, lança un « C'est moi, Isabelle », et pénétra dans la bibliothèque, Caldwell sur les talons.

Isabelle était assise à son bureau dans la petite pièce, le dos tourné à la porte. Un classeur recouvert de cuir était posé à côté d'elle, ouvert ; plusieurs pages étaient étalées sur le meuble. Isabelle ne leva pas la tête ni ne se retourna pour répondre au bonjour de Lacey. D'une voix étouffée, elle dit seulement : « Je vous en prie, faites comme si je n'étais pas là. »

Tout en faisant visiter les lieux, Lacey expliqua brièvement que l'appartement était mis en vente parce qu'il avait appartenu à la fille d'Isabelle Waring, qui était morte l'hiver précédent dans un accident.

L'histoire ne parut pas intéresser Caldwell outre mesure. L'endroit lui plaisait visiblement, et il ne montra aucune réticence devant le prix de six cent mille dollars. Après avoir examiné en détail l'étage supérieur, il regarda par la fenêtre du petit salon et se tourna vers Lacey. « Vous dites qu'il sera disponible dès le mois prochain ?

— Absolument», répondit Laccy. Ça y est, pensa-t-elle, il va faire une offre.

«Je n'ai pas l'intention de marchander, mademoiselle Farrell. Je suis prêt à payer le prix demandé, à condition d'être assuré de pouvoir emménager le premier du mois prochain.

— Allons en parler à Mme Waring», dit Lacey, s'efforçant de dissimuler son étonnement devant pareille offre. Mais comme elle l'avait expliqué à Rick la veille, les choses arrivent quand on ne s'y attend plus.

Isabelle Waring ne répondit pas lorsqu'elle frappa à la porte de la bibliothèque. Lacey se tourna vers son client. «Monsieur Caldwell, si vous voulez bien m'attendre quelques instants dans le séjour, je vais m'entretenir un court instant avec Mme Waring.

— Naturellement. »

Lacey ouvrit la porte et jeta un coup d'œil à l'intérieur. Isabelle Waring était toujours assise à son bureau, mais elle courbait la tête à présent, son front touchant presque les pages posées devant elle. Ses épaules étaient secouées de tremblements. «Partez, murmura-t-elle. Je ne peux pas m'occuper de cela pour le moment.

— Isabelle, fit doucement Lacey. C'est très important. Nous avons une offre pour l'appartement, mais il y a une condition que je dois discuter avec vous au préalable.

— N'en parlons plus ! Je ne veux plus vendre. J'ai besoin de rester plus longtemps ici. » La voix d'Isabelle prit un ton plus aigu, plaintif. «Je suis désolée,

Lacey, mais je ne veux pas en parler maintenant. Revenez plus tard. »

Lacey regarda sa montre. Il était presque quatre heures. «Je reviendrai à sept heures», dit-elle, voulant éviter une scène. Visiblement, la pauvre femme était à deux doigts d'éclater en sanglots.

Elle referma la porte et se retourna. Curtis Caldwell se tenait dans le couloir entre la bibliothèque et le séjour.

«Elle ne veut pas vendre l'appartement?» Son ton trahissait la stupéfaction. «J'avais cru comprendre que…»

Lacey lui coupa la parole. «Descendons, voulez-vous?» dit-elle à voix basse.

Ils s'assirent dans le hall d'entrée de l'immeuble pendant quelques minutes. «Je suis convaincue que tout va s'arranger, le rassura-t-elle. Je reviendrai ce soir et lui parlerai. Elle a subi une dure épreuve, mais elle va se ressaisir. Donnez-moi un numéro où je puisse vous joindre plus tard dans la journée.

— Je suis descendu au Waldorf Towers, dans la suite réservée pour le cabinet Keller, Roland et Smythe. »

Ils se levèrent, prêts à partir. «Ne vous inquiétez pas. Tout va s'arranger, promit Lacey. Vous verrez. »

Le sourire qu'il lui adressa était aimable, confiant. «Je n'en doute pas. Je laisse toute l'opération entre vos mains, mademoiselle Farrell. »

Il quitta l'immeuble et se rendit à pied de la 70ᵉ Rue jusqu'à l'hôtel Essex, dans Central Park South. Là, il se dirigea droit vers une cabine téléphonique. «Elle a trouvé le journal. Il est dans le classeur à couverture de cuir, comme vous l'aviez dit. Elle paraît avoir changé d'avis concernant la vente de l'appartement, mais la femme de l'agence y retourne ce soir pour lui faire entendre raison.»

Il écouta.

«Je m'en occupe», dit-il, et il raccrocha. Puis Sandy Savarano, l'homme qui se faisait appeler Curtis Caldwell, entra dans le bar et commanda un scotch.

3

AVEC un peu d'appréhension, Lacey téléphona à Isabelle Waring à six heures du soir. Soulagée, elle constata qu'Isabelle avait retrouvé son calme.

« Venez maintenant, Lacey, dit-elle. Nous parlerons de tout cela, mais même si je dois rater une vente, je ne peux pas quitter tout de suite l'appartement. Il y a quelque chose d'extrêmement troublant dans le journal de Heather, qui peut se révéler très significatif.

— Je serai là à sept heures, dit Lacey.

— Je vous en prie, ne me faites pas faux bond. Je veux vous montrer ce que j'ai découvert. Vous comprendrez ce que je veux dire. Entrez avec votre clé. Je vous attendrai en haut dans le petit salon. »

Rick, qui passait devant le bureau de Lacey, remarqua son trouble, entra et s'assit. « Un problème ?

— De taille. » Elle lui fit part du comportement étrange d'Isabelle Waring, et du risque de voir la vente leur échapper.

«Pouvez-vous l'empêcher de changer d'avis?» demanda-t-il vivement.

Lacey vit son visage s'assombrir, reflétant une inquiétude dont elle aurait parié que ni elle ni Isabelle Waring n'étaient l'objet. Parker et Parker perdrait une commission substantielle si l'offre de Caldwell était refusée. C'était ça qui l'ennuyait.

Elle se leva, s'apprêtant à prendre sa veste. L'après-midi avait été doux, mais la météo prévoyait une chute brusque de température dans la soirée. «Nous verrons bien, dit-elle.

— Vous partez déjà? Je croyais que vous aviez rendez-vous avec elle à sept heures.

— Je vais m'y rendre à pied. Et je prendrai un café en chemin. Le temps de rassembler mes arguments. A bientôt, Rick.»

Elle était en avance de vingt minutes mais décida de monter quand même. Patrick le portier était occupé par une livraison. Il sourit en la voyant, lui fit un signe en direction de l'ascenseur.

C'est au moment où elle ouvrit la porte et appela Isabelle qu'elle entendit le cri et le coup de feu. Pendant une fraction de seconde, elle s'immobilisa, puis son instinct de conservation lui fit claquer la porte et se réfugier dans la penderie avant que Caldwell ne dévale l'escalier et ne se précipite dans le couloir, un pistolet dans une main, un classeur recouvert de cuir sous le bras.

Par la suite, elle se demanda si elle avait entendu ou cru entendre dans un coin de son cerveau la voix de son père qui lui disait : «Ferme la porte, Lacey! Empêche-le de rentrer à nouveau.» Etait-ce lui qui avait donné à sa fille

43

la force de s'arc-bouter contre la porte pendant que Cald-well tentait de la repousser, puis de mettre le verrou ?

Elle s'appuya contre le battant, entendit le bruit de sa clé dans la serrure, revoyant l'expression meurtrière de son regard bleu pâle durant l'instant où ils s'étaient dévisa-gés.

Isabelle !

Prévenir la police... demander du secours !

Gravissant d'un pas trébuchant l'escalier en colimaçon, Lacey traversa le petit salon aux tons ivoire et pêche, péné-tra dans la chambre où Isabelle était étendue en travers du lit. Le sang se répandait sur le sol.

Isabelle bougeait encore, essayant de retirer une liasse de papiers de dessous un oreiller. Eux aussi étaient tachés de sang.

Lacey voulut lui dire qu'elle allait chercher du secours... que tout irait bien, mais Isabelle fit un effort pour parler. « Lacey... donnez... le journal... Heather... à son père. » Elle manqua s'étouffer, chercha sa respiration. « Seule-ment... à lui... jurez... uniquement... à lui. Lisez-le... Montrez-lui... où... » Sa voix faiblit. Elle prit une longue inspiration saccadée, comme si elle essayait de repousser la mort. Son regard devint flou. Lacey s'agenouilla à côté d'elle. Rassemblant ses dernières forces, Isabelle pressa sa main « Jurez... je vous en prie... Dites-lui... man... ! »

— Je vous le jure, Isabelle, je vous le jure », dit Lacey, la voix brisée par un sanglot.

Soudain, la pression sur sa main se relâcha. Elle com-prit qu'Isabelle était morte.

« Ça va, Lacey ?

— Oui, je crois. » Elle se trouvait dans la bibliothèque, assise dans un fauteuil club face au bureau où Isabelle se tenait seulement quelques heures plus tôt, penchée sur le contenu du classeur.

Curtis Caldwell l'avait emporté. En m'entendant, il s'en est probablement emparé sans se rendre compte qu'Isabelle en avait retiré certaines feuilles. Bien qu'elle ne l'ait pas vu de près, il paraissait lourd et encombrant.

Les pages qu'elle avait ramassées dans la chambre se trouvaient désormais dans sa serviette. Isabelle lui avait fait jurer de les remettre au père de Heather, et à lui seul. Elle voulait qu'elle lui signale quelque chose de particulier dans ce journal. Mais quoi ? Et ne devrait-elle pas en parler à la police ?

« Lacey, prenez un peu de café. Vous en avez besoin. »

Accroupi à côté d'elle, Rick lui tendait une tasse fumante. Il venait d'expliquer aux inspecteurs de police qu'il n'avait eu aucune raison de mettre en doute l'appel téléphonique d'un homme qui se disait avocat chez Keller, Roland et Smythe et quittait le Texas pour venir s'installer à New York. « Nous traitons de nombreuses affaires avec ce cabinet, avait-il dit. Je n'ai pas jugé utile de les appeler pour confirmation. »

« Et vous êtes certaine que c'est ce même Caldwell que vous avez vu sortir d'ici en courant, mademoiselle Farrell ? »

Le plus âgé des deux inspecteurs avait la cinquantaine, une silhouette trapue. Mais alerte, pensa Lacey, laissant son esprit vagabonder. Il ressemble à cet acteur qui était un ami de papa, celui qui jouait le père dans la reprise de *My Fair Lady*. Il chantait

45

« Get Me to the Church on Time ». Comment s'appelait-il déjà ?

« Mademoiselle Farrell ? » La voix du policier trahissait un soupçon d'impatience.

Lacey revint à la réalité. L'inspecteur Ed Sloane — c'était son nom, se rappela-t-elle. Mais elle ne pouvait toujours pas se souvenir de celui de l'acteur. Que lui avait-il demandé ? Ah oui. Curtis Caldwell était-il l'homme qu'elle avait vu descendre l'escalier en courant depuis la chambre d'Isabelle ?

« Je suis absolument sûre que c'était lui, dit-elle. Il portait un pistolet et un classeur recouvert de cuir. »

Elle se serait giflée ! Elle avait mentionné le journal malgré elle. Elle devait réfléchir à toute cette histoire avant d'en parler.

« Un classeur de cuir ? » Le ton de l'inspecteur était devenu cassant. « Quel classeur ? C'est la première fois que vous y faites allusion. »

Lacey poussa un soupir. « Je ne sais vraiment pas. Il était ouvert sur le bureau d'Isabelle cet après-midi. Un genre de classeur fermé par un zip. Isabelle lisait le document qui se trouvait à l'intérieur lorsque nous sommes entrés dans l'appartement. » Elle aurait dû leur parler des pages qui n'étaient plus dans le classeur quand Caldwell s'en était saisi. Pourquoi se taisait-elle ? Parce qu'elle avait juré à Isabelle de les remettre au père de Heather. Isabelle avait lutté pour rester en vie jusqu'à ce qu'elle ait la promesse de Lacey. Elle ne pouvait pas renier sa parole…

Soudain, un tremblement saisit ses jambes. Elle

s'efforça de le calmer, pressant ses mains sur ses genoux, mais il reprit de plus belle.

«Je crois que nous devrions appeler un médecin, mademoiselle Farrell, dit Sloane.

— Je veux seulement rentrer chez moi, murmura Lacey. Je vous en prie, laissez-moi rentrer. »

Elle vit que Rick parlait à voix basse à l'inspecteur, il lui disait quelque chose qu'elle ne pouvait pas entendre, qu'elle ne voulait pas entendre. Elle frotta ses mains l'une contre l'autre. Ses doigts étaient poisseux. Elle les regarda, étouffa un cri. Elle ne s'était pas rendu compte qu'elle avait les mains couvertes du sang d'Isabelle.

«M. Parker va vous ramener chez vous, disait l'inspecteur. Nous vous reverrons demain. Quand vous serez reposée. » Lacey eut l'impression qu'il parlait d'une voix très forte. Etait-elle vraiment si forte ? Non. C'était seulement qu'elle entendait le cri d'Isabelle : *Non...* !

Le corps d'Isabelle était-il encore sur le lit, recroquevillé à la même place ?

Lacey sentit qu'on la prenait sous les bras, qu'on l'aidait à se lever. «Venez, Lacey», disait Rick.

Docilement elle se leva, se laissant guider vers la porte, puis en bas jusqu'à l'entrée. Curtis Caldwell était resté dans l'entrée, cet après-midi. Il avait entendu Isabelle dire qu'elle ne voulait plus vendre l'appartement.

«Il n'a pas attendu dans la pièce de séjour, dit-elle.

— Qui ça ? » demanda Rick.

Lacey ne répondit pas. Brusquement, elle se sou-

47

vint de sa serviette. La serviette où elle avait fourré les pages du journal.

Elle se rappela le contact des feuilles dans sa main, froissées, visqueuses. Voilà d'où venait le sang qui maculait ses mains. L'inspecteur Sloane lui avait demandé si elle avait touché Isabelle.

Elle lui avait répondu qu'elle avait tenu la main d'Isabelle pendant qu'elle mourait.

Il avait sans doute remarqué les taches de sang sur ses doigts. Et il y en avait probablement sur sa serviette. Lacey eut un moment de totale lucidité. Si elle demandait à Rick d'aller la lui chercher dans la penderie, il s'apercevrait qu'il y avait aussi du sang sur la poignée. Elle devait la prendre elle-même. Et s'arranger pour l'essuyer à son insu.

Les flashes crépitaient. Une foule de gens s'activaient sur les lieux. Ils prenaient des photos. Relevaient les empreintes digitales, répandaient de la poudre sur les tables. Isabelle n'aurait pas apprécié, songea Lacey. Elle qui était si ordonnée !

Elle s'arrêta au pied de l'escalier et leva la tête vers l'étage supérieur. Isabelle était-elle encore étendue là-haut ? Avait-on recouvert son corps ?

Le bras de Rick l'entourait fermement. « Venez, Lacey », dit-il en la poussant vers la porte.

Ils passaient devant la penderie où elle avait rangé sa serviette.

Il ne faut pas qu'il m'aide à la prendre, se rappela Lacey. Se dégageant, elle ouvrit la porte et saisit la serviette de sa main gauche.

« Donnez-la-moi, dit Rick, je vais la porter. »

Délibérément elle s'affaissa contre lui, se retenant

à son bras, le forçant à la soutenir, serrant la poignée dans sa main.

«Lacey, je vais vous raccompagner chez vous», promit Rick.

Elle eut l'impression que tout le monde l'observait, remarquait la poignée ensanglantée. Un voleur éprouvait-il ce genre de sensation? *Reviens sur tes pas. Donne-leur le journal. Tu n'as pas le droit de l'emporter,* insistait une voix intérieure.

C'était le sang d'Isabelle qui maculait ces pages. *Je n'ai pas davantage le droit de le donner,* pensa-t-elle avec désespoir.

Quand ils atteignirent le hall de l'immeuble, un jeune policier s'avança vers eux. «Je vais vous conduire en voiture, mademoiselle Farrell. L'inspecteur Sloane veut vous savoir en sécurité chez vous.»

L'appartement de Lacey était situé dans East End Avenue, à la hauteur de la 79e Rue. Lorsqu'ils arrivèrent, Rick voulut monter avec elle, mais elle refusa. «Je vais me mettre au lit illico», dit-elle, et elle continua obstinément à secouer la tête en l'entendant protester qu'il n'était pas bon pour elle de rester seule.

Il finit par se résigner. «Je vous appellerai tôt dans la matinée», promit-il.

Elle habitait au septième étage, et se trouva seule dans l'ascenseur pendant la montée, qui lui parut interminable. Le couloir lui rappela celui qui menait à l'appartement d'Isabelle, et elle regarda

49

craintivement autour d'elle en le parcourant d'un pas pressé.

Une fois chez elle, son premier geste fut de glisser la serviette sous le canapé. Les fenêtres du living-room donnaient sur l'East River. Lacey s'attarda longuement devant l'une d'elles, contemplant les lumières qui scintillaient à la surface de l'eau. Puis, malgré les frissons qui la traversaient, elle ouvrit la fenêtre et aspira avidement l'air frais de la nuit. Le sentiment d'irréalité qui l'avait submergée depuis ces dernières heures commençait à se dissiper, remplacé par une sensation d'épuisement comme elle n'en avait jamais connu de toute sa vie. Se retournant, elle regarda la pendule. Dix heures et demie. A peine plus de vingt-quatre heures auparavant, elle avait refusé de décrocher son téléphone quand Isabelle l'avait appelée. Dorénavant, Isabelle ne l'appellerait plus jamais...

Lacey se figea. La porte ! L'avait-elle fermée à double tour ? Elle courut s'en assurer.

Oui, elle y avait pensé, mais en plus elle ferma le verrou et coinça une chaise sous la poignée. Elle s'était remise à trembler. J'ai peur, se dit-elle, et j'ai les mains horriblement collantes — maculées du sang d'Isabelle Waring.

Sa salle de bains était vaste pour un appartement new-yorkais. Deux ans auparavant, en plus de quelques travaux de rénovation, elle avait fait installer un confortable jacuzzi. Ce soir en particulier elle ne regrettait pas la dépense, se dit-elle, tandis que la vapeur embuait peu à peu le miroir.

Elle se déshabilla, laissant tomber ses vêtements sur le sol, se plongea dans la chaleur de l'eau avec un soupir de soulagement, et frotta ses mains sous le robinet. Ensuite seulement, elle appuya sur la commande qui actionnait le bain à remous.

Ce n'est que plus tard, emmitouflée dans son peignoir en éponge, que Lacey laissa son esprit revenir aux pages tachées de sang qui se trouvaient dans sa serviette.

Pas maintenant, pas maintenant.

Encore incapable de secouer l'effroi glacé qui l'habitait depuis le début de la soirée, elle se souvint qu'il y avait une bouteille de scotch dans le placard à liqueurs. Elle la sortit, remplit le fond d'une tasse, compléta avec de l'eau et passa le tout au four à micro-ondes. Son père affirmait qu'il n'existait rien de tel qu'un bon grog pour vous remettre sur pied. Toutefois sa version était plus sophistiquée, avec clous de girofle, sucre et bâton de cannelle.

Même sans aromates, l'alcool fit son effet. Très vite, Lacey sentit le calme la gagner et elle s'endormit dès la lumière éteinte.

Presque aussitôt, elle se réveilla au son d'un hurlement. *Elle ouvrait la porte de l'appartement d'Isabelle Waring; se penchait sur le corps de la morte; Curtis Caldwell pointait un pistolet vers sa tête.* L'image était précise et brutale.

Il lui fallut un moment pour se rendre compte que le bruit perçant qu'elle entendait était la sonnerie du téléphone. Encore tremblante, elle décrocha. C'était Jay, son beau-frère. «Nous venons de rentrer d'un dîner en ville et avons appris aux infos qu'Isabelle Waring avait été assassinée, dit-il. On dit qu'il y avait un témoin, une jeune femme qui pour-

51

rait identifier le meurtrier. Lacey, j'espère que ce n'était pas toi. »

L'inquiétude dans la voix de Jay était réconfortante. « Si, c'était moi », lui répondit-elle.

Suivit un long silence. Puis il dit doucement : « Ce n'est jamais bon d'être témoin.

— Figure-toi que je ne l'ai pas fait exprès !

— Kit voudrait te parler.

— Je ne peux pas parler maintenant », dit Lacey, sachant que Kit, en sœur inquiète et affectueuse, allait poser des questions qui l'obligeraient à tout répéter une fois encore — toute l'histoire de sa visite à l'appartement, le cri, la vue du meurtrier d'Isabelle.

« Jay, je ne peux pas parler maintenant ! Kit comprendra. »

Elle raccrocha et resta allongée dans l'obscurité, reprenant peu à peu son calme, s'efforçant de se rendormir, prêtant l'oreille malgré elle, craignant d'entendre un autre cri, suivi d'un bruit de course dans le couloir.

Caldwell.

La dernière chose qui lui vint à l'esprit avant de sombrer dans le sommeil fut la remarque exprimée par Jay au téléphone. Il avait dit qu'il n'était jamais bon d'être témoin. Pourquoi avait-il fait cette réflexion ?

Après avoir quitté Lacey dans le hall de son immeuble, Rick Parker était directement rentré en taxi chez lui, au coin de Central Park West et de la 67ᵉ Rue. Il savait et redoutait ce qui l'y attendait. A l'heure qu'il était, la nouvelle de la mort d'Isabelle Waring avait certainement été diffusée dans tous les bulletins d'information. Les journalistes étaient postés devant l'immeuble quand Lacey et lui en étaient sortis, un peu plus tôt, et il était probable qu'une caméra l'avait pris en train de monter dans la voiture de police avec elle. Dans ce cas, son père l'avait certainement vu, car il regardait toujours le bulletin de dix heures du soir. Rick consulta sa montre : onze heures moins le quart.

Comme prévu, le témoin lumineux de son répondeur clignotait dans son appartement plongé dans l'obscurité. Il appuya sur le bouton d'écoute. Il y avait un message ; il émanait de son père : « Quelle que soit l'heure, rappelle-moi dès ton retour. »

Rick avait les paumes tellement moites qu'il dut les essuyer à son mouchoir avant de décrocher le combiné. Son père répondit dès la première sonnerie.

« Avant tout, dit Rick, d'une voix entrecoupée et anormalement aiguë, sache que je n'avais pas le choix. Je devais me rendre sur place. Lacey avait dit à la police que c'était moi qui lui avais donné le numéro de Caldwell, et ils m'ont convoqué. »

Rick écouta longuement la voix furieuse de son père, puis profita d'une interruption pour répondre : « Papa, je t'ai dit de ne pas t'inquiéter. Tout va bien. Personne ne sait que j'avais une histoire avec Heather Landi. »

4

SANDY Savarano, l'homme que Lacey connaissait sous le nom de Curtis Caldwell, s'était enfui en courant de l'appartement d'Isabelle Waring par l'escalier de secours jusqu'au sous-sol et était sorti par l'entrée de service. C'était risqué, mais parfois il fallait prendre des risques.

D'un pas pressé, il gagna Madison Avenue, le classeur de cuir serré sous son bras. Il prit un taxi jusqu'au petit hôtel de la 29e Rue où il logeait. Une fois dans sa chambre, il jeta le classeur sur le lit et se versa sans plus attendre une ration généreuse de scotch. Il en avala la moitié d'un trait ; il dégusterait plus lentement le reste. C'était un rituel qu'il observait toujours après ce genre de travail.

Emportant son scotch, il ramassa le classeur et s'installa dans le seul fauteuil confortable de la chambre. Jusqu'à l'incident de dernière minute, la tâche n'avait pas présenté grande difficulté. Il était entré dans l'immeuble sans se faire remarquer du portier sorti sur le trottoir pour aider une vieille dame à monter dans un taxi. Il s'était introduit dans l'appartement avec la clé qu'il avait subtilisée sur la table de l'entrée pendant que Lacey Farrell s'entretenait dans la bibliothèque avec Isabelle Waring.

Il avait trouvé la femme dans la chambre à coucher, à demi allongée sur le lit, les yeux clos. Le classeur de cuir se trouvait sur la table de chevet. Quand elle l'avait vu entrer, elle avait bondi du lit et essayé de s'enfuir, mais il avait bloqué la porte.

Elle n'avait pas crié. Non, elle était trop effrayée. C'était ça qu'il aimait le plus : cette peur animale dans le regard, la certitude qu'il n'y avait aucun moyen de s'échapper, que la mort était proche. Il avait savouré cet instant. Il aimait sortir lentement son pistolet, en regardant sa victime dans les yeux, tandis qu'il la visait soigneusement. Le contact qui s'établissait alors, pendant une fraction de seconde, entre lui et sa cible avant qu'il ne presse la gâchette l'excitait au plus haut point.

Il revit Isabelle au moment où elle avait cherché à lui échapper, regagnant le lit, le dos plaqué contre les coussins, ses lèvres s'efforçant d'articuler quelques mots. Puis, enfin, à l'instant même où il tirait, un seul cri : *Non !* — auquel s'était mêlé un appel soudain venu d'en bas.

Les doigts de Savarano pianotèrent avec irritation sur le classeur. Il avait fallu que Lacey Farrell débarque à cette seconde précise ! Sans son irruption, tout se serait déroulé sans bavure. Quel crétin, se reprocha-t-il, de s'être laissé coincer dehors, contraint de prendre la fuite. Mais il s'était emparé du journal, et il avait tué Isabelle Waring, c'était dans ce but qu'il avait été engagé. Si jamais elle devenait un problème, il se débrouillerait pour éliminer aussi Lacey Farrell... Il ferait ce qu'il devait faire ; cela faisait partie de son boulot.

Lentement, Savarano ouvrit la fermeture à glissière du classeur de cuir et regarda à l'intérieur. Les feuilles étaient toutes soigneusement fixées dans les anneaux, mais un regard lui suffit pour s'apercevoir qu'elles étaient vierges.

Stupéfait, il resta un moment à les fixer. Puis il tourna les pages, cherchant en vain une trace d'écriture. Elles étaient intactes, toutes sans exception — aucune n'avait été utilisée. Les vraies pages du journal étaient probablement restées dans l'appartement, comprit-il. Que faire ? Réfléchir. Il devait réfléchir.

Il était trop tard pour aller chercher les pages. Il lui fallait trouver un autre moyen de les récupérer.

Mais il n'était pas trop tard pour s'assurer que Lacey Farrell n'aurait jamais l'occasion de l'identifier devant un tribunal. C'était une besogne qui ne lui déplaisait pas, au fond.

5

Le jour commençait à poindre quand Lacey sombra enfin dans le sommeil, un sommeil lourd, rempli de rêves, d'ombres qui se déplaçaient lentement le long d'interminables couloirs, de cris de terreur jaillissant derrière des portes closes.

Ce fut avec une sensation de soulagement qu'elle se réveilla sur le coup de sept heures moins le quart, même si elle redoutait ce que lui réservait la journée. L'inspecteur Sloane l'avait priée de passer au commissariat central pour établir avec leur dessinateur un portrait-robot de Curtis Caldwell.

Assise en robe de chambre près de la fenêtre, buvant son café tout en contemplant en contrebas les péniches qui remontaient lentement l'East River, Lacey savait cependant qu'une chose venait en priorité : le journal.

Que dois-je en faire ? Isabelle était persuadée qu'il contenait une indication prouvant que la mort de Heather n'était pas un accident. Curtis Caldwell avait volé le classeur de cuir après avoir tué Isabelle.

L'avait-il tuée par peur de ce qu'elle avait décou-

vert en lisant les confidences de sa fille ? Avait-il
dérobé ce qu'il croyait être les pages du journal,
voulant s'assurer que personne d'autre n'en aurait
connaissance ?

Elle se retourna et jeta un regard dans la pièce.
Sa serviette était toujours à la même place, sous le
canapé ; la serviette dans laquelle elle avait serré les
feuillets tachés de sang.

Je dois les remettre à la police, pensa-t-elle. Mais
il existe un moyen de le faire tout en respectant ma
promesse à Isabelle.

A deux heures, Lacey se trouvait dans un petit
bureau du commissariat, assise à une table en face
de l'inspecteur Ed Sloane et de son adjoint, l'inspecteur Nick Mars. Sloane semblait un peu essouf-
flé, comme s'il s'était dépêché. A moins qu'il ne
fume trop, se dit Lacey. Bien qu'il n'allumât jamais
une cigarette en sa présence, il y avait toujours un
paquet qui pointait hors de sa poche de poitrine.

Nick Mars était d'un autre style. Il lui rappelait un
as du foot au collège pour lequel elle avait eu le
béguin à l'âge de dix-huit ans. Mars avait moins de
trente ans, un visage rond constellé de taches de
rousseur, un regard candide et un sourire spontané,
et pour couronner le tout il était très aimable. A dire
vrai, elle aurait juré qu'il tenait le beau rôle dans le
scénario du gentil et du méchant qui préside à tous
les interrogatoires. Eddy Sloane tempêtait, entrait à
l'occasion en fureur ; Nick Mars calmait le jeu, toujours posé et bienveillant.

Elle était là depuis maintenant presque trois

heures, et avait eu tout le temps de réfléchir au scénario imaginé à son intention. Pendant qu'elle tentait de décrire le visage de Curtis Caldwell au portraitiste, Sloane s'était montré visiblement agacé de son manque de précision.

« Il n'avait ni cicatrices, ni taches de naissance, ni tatouages, avait-elle expliqué au dessinateur. Du moins, pas à ma connaissance. Tout ce que je puis vous dire, c'est qu'il avait un visage allongé, des yeux d'un bleu très clair, un teint légèrement hâlé et des cheveux blond cendré. Ses traits n'avaient rien de particulier. Normalement proportionnés, à l'exception, peut-être, des lèvres. Elles étaient un peu minces. »

Pourtant, à la vue du dessin, elle avait hésité : « Ce n'est pas vraiment ressemblant.

— Bon sang, à quoi ressemblait-il alors ? s'était écrié Sloane.

— Calmez-vous, Ed. Mlle Farrell a traversé des moments pénibles. » Nick Mars lui avait adressé un sourire rassurant.

Après avoir vainement tenté de lui faire établir un portrait approchant de la réalité, ils avaient montré à Lacey une quantité de photos anthropométriques. Mais aucune ne lui rappela l'homme qui répondait au nom de Curtis Caldwell, ce qui eut pour effet d'ajouter à l'irritation de Sloane.

Il finit par tirer une cigarette du paquet et l'alluma, signe évident d'exaspération. « Bon, mademoiselle Farrell, dit-il sèchement, reprenons à présent votre déposition.

— Lacey, désirez-vous un café ? demanda Mars.

— Volontiers. » Elle lui sourit avec reconnaissance, mais resta sur ses gardes. *Attention, n'oublie pas — le gentil et le méchant.* Il était clair que l'inspecteur Sloane avait un élément nouveau à sa disposition.

« Mademoiselle Farrell, j'aimerais seulement passer en revue quelques faits concernant ce crime. Vous paraissiez bouleversée lorsque vous avez appelé la police hier soir. »

Lacey haussa les sourcils. « Pour des raisons évidentes, me semble-t-il.

— Bien sûr. D'ailleurs, je dirais même que vous étiez pratiquement en état de choc lorsque nous vous avons parlé après notre arrivée sur les lieux.

— Probablement. » A la vérité, ce qui était survenu la veille au soir restait en grande partie très flou pour elle.

« Je ne vous ai pas reconduite à la porte au moment de votre départ, mais on m'a dit que vous aviez eu la présence d'esprit de récupérer votre serviette dans la penderie de l'entrée.

— Je m'en suis souvenue en partant, c'est exact.

— Vous rappelez-vous que l'on prenait des photos à ce moment-là ? »

Elle revit la scène. La poudre à empreintes sur les meubles. Les éclairs des flashes.

— Oui, en effet.

— Veuillez regarder cette photo, je vous prie. » Sloane fit glisser une épreuve grand format sur le bureau. « En fait, expliqua-t-il, ce que vous voyez là est l'agrandissement d'un fragment d'une photo prise parmi d'autres dans l'entrée. » Il désigna son adjoint d'un geste de la main. « L'inspecteur Mars l'a étudié attentivement. »

Lacey examina la prise de vue. Elle y apparaissait

de profil, serrant contre elle sa serviette, la tenant éloignée de Rick Parker qui tendait la main pour la prendre.

« Donc, non seulement vous avez eu le réflexe de reprendre votre serviette, mais vous avez tenu à la porter vous-même.

— Disons que c'est un geste naturel de ma part. Dans mon travail, j'ai toujours estimé normal de ne pas dépendre des autres, expliqua Lacey d'une voix calme. J'ai sans doute agi instinctivement. Je ne me souviens pas précisément de ce que j'avais en tête.

— Au contraire, je crois que vous le savez très bien, répliqua Sloane. Je crois que vous agissiez délibérément. Voyez-vous, mademoiselle Farrell, il y avait des traces de sang dans la penderie — le sang d'Isabelle Waring. Comment sont-elles arrivées là, à votre avis ? »

Le journal de Heather, pensa Lacey. Les feuilles volantes maculées de sang. Une ou deux avaient dû tomber sur la moquette de la penderie au moment où elle les rangeait précipitamment dans sa serviette. Et, bien entendu, elle-même avait du sang plein les mains. Mais elle ne pouvait pas donner cette explication à l'inspecteur — pas encore, en tout cas. Elle devait prendre le temps d'examiner les pages du journal. Elle baissa les yeux vers ses genoux. *Il faut absolument que je trouve une réponse.*

Sloane se pencha au-dessus du bureau, l'air sévère, voire accusateur. « Mademoiselle Farrell, j'ignore à quoi vous jouez, ou ce que vous nous cachez, mais manifestement il ne s'agit pas d'un meurtre ordinaire. L'homme qui se fait appeler Curtis Caldwell n'a pas tué Isabelle Waring ni volé

61

sans raison. Ce crime a été d'un bout à l'autre soigneusement préparé et exécuté. Votre arrivée sur les lieux est probablement le seul hasard. » Il s'interrompit, puis reprit, d'un ton encore plus cassant : « Vous nous avez dit qu'il tenait à la main le classeur de cuir de Mme Waring. Décrivez-le-moi à nouveau.

— Ma description n'a pas changé, dit Lacey. C'était un classeur de taille standard, relié en cuir, avec une fermeture éclair tout autour qui empêchait son contenu de s'échapper.

— Mademoiselle Farrell, avez-vous déjà vu ceci ? » Sloane lui tendit une feuille de papier.

Lacey l'examina. C'était une page volante, couverte d'une écriture manuscrite. « Je ne crois pas, répondit-elle.

— Lisez, je vous prie. »

Elle la parcourut rapidement. La date remontait à trois ans. *Baba est venu revoir le spectacle. Il nous a tous emmenés dîner au restaurant...*

Le journal de Heather... Probablement une page qui me manque. Y en a-t-il d'autres, et combien ? se demanda-t-elle soudain.

« L'avez-vous déjà vue ? répéta Sloane.

— Hier après-midi, lorsque j'ai amené cet homme, qui pour moi se nomme Curtis Caldwell, visiter l'appartement, Isabelle était dans la bibliothèque, assise à son bureau. Le classeur était ouvert et elle lisait des pages qu'elle en avait retirées. Je ne peux affirmer que celle-ci en faisait partie, mais c'est probable. »

Au moins est-ce la vérité, se dit-elle. Elle regretta brusquement de ne pas avoir pris le temps, ce matin, de faire des photocopies du journal avant de se rendre au commissariat.

C'était ce qu'elle avait décidé — donner l'original à la police, une photocopie à Jimmy Landi, et en garder une autre pour elle-même. Isabelle voulait que Jimmy lise le journal ; elle avait l'intime conviction qu'il y trouverait un élément déterminant. Il ferait le même usage d'une copie que de l'original, tout comme elle-même, puisque, pour une raison qu'elle ignorait, Isabelle lui avait fait promettre de lire également ces pages.

« Nous l'avons trouvée dans la chambre, sous la chaise longue, lui dit Sloane. Peut-être y avait-il d'autres feuilles volantes. Pensez-vous que ce soit possible ? » Il n'attendit pas sa réponse. « Revenons aux traces de sang que nous avons découvertes dans la penderie du bas. Comment expliquez-vous leur présence à cet endroit ?

— J'avais du sang d'Isabelle sur les mains, dit Lacey. Vous ne l'ignorez pas.

— Naturellement, je le sais, mais vos mains ne dégoulinaient pas de sang quand vous avez repris votre serviette en partant. Que s'était-il passé ? Aviez-vous mis quelque chose dans votre serviette avant notre arrivée, quelque chose que vous auriez pris dans la chambre d'Isabelle Waring ? C'est mon hypothèse. Pourquoi nous cachez-vous la vérité ? Il y avait peut-être dans la pièce d'autres pages comme celle que vous venez de lire. C'est ça, n'est-ce pas ?

— Du calme, Eddie. Laissez à Lacey une chance de répondre, tenta de s'interposer Mars.

— Elle peut prendre tout le temps qu'elle veut, Nick ! La vérité restera inchangée. Elle a dérobé

63

quelque chose dans cette pièce ; j'en mettrais ma main au feu. Et pourquoi un innocent spectateur subtiliserait-il ce genre de truc dans l'appartement de la victime, hein ? Pouvez-vous me donner une raison ? », demanda-t-il en se tournant vers Lacey.

Elle désirait désespérément leur avouer qu'elle détenait le journal et leur expliquer pourquoi. *Mais si je leur dis, pensa-t-elle, ils exigeront que je le leur remette immédiatement. Ils ne m'autoriseront pas à en faire une copie pour le père de Heather. Et je peux encore moins leur annoncer que je compte en tirer un exemplaire pour moi ; ils se comportent comme si j'avais quelque chose à voir avec la mort d'Isabelle. Je leur apporterai l'original demain.*

Elle se leva. « Non, je ne le peux pas. En avez-vous terminé avec moi, inspecteur Sloane ?

— Pour aujourd'hui, oui, mademoiselle Farrell. Mais gardez bien à l'esprit qu'être complice dans une enquête criminelle est passible de lourdes peines. De poursuites au pénal, ajouta-t-il, mettant une intention menaçante dans ces derniers mots. Autre chose : si vous avez subtilisé une partie de ce journal, je me demande jusqu'à quel point vous étiez un spectateur "innocent". Après tout, c'est vous qui avez amené l'assassin chez Mme Waring. »

Lacey partit sans répondre. Elle devait se rendre à l'agence, mais d'abord elle voulait passer chez elle pour y prendre le manuscrit du journal. Ce soir, elle resterait au bureau une fois tout le monde parti et elle ferait les photocopies dont elle avait besoin. Demain, elle remettrait l'original à Sloane. *J'essaierai de lui faire comprendre pourquoi je l'ai pris.*

Elle s'apprêtait à appeler un taxi, mais changea

d'avis et préféra rentrer chez elle à pied. Le soleil de l'après-midi lui ferait du bien. Elle se sentait encore glacée jusqu'au fond des os. En traversant la Seconde Avenue, elle sentit une présence dans son dos, pivota brusquement sur elle-même, et croisa le regard étonné d'un vieil homme.

« Excusez-moi », bredouilla-t-elle en se hâtant vers le trottoir.

Je m'attendais à voir Curtis Caldwell, pensa-t-elle. Elle s'aperçut qu'elle tremblait. Si c'était le journal qu'il voulait récupérer, il ne l'avait évidemment pas. Allait-il revenir le chercher ? Il sait que je l'ai vu et que je peux l'identifier. Jusqu'à ce que la police arrête Caldwell — si elle l'arrêtait —, elle était en danger, indiscutablement. Elle tenta de chasser cette pensée de son esprit.

Le hall de son immeuble lui fit l'effet d'un sanctuaire, mais quand elle arriva à son étage, le long couloir lui sembla menaçant et, sortant sa clé de son sac, elle se hâta vers son appartement et, y entra précipitamment.

Je n'utiliserai plus jamais cette serviette, se jura-t-elle, la retirant de dessous le canapé pour l'emporter dans sa chambre où elle la posa sur le bureau, évitant soigneusement de toucher la poignée.

Avec précaution, elle en retira les pages du journal, tressaillant à la vue de celles qui étaient tachées de sang. Pour finir, elle les introduisit toutes dans une enveloppe de papier kraft, et alla chercher un sac fourre-tout dans sa penderie.

Dix minutes plus tard, le sac fermement serré sous son bras, Lacey sortit dans la rue. En hélant nerveusement un taxi, elle chercha à se rassurer.

Qui que soit ce Caldwell, et quelle que soit la raison pour laquelle il avait tué Isabelle, il se trouvait sûrement à des kilomètres de là en ce moment même, en fuite.

6

SANDY Savarano, *alias* Curtis Caldwell, avait pris toutes les précautions pour téléphoner incognito d'une cabine au bout de la rue où habitait Lacey. Il portait une perruque grise, un début de barbe poivre et sel recouvrait ses joues et son menton, et son costume trois-pièces avait fait place à un pull-over informe porté sur un jean délavé. «En quittant le commissariat, Lacey Farrell est retournée chez elle à pied, murmura-t-il en inspectant la rue alentour. Je ne vais pas traîner dans le coin. Il y a une voiture de police stationnée en face de son immeuble. Peut-être gardent-ils un œil sur elle. »

Il avait commencé à se diriger vers l'ouest, mais il changea d'avis et fit demi-tour. Il décida de surveiller la voiture de police pendant un moment, voulant s'assurer que les agents avaient bien pour mission de protéger Lacey Farrell. Il n'eut pas à attendre longtemps. Du coin de la rue où il se tenait, il vit la silhouette familière d'une jeune femme en tailleur noir, portant un sac fourre-tout, sortir de l'immeuble et appeler un taxi. Avant de s'éloigner en hâte, il regarda ce qu'allaient faire les flics en stationnement. Un moment plus tard, un véhicule brûla le feu rouge au coin de la rue, et la voiture de patrouille se dégagea du trottoir, gyrophare en action.

Bon, pensa-t-il. C'est déjà ça de moins en travers de ma route.

7

Sɪᴛôᴛ arrivés au restaurant après avoir fait les démarches nécessaires à l'incinération d'Isabelle, Jimmy Landi et Steve Abbott se rendirent directement dans le bureau de Jimmy. Steve remplit généreusement deux verres de whisky et en tendit un à Jimmy : «Je crois que nous en avons besoin tous les deux. »

Landi acquiesça. « En effet. La journée a été plutôt éprouvante. »

Isabelle serait incinérée dès qu'ils pourraient disposer de son corps et ses cendres seraient transférées au cimetière de Gate of Heaven à Westchester, dans le mausolée familial.

«Mes parents, mon enfant, mon ex-femme, ils sont tous réunis là-bas. » Il leva les yeux vers Steve. « C'est absurde, non ? Un type prétend vouloir acheter un appartement puis revient et tue Isabelle, une femme sans défense. On ne peut même pas dire qu'elle faisait étalage de bijoux. Elle n'en possédait aucun. Elle se souciait comme d'une guigne de ce genre de truc. »

Son visage reflétait un mélange d'angoisse et de

colère. « Je lui avais pourtant dit de se débarrasser de cet appartement ! Elle revenait sans cesse sur la mort de Heather, disait que ce n'était pas un accident ! Elle devenait folle à force d'y penser — et moi avec elle — et habiter là-dedans n'arrangeait rien. Qui plus est, elle avait besoin de cet argent. Ce Waring qu'elle avait épousé ne lui a pas laissé un sou. Je voulais seulement qu'elle reprenne une vie normale. Et voilà qu'on l'assassine ! » Ses yeux brillèrent à travers les larmes. « Bon, elle a retrouvé Heather à présent. C'est peut-être ce qu'elle désirait. Qui sait. »

Faisant un effort visible pour changer de sujet, Steve Abbott s'éclaircit la gorge. « Jimmy, Cynthia vient dîner vers dix heures. Pourquoi ne pas vous joindre à nous ? »

Landi secoua la tête. « Non, mais merci quand même. Je suis sensible à votre attention, Steve, cependant vous me dorlotez trop depuis presque un an, depuis la mort de Heather, il faut que cela cesse maintenant. Tout ira bien. Ne vous inquiétez plus pour moi et occupez-vous de votre belle amie. Quand comptez-vous vous marier ?

— Je ne veux rien précipiter, dit Steve en souriant. Deux divorces me suffisent.

— Vous avez raison. C'est pourquoi je suis resté célibataire pendant tout ce temps. Et vous êtes encore jeune. Vous avez de longues années devant vous.

— Pas si longues. N'oubliez pas que je viens d'avoir quarante-cinq ans.

— Sans blague ! Eh bien, figurez-vous que j'en ai eu soixante-huit le mois dernier, dit Jimmy avec un

70

grognement. Mais ne me considérez pas comme fini. Moi aussi il me reste encore pas mal d'années avant de lâcher la rampe. *Et ne vous avisez pas de l'oublier !* »

Il fit un clin d'œil à Steve. Les deux hommes échangèrent un sourire. Steve termina son verre et se leva. « Pour sûr qu'il vous en reste ! Et j'y compte bien. Lorsque nous ouvrirons à Atlantic City, les autres n'auront plus qu'à mettre la clé sous le paillasson. N'est-ce pas ? »

Le regard que Jimmy portait à sa montre ne lui échappa pas. « Bon, je ferais mieux de descendre faire quelques amabilités. »

Peu après son départ, la réceptionniste appela Jimmy. « Monsieur Landi, une certaine Mlle Farrell demande à vous parler. Elle dit qu'elle est l'agent immobilier que Mme Landi avait engagé.

— Passez-la-moi », dit-il vivement.

De retour à l'agence, Lacey avait répondu de manière évasive aux questions de Rick Parker sur son entrevue avec l'inspecteur Sloane. « Il m'a montré des photos. Aucun portrait ne ressemblait à Caldwell. »

Une fois de plus, elle avait décliné son invitation à dîner. « J'ai du retard dans mon travail », prétexta-t-elle avec un vague sourire.

Et c'était la réalité.

Elle avait attendu que tout le personnel de l'agence fût parti avant de porter son sac jusqu'à la photocopieuse, où elle avait fait deux copies du journal, un exemplaire pour le père de Heather, l'autre pour elle-même. Ensuite seulement, elle avait téléphoné au restaurant de Landi.

La conversation fut brève : Jimmy Landi l'attendait.

Trouver un taxi tenait du miracle à l'heure où commençaient les spectacles, mais elle eut de la chance : il y en avait un qui s'arrêtait devant l'agence. Lacey franchit le trottoir en courant et s'engouffra dans la voiture avant qu'on ne lui fauche la place. Elle donna l'adresse du Venezia, 56e Rue Ouest, se carra au fond de la banquette et ferma les yeux. Alors seulement elle relâcha la pression de ses doigts sur le sac qu'elle tenait contre elle. Pourquoi était-elle aussi nerveuse ? Et pourquoi avait-elle en permanence l'impression qu'on la surveillait ?

Au restaurant, la salle était comble, et le bar complet. Dès qu'elle se fut annoncée, la réceptionniste fit signe au maître d'hôtel.

«M. Landi vous attend en haut, mademoiselle Farrell», lui dit-il.

Au téléphone, elle avait seulement dit qu'Isabelle avait découvert le journal de Heather et désirait qu'il lui soit remis.

Mais une fois dans son bureau, assise en face de cet homme massif à l'air morose, Lacey eut l'impression de tirer sur un homme blessé. Toutefois, elle se sentit obligée de lui rapporter sans détour les derniers mots d'Isabelle avant sa mort.

«J'ai promis de vous remettre le journal, dit-elle. Et j'ai promis de le lire moi-même. J'ignore pourquoi Isabelle y tenait tant. Ses mots exacts furent : "Montrez-lui… où." Elle voulait que je vous signale quelque chose de précis. Pour une raison quelconque, elle espérait que je trouverais ce qui apparemment avait confirmé ses soupçons relatifs à la mort de votre fille. J'ai fait mon possible pour me conformer à ses volontés. » Elle ouvrit son sac et en sortit la liasse de feuilles qu'elle avait apportée.

Steve Landi y jeta un coup d'œil, puis s'en détourna.

Lacey se doutait que la vue de l'écriture de sa fille était affreusement pénible pour cet homme, mais son seul commentaire fut un cassant : « Ce ne sont pas les pages originales.

— Je ne les ai pas avec moi. Je compte les porter à la police demain matin. »

Le visage de Landi rougit sous le coup de la colère. « Ce n'est pas ce qu'Isabelle vous a demandé. »

Lacey se leva. « Monsieur Landi, je n'ai pas le choix. Comprenez que je vais avoir du mal à expliquer à la police pourquoi j'ai subtilisé une pièce à conviction sur les lieux du crime. Je suis certaine que le manuscrit vous sera restitué, mais pour le moment, je crains que vous ne deviez vous contenter d'une copie. » Tout comme moi, se dit-elle en partant.

Il ne leva même pas les yeux quand elle quitta son bureau.

En arrivant chez elle, Lacey alluma la lumière de l'entrée et fit quelques pas à l'intérieur avant que son esprit n'enregistre le chaos qui s'offrait à ses yeux. Les tiroirs avaient été renversés, les penderies fouillées, les coussins des sièges jetés par terre. Même le réfrigérateur avait été vidé de son contenu et la porte laissée ouverte. Stupéfaite, épouvantée, elle contempla le désastre puis, trébuchant parmi les objets épars, elle se dirigea vers l'interphone et appela l'intendant de l'immeuble; pendant qu'il prévenait la police, elle téléphona à l'inspecteur Sloane. Il arriva peu après avec les agents du poste le plus proche. «Vous savez ce qu'ils cherchaient, n'est-ce pas? dit-il d'un ton neutre.

— Oui, répondit Lacey. Le journal de Heather. Mais il ne se trouve pas ici. Il est à mon bureau. J'espère que l'auteur de ce saccage n'a pas eu l'idée d'y aller.»

Dans la voiture de police qui les conduisait à l'agence, l'inspecteur Sloane énonça les habituelles mises en garde. «J'ai tenu la promesse que j'avais faite à une mourante, protesta-t-elle. Elle m'a demandé de lire le journal de sa fille puis de le remettre entre les mains de M. Landi. C'est ce que j'ai fait. Je lui ai apporté une copie ce soir.»

A leur arrivée dans son bureau, Sloane ne la quitta pas d'une semelle pendant qu'elle ouvrait le meuble de rangement et en retirait l'enveloppe brune dans laquelle elle avait rangé les pages originales du journal.

Il l'ouvrit, en tira quelques feuilles, les examina et regarda Lacey. «Vous êtes sûre de tout me donner?

— C'est tout ce qu'Isabelle Waring avait entre les mains lorsqu'elle est morte», dit Lacey, espérant qu'il n'insisterait pas. C'était la vérité, mais pas entièrement : la copie du journal qu'elle avait effectuée pour elle-même était enfermée à clé dans un tiroir de son bureau.

« J'aimerais que vous m'accompagniez au commissariat central, mademoiselle Farrell. Nous avons besoin de parler un peu plus longuement de cette affaire, me semble-t-il.

— Je ne peux pas laisser mon appartement dans cet état, protesta-t-elle. Il faut que j'aille remettre de l'ordre. » J'ai l'air ridicule, pensa-t-elle. Quelqu'un a peut-être tué Isabelle à cause de ce journal, j'aurais moi-même pu connaître le même sort si je m'étais trouvée chez moi ce soir, et la seule chose qui me préoccupe, c'est le désordre de mon appartement. Elle avait mal à la tête, soudain. Il était dix heures passées et elle n'avait rien mangé depuis des heures.

« Le rangement peut attendre, dit Sloane d'un ton sec. Pour l'instant, il nous faut tirer toute cette histoire au clair. »

Mais lorsqu'ils eurent gagné le commissariat, il demanda à l'inspecteur Mars de faire apporter à Lacey un sandwich et du café. Puis il dit : « Bien, commençons par le début, mademoiselle Farrell. »

Les mêmes questions cent fois répétées. Connaissait-elle Heather Landi ? N'était-il pas curieux qu'à la suite d'une rencontre inopinée dans l'ascenseur plusieurs mois plus tôt, Isabelle Waring l'ait appelée pour lui proposer l'exclusivité de la vente de son appartement ? Combien de fois avait-elle vu Isabelle ces dernières semaines ? Pour déjeuner ? Dîner ? Des visites en fin de journée ?

« Elle qualifiait la tombée du soir de "lumière brune", dit Lacey, presque involontairement, puisant dans sa mémoire pour y trouver quelque chose de nouveau à leur dire. C'était, paraît-il, le nom que les premiers colons donnaient au crépuscule ; elle disait que c'était pour elle le moment mélancolique de la journée.

— Et elle n'avait pas d'amis à qui téléphoner ?

— Je sais seulement qu'elle m'appelait. Peut-être pensait-elle qu'étant comme sa fille une jeune femme célibataire à Manhattan, je pourrais l'aider à comprendre comment elle vivait, dit Lacey. A comprendre pourquoi elle était morte », ajouta-t-elle après coup. Elle revoyait le visage triste d'Isabelle, les hautes pommettes et les grands yeux qui rappelaient qu'elle avait dû être ravissante dans sa jeunesse. « Je crois qu'elle me parlait comme on parle à un chauffeur de taxi ou à un barman. Vous trouvez une oreille compatissante, quelqu'un dont vous savez qu'il oubliera ce que vous lui avez dit une fois franchi le cap difficile. »

Est-ce que je me fais comprendre ? se demanda-t-elle.

L'attitude de Sloane ne révélait rien de ses pensées. Il poursuivit : « Examinons maintenant comment Curtis Caldwell a pu revenir dans l'appartement d'Isabelle Waring. Il n'y avait aucune trace d'effraction. Isabelle Waring ne l'a certainement pas fait rentrer pour retourner ensuite s'allonger sur le lit en sa présence. Lui aviez-vous donné une clé ?

— Bien sûr que non ! s'indigna Lacey. Mais attendez ! Isabelle laissait toujours une clé au fond d'une coupe dans l'entrée. Elle disait qu'elle avait pris cette habitude pour éviter d'emporter son trousseau quand elle descendait chercher son courrier. Caldwell a pu la voir et s'en emparer. Et dans mon appartement ? s'indigna-t-elle. Comment quelqu'un a-t-il pu y pénétrer ? Il y a toujours un portier.

— Et un garage dans l'immeuble et une entrée de service. La soi-disant protection de ces immeubles est une plaisanterie, mademoiselle Farrell. Vous êtes dans l'immobilier, vous devriez le savoir. »

Lacey se représenta Curtis Caldwell, l'arme à la main, se précipitant à sa recherche, prêt à la tuer. « Ce n'est pas une plaisanterie très drôle. » Elle se rendit compte qu'elle était au bord des larmes. « S'il vous plaît, j'aimerais rentrer chez moi », dit-elle.

Un instant, elle crut qu'ils allaient la garder plus longtemps, mais Sloane se leva. « C'est bien. Vous pouvez partir, mademoiselle Farrell, je dois cependant vous avertir que vous risquez une inculpation pour avoir soustrait et dissimulé une pièce à conviction sur les lieux d'un crime. »

J'aurais dû consulter un avocat, regretta Lacey. Comment ai-je pu me montrer aussi stupide ?

Ramon Garcia, l'intendant de l'immeuble, et sa femme Sonya remettaient de l'ordre dans son appartement quand elle arriva. « Nous ne pouvions vous laisser rentrer dans ce foutoir, lui dit Sonya qui passait un chiffon à poussière sur la commode de sa chambre. Nous avons remis vos affaires dans les tiroirs, sans doute pas à votre manière, mais du moins ne sont-elles plus éparpillées par terre.

— Je ne sais comment vous remercier », dit Lacey. L'appartement grouillait de policiers quand elle l'avait quitté, et elle s'était demandé avec angoisse ce qu'elle allait y retrouver.

77

Ramon finissait de remplacer la serrure. « Elle a été crochetée par un expert, dit-il. Il avait les outils appropriés. Comment se fait-il qu'il n'ait pas pris votre coffret à bijoux ? »

C'était la première chose que la police lui avait demandé de vérifier. Ses bracelets en or, ses boucles d'oreilles en diamant ainsi que les perles qui lui venaient de sa grand-mère étaient tous là, à leur place habituelle.

« J'imagine qu'il cherchait autre chose », répondit Lacey. Sa voix lui parut particulièrement faible et lasse.

Sonya la regarda avec sollicitude. « Je reviendrai demain matin. Ne vous tracassez pas : lorsque vous rentrerez du bureau, tout sera impeccable. »

Lacey les raccompagna jusqu'à la porte. « Le verrou fonctionne-t-il encore ? » demanda-t-elle à Ramon.

Il l'essaya. « Personne ne pourra entrer chez vous tant qu'il sera mis, à moins d'utiliser un bélier. Vous pouvez dormir tranquille. »

Elle ferma et verrouilla la porte derrière eux. Puis elle parcourut son appartement du regard et frissonna. *Dans quel guêpier me suis-je donc fourrée ?*

8

Du mascara et un trait de crayon pour souligner les lèvres, c'était à peu près tout ce que Lacey employait généralement en matière de maquillage, mais dans la lumière du petit matin, en voyant les ombres qui cernaient ses yeux et la pâleur de sa peau, elle y ajouta une touche de blush, du fard à paupières et fouilla dans son tiroir à la recherche d'un rouge à lèvres. Ses efforts ne lui donnèrent pas l'air plus vaillant pour autant. Même sa veste préférée dans des tons de brun à reflets mordorés ne dissipa pas sa mine chagrine. Un dernier regard dans la glace lui confirma qu'elle avait l'air à plat.

En arrivant à l'agence, elle s'arrêta, respira longuement et redressa les épaules. Un souvenir incongru lui revint à l'esprit. A l'âge de douze ans, se découvrant soudain plus grande que les garçons de sa classe, elle s'était mise à marcher les épaules voûtées.

Mais papa, se souvint-elle, m'a dit que c'était épatant d'être grande, et il a inventé un jeu où nous faisions semblant de marcher avec un livre en équilibre sur le haut du crâne. Il disait que se tenir la tête droite vous donnait de l'assurance face aux gens.

Et je vais en avoir besoin, se dit-elle quelques minutes plus tard, lorsqu'elle fut convoquée dans le bureau de Richard Parker senior.

Rick se tenait auprès de son père. Le plus âgé des deux hommes était visiblement furieux. Lacey jeta un coup d'œil au fils. Aucune trace de sympathie. Aujourd'hui, c'était vraiment Parker et Parker.

Richard Parker senior ne mâcha pas ses mots. «Lacey, d'après le service de sécurité, vous êtes venue ici hier soir en compagnie d'un policier. Qu'est-ce que cela signifie ?»

Elle lui répondit aussi simplement qu'elle le put, expliquant qu'elle avait décidé de remettre le journal à la police, mais qu'elle devait auparavant en faire une copie pour le père de Heather.

«Vous avez caché une pièce à conviction dans les bureaux de l'agence ? l'interrompit Richard Parker, haussant les sourcils.

— J'avais l'intention de la remettre à l'inspecteur Sloane dès aujourd'hui», dit-elle. Elle fit le récit du cambriolage de son appartement. «Je voulais uniquement respecter le souhait d'Isabelle Waring, dit-elle. Maintenant, il semblerait que j'aie commis un délit.

— Pas besoin d'être juriste pour le savoir, dit Rick. Lacey, c'était vraiment une idée stupide de votre part.

— Je n'ai pas réfléchi. J'en suis vraiment désolée, mais...

— Moi aussi je suis désolé, fit Parker senior. Avez-vous des rendez-vous prévus pour aujourd'hui ?

— Deux dans l'après-midi.

— Liz ou Andrew vous remplaceront. Rick, occupe-toi de ça. Lacey, vous vous contenterez de passer des coups de fil dans les jours qui viennent. »

Lacey sentit son apathie se dissiper. «C'est injuste, s'indigna-t-elle.

— Ce n'est pas mieux de mêler notre société à une enquête criminelle, Mademoiselle Farrell.

— Je regrette, Lacey», dit Rick.

Mais vous êtes le fils de papa, pour cette fois, pensa-t-elle, refrénant l'envie d'en dire davantage.

Sitôt qu'elle eut regagné son bureau, l'une des nouvelles secrétaires, Grace MacMahon, s'approcha d'elle avec une tasse de café. «Courage.»

Lacey leva la tête pour la remercier, puis tendit l'oreille pour entendre ce que Grace cherchait à lui dire à voix basse. «Je suis arrivée plus tôt aujourd'hui. Il y avait un inspecteur qui s'entretenait avec M. Parker. Je ne sais pas exactement ce qu'il disait, mais j'ai compris que cela vous concernait.»

Sloane se plaisait à dire qu'un bon travail d'investigation commençait par une intuition. Après vingt-cinq ans de carrière dans la police, il pouvait en apporter la preuve, ses intuitions s'étant très souvent vérifiées. Voilà pourquoi il développait sa théorie devant Nick Mars tandis qu'ils étudiaient les feuilles volantes qui constituaient le journal de Heather Landi.

«A mon avis, Lacey Farrell ne nous a pas tout déballé, dit-il d'un ton irrité. Elle est plus impliquée dans cette affaire qu'elle ne le laisse entendre. Nous

81

savons qu'elle a emporté le journal hors de l'appartement ; nous savons qu'elle en a fait une copie à l'intention de Jimmy Landi. »

Il désigna du doigt les pages tachées de sang. « Et je vais te dire autre chose, Nick. Nous n'aurions sans doute pas ces pages si je ne lui avais pas fichu la trouille hier en lui disant que nous avions trouvé des traces de sang d'Isabelle Waring dans la penderie, à l'endroit même où elle avait planqué sa serviette.

— Et avez-vous pensé à une dernière chose, Eddie ? demanda Mars. Ces feuilles ne sont pas numérotées. Comment savoir si Lacey n'a pas détruit celles qu'elle ne voulait pas nous voir lire ? C'est ce qu'on appelle alléger un texte. D'accord avec vous. Les empreintes de Lacey Farrell ne se trouvent pas seulement sur ces pages. Elles sont partout dans cette affaire. »

Une heure plus tard, Ed Sloane recevait un appel de Matt Reilly, le spécialiste de la dactyloscopie, salle 506. Matt avait contrôlé une empreinte relevée sur la porte d'entrée de l'appartement de Lacey grâce au système informatique central d'identification. Elle correspondait à celles de Sandy Savarano, un truand qui avait été inculpé dans une douzaine de meurtres liés à des affaires de drogue.

« Sandy Savarano ! s'exclama Sloane. C'est dingue, Matt. Le bateau de Savarano a explosé il y a deux ans, avec lui à bord. On a envoyé des types à nous à son enterrement au cimetière de Woodlawn.

— Nous les avons envoyés à l'enterrement de

quelqu'un, répondit froidement Reilly. Les morts ne cambriolent pas les appartements. »

Pendant le restant de la journée, Lacey assista, impuissante, à l'attribution de ses clients aux autres agents. Elle enrageait de devoir sortir ses fiches, relancer au téléphone les prospects, pour ensuite transmettre ses informations à ses collègues. C'était ainsi qu'elle avait commencé à ses débuts, huit ans auparavant.

Qui plus est, le sentiment d'être sous surveillance la mettait mal à l'aise. Rick entrait et sortait constamment du service des ventes, où elle avait été mutée, et elle savait qu'il l'observait du coin de l'œil.

A plusieurs reprises, en se levant pour sortir une fiche, elle avait senti son regard posé sur elle. Il semblait l'épier sans arrêt. Elle pressentait qu'à la fin de la journée, elle serait priée de ne plus remettre les pieds au bureau jusqu'à la conclusion de l'enquête. Par conséquent, si elle voulait récupérer son exemplaire du journal de Heather, il lui faudrait profiter d'un moment d'inattention de Rick pour aller le prendre dans son bureau.

L'occasion se présenta à cinq heures moins dix, lorsque Rick dut se rendre dans le bureau de son père. Elle venait de glisser l'enveloppe de papier kraft dans sa serviette quand Richard Parker senior la convoqua pour lui annoncer qu'elle était momentanément suspendue de ses fonctions.

9

« VOUS n'êtes pas mort de faim, Alex ? s'enquit Jay Taylor en consultant sa montre pour la énième fois. Lacey est rarement aussi en retard. »

Il était manifestement exaspéré.

Mona Farrell vola au secours de sa fille. « La circulation est toujours difficile à cette heure de la journée, et Lacey a peut-être été retardée avant de partir. »

Kit lança à son mari un regard d'avertissement. « Après ce que Lacey a traversé, il me paraît difficile de lui reprocher un peu de retard. Quand je pense qu'il s'en est fallu d'un cheveu qu'elle ne soit assassinée il y a deux jours, et qu'en plus son appartement a été cambriolé hier soir. Elle n'a certainement pas besoin qu'on la tracasse davantage, Jay.

— C'est vrai, approuva Alex Carbine. Elle a eu deux jours éprouvants. »

Mona Farrell adressa à Alex un sourire reconnaissant. La raideur de son gendre la mettait toujours mal à l'aise. Il en fallait peu pour l'irriter, et il se montrait souvent impatient avec son entourage, mais elle avait remarqué qu'il manifestait de la déférence envers Alex.

Ce soir, ils prenaient un verre dans le séjour pendant que les garçons regardaient la télévision dans le bureau. Seule Bonnie était encore avec les adultes. Elle avait supplié qu'on l'autorise à rester debout plus tard qu'à l'accoutumée pour voir Lacey, et elle guettait son arrivée à la fenêtre.

Il est huit heures et quart, pensa Mona. Lacey avait promis d'être là à sept heures trente. Un tel retard ne lui ressemblait guère. Qu'est-ce qui pouvait la retenir ?

Ce n'est qu'après coup, en arrivant chez elle à cinq heures et demie, que Lacey se rendit véritablement compte de la situation, à savoir qu'elle était sans travail. Parker senior lui avait promis qu'elle continuerait à toucher son salaire de base — « Pendant quelque temps, du moins », avait-il corrigé.

Il va me licencier, comprit-elle. Il se fondera sur le fait que j'ai compromis la société en copiant et en dissimulant une pièce à conviction dans les bureaux de l'agence. Je travaille chez eux depuis huit ans, je suis un de leurs meilleurs agents. Il n'a pas de véritable raison de me renvoyer. C'est son propre fils qui m'a indiqué le nom de Curtis Caldwell et m'a priée d'organiser un rendez-vous. Je parie qu'il n'a pas l'intention de me payer les indemnités qui me sont dues après autant d'années de présence. Il invoquera la faute grave. Peut-il s'en tirer comme ça ? J'ai l'impression que les ennuis me tombent dessus de tous les côtés. Elle secoua la tête devant cette soudaine avalanche de coups durs. Il faut absolument que je consulte un avocat, mais qui ?

Un nom lui vint à l'esprit : Jack Regan !

Lui et sa femme Margaret, un couple d'une cinquantaine d'années, habitaient au quatorzième étage de son immeuble. Lacey avait bavardé avec eux lors d'une réception donnée l'année précédente à Noël, et elle se souvenait d'avoir entendu des invités questionner Jack à propos d'un procès d'assises qu'il venait de gagner.

Elle décida de l'appeler immédiatement, mais s'aperçut que les Regan n'étaient pas dans l'annuaire.

Le pire serait qu'ils me claquent la porte au nez, se dit Lacey en prenant l'ascenseur jusqu'au quatorzième étage. En sonnant à leur porte, elle se surprit en train de surveiller nerveusement le couloir.

Leur étonnement en la voyant fit rapidement place à un accueil sincèrement chaleureux. Ils étaient en train de prendre un xérès avant le dîner et l'invitèrent à se joindre à eux. Ils étaient au courant du cambriolage.

« C'est en partie la raison de ma venue chez vous », commença-t-elle.

Lacey les quitta une demi-heure plus tard, ayant convenu que Regan la représenterait au cas probable où elle serait inculpée pour avoir gardé par-devers elle les pages du journal.

« Au minimum, ils peuvent vous accuser d'entrave à la justice, lui avait dit Regan. Mais s'ils croient que vous aviez un motif caché pour vous emparer du journal, l'accusation risque d'être plus sérieuse.

« — Mon seul motif était de tenir une promesse faite à une mourante », se défendit Lacey.

Regan sourit, mais son regard resta grave. « Vous n'avez pas à me convaincre, Lacey, cependant il faut avouer que ce n'était pas très malin. »

Elle avait une place de parking dans le sous-sol de son immeuble, un luxe auquel elle devrait probablement renoncer si les choses tournaient aussi mal qu'elle le redoutait. C'était l'une des nombreuses réalités auxquelles elle avait dû faire face aujourd'hui.

L'heure de pointe était passée, encore que la circulation restât dense. Je vais avoir une heure de retard, se dit Lacey en roulant pare-chocs contre pare-chocs sur le pont George Washington où une voie avait été fermée, créant un embouteillage monstre. Jay doit être d'une humeur exquise ! pensa-t-elle avec un sourire ironique, mais elle était sincèrement désolée de faire attendre sa famille.

Une fois engagée sur la route 4, elle réfléchit, se demandant si elle devait les mettre au courant de la situation. Je leur dirai tout, finit-elle par décider. Si maman ou Kit me téléphonent au bureau et ne m'y trouvent pas, il faudra bien qu'elles sachent.

Quand elle atteignit l'embranchement de la route 17, elle était parvenue à se rassurer. Jack Regan était un bon avocat. Il allait tout arranger.

Elle regarda dans son rétroviseur. La voiture qui roulait derrière elle était-elle en train de la suivre ? se demanda-t-elle en tournant dans Sheridan Avenue. Arrête... Tu deviens complètement parano.

Kit et Jay habitaient une rue tranquille dans un quartier cossu. Lacey se gara devant leur maison, sortit de sa voiture, et commença à remonter l'allée.

«La voilà, annonça joyeusement Bonnie. Lacey est arrivée!» Elle s'élança vers la porte.

«Pas trop tôt, grommela Jay.

— Dieu merci», murmura Mona Farrell. Elle savait que, malgré la présence d'Alex Carbine, Jay bouillait d'impatience.

Bonnie tira sur la porte et l'ouvrit. Au moment où elle tendait les bras vers Lacey, plusieurs coups de feu retentirent, suivis d'un sifflement de balles. Lacey sentit une douleur fulgurante lui traverser la tête et elle se jeta en avant, couvrant Bonnie de son corps. Les cris provenaient-ils de l'intérieur de la maison? Il lui semblait que c'était tout son être qui hurlait.

Dans le calme soudain qui suivit les détonations, elle prit rapidement conscience de la situation. La douleur qu'elle ressentait était bien réelle, mais elle comprit avec une angoisse déchirante que le sang qui jaillissait contre son cou venait du petit corps de sa nièce.

10

Au service de pédiatrie du centre médical de Hackensack, un médecin souriait à Lacey d'un air rassurant. « Bonnie l'a échappé belle, mais elle s'en tirera. Elle vous réclame, Mademoiselle Farrell. »

Lacey était restée dans la salle d'attente avec Alex Carbine. Lorsque Bonnie était sortie du bloc opératoire, Mona, Kit et Jay l'avaient suivie jusqu'à sa chambre. Lacey ne les avait pas accompagnés.

C'est ma faute, ma faute ! se répétait-elle, incapable de penser à autre chose. Elle ressentait vaguement la douleur provoquée par la balle qui lui avait éraflé le crâne. En vérité, son esprit et son corps étaient comme engourdis, plongés dans une sorte d'irréalité, incapables de saisir pleinement l'horreur de tout ce qui arrivait.

Comprenant son inquiétude, conscient qu'elle se sentait coupable, le médecin ajouta : « Mademoiselle Farrell, croyez-moi, son bras et son épaule mettront un certain temps à guérir complètement, mais en fin de compte il n'en restera aucune trace. Les enfants cicatrisent vite. Et oublient vite, aussi. »

Aucune trace, songea Lacey avec amertume, le regard fixé dans le vague. Bonnie s'était précipitée pour ouvrir la porte — c'était tout ce qu'elle avait fait. Elle m'attendait. Et ce seul geste a failli lui coûter la vie. Cela peut-il ne laisser aucune trace?

«Lacey, allez voir Bonnie», la pressa Alex.

Lacey se tourna vers lui, se souvenant avec gratitude que c'était lui qui avait appelé immédiatement la police pendant que sa mère tentait d'arrêter le sang qui giclait de l'épaule de Bonnie.

Dans la chambre de sa nièce, elle trouva Kit et Jay assis de part et d'autre du petit lit à barreaux. Sa mère se tenait un peu à l'écart, tout à fait calme à présent, observant la scène avec son œil d'infirmière.

L'épaule et le haut du bras de Bonnie étaient enveloppés d'un épais bandage. D'une voix endormie, elle protestait. «Je ne suis pas un bébé. Je ne veux pas être dans un berceau.» Puis elle aperçut Lacey et son visage s'éclaira. «Lacey!»

Lacey s'efforça de plaisanter. «Ils t'ont fait un pansement du tonnerre. Où dois-je signer?»

Bonnie lui rendit son sourire. «Est-ce qu'on t'a fait mal à toi aussi?»

Lacey se pencha au-dessus du lit. Le bras de Bonnie était soutenu par un oreiller.

Juste avant de mourir, Isabelle Waring avait plongé son bras sous l'oreiller, en avait retiré les pages couvertes de sang. C'est parce que j'étais là-bas il y a deux jours que Bonnie est ici ce soir. Nous pourrions être en train d'organiser son enterrement, en ce moment.

«Elle va se rétablir, Lacey, dit doucement Kit.

— Tu ne t'es donc pas aperçue qu'on te suivait? demanda Jay.

— Pour l'amour du ciel, Jay, tu deviens fou ou quoi? s'écria Kit d'un ton indigné. Bien sûr qu'elle ne s'en est pas aperçue. »

Bonnie est blessée et les voilà qui se disputent à cause de moi, se dit Lacey. Ça ne peut pas continuer comme ça.

Les yeux de Bonnie se fermaient. Lacey se pencha et l'embrassa.

« Reviens vite, s'il te plaît, supplia Bonnie.

— Je te le promets, mais j'ai des choses à faire d'abord. »

Ses lèvres s'attardèrent un instant sur la joue de l'enfant. *Je ne te ferai jamais plus courir de danger*, se jura-t-elle.

De retour dans la salle d'attente, Lacey y trouva des inspecteurs dépêchés par le procureur du comté de Bergen. « Nous avons été avertis par New York, lui dirent-ils.

— L'inspecteur Sloane?

— Non. Le bureau du procureur général, Mademoiselle Farrell. On nous a demandé d'assurer votre sécurité jusqu'à votre retour chez vous. »

11

Gary Baldwin, le procureur général pour le sud de l'Etat, avait dans la vie courante une expression bienveillante qui étonnait ceux qui l'avaient vu en action dans un procès. Des lunettes sans monture accentuaient son air d'intellectuel. Mince, de taille moyenne, la voix douce, il était néanmoins capable d'annihiler un témoin durant un contre-interrogatoire, et ce, sans même élever le ton. Agé de quarante-trois ans, il ne cachait pas qu'il nourrissait des ambitions politiques au plan national, et souhaitait couronner sa carrière de procureur par une affaire retentissante qui s'étalerait à la une de tous les journaux.

Cette affaire venait peut-être de lui tomber du ciel. Elle possédait tous les ingrédients voulus : une jeune femme est témoin d'un meurtre dans un appartement du quartier chic de l'Upper East Side à Manhattan, la victime est l'ex-femme d'un restaurateur célèbre. Qui plus est, le témoin a vu l'agresseur et peut l'identifier.

Baldwin savait que si Savarano était sorti de l'ombre pour perpétrer ce crime, l'affaire avait un rapport avec la drogue. Tenu pour mort depuis deux ans, l'homme était un tueur à gages professionnel, chargé d'éliminer quiconque s'opposait au réseau pour lequel il travaillait. Difficile d'imaginer plus impitoyable que lui.

Mais quand la police avait montré à Lacey Farrell les photos anthropométriques de Savarano, elle ne l'avait pas reconnu. Soit sa mémoire était défaillante, soit la chirurgie esthétique avait suffisamment transformé Savarano pour dissimuler son identité. J'opterais pour la deuxième hypothèse, pensa Baldwin, et dans ce cas cela signifie que Lacey Farrell est pratiquement la seule personne à pouvoir l'identifier.

Le rêve de Gary Baldwin était d'arrêter Savarano et de requérir contre lui ; ou, mieux encore, de négocier avec lui un allégement de peine en échange de preuves contre les véritables commanditaires.

Mais l'appel qu'il venait de recevoir de l'inspecteur Sloane l'avait mis hors de lui. Le journal qui semblait jouer un rôle capital dans cette affaire avait été volé à l'intérieur même du commissariat. « Je l'avais rangé dans mon casier dans la salle de police — sous clé bien entendu — et Nick Mars et moimême avions commencé à le lire, à la recherche d'un indice susceptible de nous aider, avait expliqué Sloane. Il a disparu au cours de la soirée d'hier. Nous mettons la baraque sens dessus dessous pour découvrir qui l'a piqué. »

Puis Ed avait ajouté : « Jimmy Landi est en possession de la copie que Farrell lui a remise. Je pars la récupérer chez lui.

— Trouvez-la avant qu'elle ne se volatilise, elle aussi. »

Il raccrocha brutalement. Il avait convoqué Lacey Farrell dans son bureau ; il avait un bon nombre de questions à lui poser.

Lacey savait qu'elle était naïve de croire que le fait de remettre son exemplaire du journal à la police mettrait fin à son implication dans cette affaire. Le jour pointait lorsqu'elle était rentrée chez elle, mais elle n'avait pu fermer l'œil, prise entre le remords d'avoir fait courir un risque mortel à Bonnie et un sentiment de stupeur face au chaos dans lequel sa vie se trouvait brusquement plongée. Elle avait l'impression d'être une paria : seule capable d'identifier le dénommé Curtis Caldwell, non seulement elle était menacée, mais elle mettait en danger tous ses proches.

Je ne peux pas aller voir maman ni Kit ni les enfants, se dit-elle. Je ne peux pas les recevoir chez moi. J'ai peur de sortir dans la rue. Combien de temps cette situation va-t-elle durer ? Et qu'est-ce qui peut y mettre fin ?

Jack Regan l'avait rejointe dans la salle d'attente du procureur général. Il lui avait adressé un sourire rassurant au moment où une secrétaire avait annoncé : « Vous pouvez entrer maintenant. »

C'était une habitude chez Baldwin de faire patienter ses interlocuteurs pendant qu'il terminait ostensiblement de noter quelque chose dans un dossier. Les paupières à demi baissées, il examina Lacey et son avocat pendant qu'ils s'asseyaient. Lacey avait l'apparence d'une femme en proie à une grande tension nerveuse, songea-t-il. Rien d'étonnant; la veille au soir, elle avait essuyé plusieurs coups de feu dont l'un lui avait éraflé la tête, et un autre avait sérieusement blessé une enfant de quatre ans. Un miracle que personne n'ait été tué. Du moins jusqu'à présent, ajouta Baldwin en son for intérieur.

S'intéressant enfin à leur présence, il ne mâcha pas ses mots : «Mademoiselle Farrell, je suis navré que vous ayez subi toutes ces épreuves, mais le fait est que vous avez sérieusement compromis une enquête criminelle en subtilisant des pièces à conviction sur les lieux du crime. Pour autant que nous le sachions, vous en avez peut-être même détruit une partie. Celle que vous avez fini par nous remettre a maintenant disparu, preuve flagrante de son importance.

— Je n'ai pas détruit...», commença Lacey, immédiatement interrompue par Regan : «Vous n'avez aucun droit d'accuser ma cliente...»

Baldwin les coupa tous les deux, levant la main pour demander le silence. Ignorant Regan, d'une voix glaciale, il continua : «Mademoiselle Farrell, nous n'avons sur ce point que votre parole. Mais je peux vous certifier une chose : l'homme que vous connaissez sous le nom de Curtis Caldwell est un tueur impitoyable. Nous avons besoin de votre témoignage pour le confondre, et nous ferons en sorte que rien ne vienne l'entraver, croyez-moi.»

Il marqua une pause et riva son regard sur elle. «Mademoiselle Farrell, il est en mon pouvoir de vous retenir comme témoin de fait. Je vous préviens qu'il s'agit d'une situation qui n'a rien d'enviable.

Cela signifie que vous seriez gardée vingt-quatre heures sur vingt-quatre dans un endroit déterminé.

— Pour une période de quelle durée ? interrogea Lacey.

— Nous l'ignorons. Aussi longtemps qu'il le faudra pour arrêter le meurtrier et, avec votre aide, le faire condamner. Je sais seulement que jusqu'à l'arrestation de l'assassin d'Isabelle Waring, votre vie ne vaut pas un clou, et jusqu'à aujourd'hui il ne s'est jamais présenté d'occasion de poursuivre cet homme en justice avec quelque espoir de succès.

— Serai-je en sécurité après avoir témoigné contre lui ? » demanda Lacey. Assise en face du procureur, elle eut soudain l'impression d'être dans une voiture qui se précipitait en bas d'une côte vertigineuse, hors de contrôle, sur le point de s'écraser.

« Non, vous ne le serez pas, dit Jack Regan fermement.

— Au contraire, leur dit Baldwin. Ce type est claustrophobe. Il fera n'importe quoi pour éviter la prison. Maintenant que nous pouvons lui coller un meurtre sur le dos, il se laissera peut-être convaincre de témoigner contre ses complices, auquel cas il ne comparaîtrait même pas devant un tribunal. Mais avant d'en arriver là, nous devons vous garder en sécurité, mademoiselle Farrell. »

Il resta un moment silencieux. « Avez-vous jamais entendu parler du programme de protection des témoins ? »

12

Enfermé à double tour dans son bureau, il contempla à nouveau le journal de Heather. C'était bel et bien inscrit là. Mais il s'était occupé du problème. Les flics s'intéressaient à tous les noms qu'elle avait mentionnés. Il leur souhaitait bonne chance. Ils pouvaient toujours courir.

Il tourna les pages. Le sang avait séché depuis longtemps, sans doute quelques minutes après avoir coulé. Malgré tout, ses mains lui parurent poisseuses. Il les essuya à son mouchoir humecté avec l'eau de la carafe qu'il gardait toujours à proximité. Puis il resta assis sans bouger, pliant et dépliant ses doigts, seul signe visible de son agitation.

Lacey Farrell avait disparu de la circulation depuis trois mois. Soit ils la retenaient comme témoin de fait, soit ils l'avaient mise à l'abri, conformément à leur programme de protection des témoins. Elle avait vraisemblablement fait une copie du journal, à l'intention de Jimmy Landi, mais qu'est-ce qui l'aurait empêchée d'en tirer une autre pour elle-même ?

Rien.

Où qu'elle soit, elle avait à coup sûr deviné que si ce journal avait été la cause d'un meurtre, il contenait assurément quelque chose de capital. Isabelle lui avait sans doute raconté tout ce qui lui passait par la tête. Dieu seul savait ce qu'elle avait pu dire.

Sandy Savarano était à nouveau planqué. Lui qui semblait le type idéal pour récupérer le journal et s'occuper d'Isabelle Waring, il s'était montré négligent. Bêtement négligent. Par deux fois. Primo, il s'était laissé surprendre par Lacey chez Isabelle Waring au moment du meurtre ; résultat, elle pouvait l'identifier (et si les fédéraux mettaient la main sur lui, c'était ce qui arriverait). Secundo, il avait laissé dans l'appartement de la même Lacey une empreinte digitale permettant de le relier au cambriolage. Sandy lâcherait tout à la minute plutôt que d'aller en prison, ça il le savait.

Il fallait retrouver la piste de Lacey Farrell, et envoyer Savarano la liquider.

Alors, peut-être pourrait-il dormir tranquille.

13

LE nom au-dessus de la sonnette à la porte du petit immeuble résidentiel situé dans Hennepin Avenue à Minneapolis était «Alice Carroll». Pour les voisins, c'était une jolie jeune femme, entre vingt-cinq et trente ans, qui ne travaillait pas et fréquentait peu de monde.

Lacey savait que c'était la description qu'ils faisaient d'elle. En ce qui concernait sa solitude, ils avaient raison. Après trois mois, l'impression de torpeur qui s'était abattue sur elle se dissipait, remplacée par une profonde sensation d'isolement.

On ne m'a pas donné le choix, se répétait-elle quand elle restait éveillée la nuit, se rappelant qu'on lui avait recommandé d'emporter des vêtements chauds mais ni photos de famille ni objets portant son nom ou ses initiales.

Kit et sa mère étaient venues l'aider à faire ses valises, et lui dire au revoir. Toute la famille pensait que c'était temporaire, une sorte de congé forcé.

Au dernier moment, sa mère avait tenté de venir

avec elle. « Tu ne peux pas partir seule, Lacey. Kit n'a pas besoin de moi, elle a Jay et les enfants.

— Tu serais perdue sans eux, lui avait rétorqué Lacey. N'y songe pas, maman.

— Lacey, Jay a dit qu'il paierait les charges de ton appartement », lui avait promis Kit.

Sa réponse instinctive — « Je peux les payer pendant quelque temps encore » — avait été dictée par une inutile vanité. Sitôt partie au loin sous une autre identité, elle n'aurait plus le moindre contact avec ce qui faisait partie de sa vie à New York. Même un chèque destiné à régler les charges, signé d'un nom d'emprunt, risquait de la faire repérer.

Tout s'était passé avec célérité et efficacité. Deux agents en uniforme l'avaient fait monter dans une voiture de police, comme s'ils la conduisaient au commissariat pour un interrogatoire. Ses valises avaient été descendues au garage où attendait une camionnette banalisée. Puis elle avait été transférée dans un fourgon blindé qui l'avait amenée dans ce qu'ils appelaient un « site de sécurité » et centre d'orientation dans la région de Washington.

Alice au pays des merveilles, avait songé Lacey une fois enfermée dans l'enceinte de ces murs, voyant son identité disparaître au fur et à mesure que le temps s'écoulait. Durant des semaines, elle avait travaillé avec un instructeur à s'inventer un nouveau passé. Tout ce qu'elle avait été n'existait plus. Il en restait toujours la trace dans sa mémoire, certes, mais au bout d'un certain temps elle s'était mise à douter même de cette réalité. Aujourd'hui, il n'y avait plus que des coups de téléphone hebdomadaires passés sur des lignes spéciales, des lettres acheminées par des services de sécurité — sinon, aucun contact. Aucun. Rien. Rien qu'une accablante solitude.

La seule réalité était sa nouvelle identité. Son instructeur l'avait placée devant un miroir. «Regardez-vous, Lacey. Vous voyez cette jeune femme? Ce que vous croyez connaître d'elle n'existe pas. Oubliez-la. Oubliez tout ce qui la concerne. Ce sera difficile au début — vous aurez l'impression de jouer à un drôle de jeu, de faire semblant. Il y a une vieille chanson de Jerry Vale qui décrit ça très bien. Je ne sais pas chanter, mais je connais les paroles : *Comme si tu ne la voyais pas... trop tard pour se sauver... regarde au-delà d'elle... comme si tu ne la voyais pas...*»

C'était alors qu'elle avait choisi son nouveau nom, Alice Carroll, d'après *Alice au pays des merveilles* de Lewis Carroll.

Il s'accordait parfaitement à sa situation.

14

LE raffut des travaux de rénovation dans l'appartement qui jouxtait celui où avait vécu Heather assaillit Rick Parker au moment où il sortait de l'ascenseur. Qui diable s'occupait du chantier ? fulmina-t-il. Une entreprise de démolition ou quoi ?

Dehors, le ciel était chargé de nuages. Des chutes de neige étaient prévues en fin de journée. Mais même la vague lumière grise qui pénétrait par les fenêtres suffisait à souligner l'aspect abandonné de l'entrée et du séjour.

Rick renifla. L'air sec sentait le renfermé et la poussière. Il alluma l'électricité et constata qu'une couche poudreuse recouvrait le dessus des tables, des rayonnages et des commodes.

Il jura en silence. Ce crétin d'intendant ! C'était à lui de s'assurer que l'entrepreneur isolait efficacement les locaux qu'il restaurait.

Il décrocha l'interphone et hurla au portier : « Dites à ce bon à rien d'intendant de monter. Sur-le-champ. »

Tim Powers, un grand gaillard d'un naturel affable, était l'intendant du 3, 70ᵉ Rue Est depuis quinze ans. Il savait mieux que personne que dans l'univers des propriétaires-locataires, c'était toujours à l'intendant de l'immeuble que tout le monde s'en prenait, mais, ainsi qu'il le faisait remarquer avec philosophie à sa femme à la fin d'une mauvaise journée : « Si tu ne supportes pas les odeurs de cuisine, ne fais pas de cuisine. » Il avait appris à écouter patiemment les récriminations des copropriétaires exaspérés par la lenteur de l'ascenseur, l'évier qui fuyait, les chasses d'eau qui coulaient, ou les caprices du chauffage.

Aujourd'hui cependant, figé dans l'embrasure de la porte, écoutant la diatribe de Rick Parker, Tim se dit que jamais durant toutes ces années à encaisser plaintes et reproches, il n'avait assisté à l'explosion d'une pareille fureur.

Il avait trop d'expérience pour envoyer Rick sur les roses. Ce type était peut-être un petit con qui profitait de la situation de papa, il n'en était pas moins un Parker, et les Parker possédaient l'une des plus grosses agences immobilières de Manhattan.

Parker junior se tut pour reprendre son souffle. Tim en profita pour suggérer : « Allons chercher la personne concernée, vous pourrez lui dire tout ça directement. » Il sortit dans le couloir et frappa à la porte de l'appartement voisin. « Charlie, viens un peu par ici. »

La porte s'ouvrit brusquement et les bruits de marteau et de masse devinrent assourdissants. Charley Quinn, un homme à la barbe grisonnante, vêtu d'un jean et d'un sweat-shirt, un rouleau de plans à la main, sortit dans le couloir. «Je suis occupé, Tim, dit-il.

— Pas tant que ça, répondit Powers. Je t'ai déjà dit de t'occuper de l'isolation avant de commencer la démolition. Monsieur Parker, peut-être voulez-vous expliquer la raison de votre mécontentement ?

— Maintenant que la police a enfin vidé les lieux, explosa Rick, nous sommes chargés de la vente de l'appartement. Pouvez-vous me dire comment amener des gens ici avec le bordel que vous mettez ? Impossible ! »

Il repoussa Tim, sortit dans le couloir et appela l'ascenseur. Lorsque la porte se fut refermée derrière lui, Tim Powers et l'entrepreneur se regardèrent.

«Quelle mouche l'a piqué ? fit simplement Powers. Quel enfoiré !

— C'est peut-être un enfoiré, répliqua Quinn, mais c'est le genre de type capable de perdre les pédales. » Il soupira. «Propose-lui de faire venir une entreprise de nettoyage, Tim. Nous paierons la facture. »

Rick Parker se garda de regagner directement l'agence. Il n'avait pas envie de se retrouver face à son père. J'aurais dû me maîtriser, se reprocha-t-il. Il tremblait encore de colère.

Janvier est un mois détestable à New York, pensa-t-il. Alors qu'il pénétrait dans Central Park, marchant d'un pas rapide sur une piste de jogging, un coureur l'effleura en le dépassant. « Faites attention, bon Dieu ! » aboya littéralement Rick.

L'homme ne ralentit pas. « Calme-toi, mon vieux », cria-t-il par-dessus son épaule.

Calme-toi ! Tu parles, marmonna Rick en lui-même. Le vieux me confie enfin du boulot et c'est ce matin que choisit ce fouinard d'inspecteur pour se ramener.

L'inspecteur Sloane était passé, posant les mêmes questions, revenant sur les mêmes sujets. « Le jour où vous avez reçu cet appel du dénommé Curtis Caldwell, vous n'avez donc pas pensé à vérifier son identité auprès du cabinet d'avocats dont il se réclamait ? » avait-il demandé pour la centième fois.

Rick enfonça ses mains dans ses poches, se souvenant de sa piètre réponse. « Nous traitons beaucoup d'affaires avec Keller, Roland et Smythe, avait-il dit. Notre agence gère leur immeuble. Je n'avais aucune raison de ne pas lui faire confiance.

— Comment votre interlocuteur se serait-il douté que son identité ne serait pas contrôlée ? Je crois savoir que Parker et Parker a pour règle de prendre des renseignements sur tous les clients qui font appel à eux, de s'assurer de leur fiabilité avant de leur faire visiter des appartements de luxe. »

Rick se souvint de la panique qui l'avait saisi quand son père, sans frapper, était venu les rejoindre.

« Je vous ai déjà dit, et je vous le répète, que j'ignore comment mon interlocuteur a eu l'idée d'utiliser le nom de ce cabinet », avait affirmé Rick.

Il donna un coup de pied dans une boule de neige sale qui se trouvait sur son chemin. La police

105

avait-elle des doutes parce qu'il était à l'origine du rendez-vous ? Commençaient-ils à soupçonner qu'il n'y avait jamais eu le moindre appel téléphonique ?

J'aurais dû inventer une histoire plus plausible, pensa-t-il, frappant furieusement du pied dans la terre gelée. Mais c'est trop tard maintenant. Il était coincé avec son scénario. Il n'avait plus qu'à s'y tenir !

15

Le mot clé du programme est « sécurité », se rappela Lacey en commençant une lettre destinée à sa mère. De quoi vais-je parler ? Pas du temps. Si je mentionne qu'il fait moins trente et qu'il y a eu une chute de neige record de soixante-cinq centimètres, on saura que je suis dans le Minnesota. C'est le genre d'information à éviter.

Je ne peux rien raconter concernant mon travail, pour la bonne raison que je n'en ai pas encore. Je peux écrire en revanche que mon faux extrait de naissance et ma fausse carte de Sécurité sociale viennent de me parvenir, et que j'ai l'intention de chercher un job. Je suppose que je peux dire aussi que j'ai un permis de conduire, et que mon conseiller, un officier de la police fédérale, m'a emmenée acheter une voiture d'occasion. C'est le programme qui me l'a payée. Formidable, non ? Naturellement je ne peux pas révéler que l'officier s'appelle George Svenson, pas plus que maman et Kit ne doivent savoir que j'ai acheté une Bronco bordeaux, vieille de trois ans.

Elle écrivit donc :

Mon conseiller est un brave type ; il a trois filles.

Non, supprime la dernière phrase. Trop spécifique.

Mon conseiller est un brave type. Très patient. Il est venu avec moi acheter des meubles pour le studio.

Trop précis. Mieux vaut mettre *appartement* à la place de *studio*.

Mais tu me connais. Je ne voulais pas d'un ensemble assorti, aussi a-t-il accepté de m'accompagner dans une brocante, où j'ai déniché de jolis meubles d'occasion qui ont le mérite d'avoir du charme. Pourtant je regrette ma garçonnière. Dis à Jay que je lui suis sincèrement reconnaissante de payer les charges à ma place.

C'était suffisamment prudent, jugea Lacey, et c'est vrai que je suis reconnaissante envers Jay. Mais je le rembourserai jusqu'au dernier centime, se jura-t-elle.

Elle était autorisée à téléphoner chez elle une fois par semaine sur une ligne spéciale. Lors de sa dernière conversation, elle avait entendu Jay, dans le fond, dire à Kit de se dépêcher. D'accord, c'était infernal d'être obligé d'attendre un appel à une heure donnée. Elle en convenait. Et personne ne pouvait la rappeler.

Il semble que les enfants se soient bien amusés en vacances et je suis si heureuse que le bras de Bonnie récupère sa force. On dirait que le séjour au ski des garçons a été sensationnel. Dis-leur que j'irai faire du surf avec eux dès mon retour.

Prends soin de toi, maman. J'ai l'impression qu'Alex et toi êtes faits pour vous entendre. Qu'importe s'il te casse un peu les pieds de temps en temps. Je suis certaine que

c'est quelqu'un de bien, et je n'oublierai jamais sa gen-
tillesse la nuit où Bonnie a été opérée.

Je vous aime tous. Dieu fasse qu'ils trouvent et arrêtent
le meurtrier d'Isabelle Waring, qu'il accepte de négocier
avec la justice et que je sorte enfin d'ici.

Lacey signa, plia la lettre et la mit dans une enveloppe. Svenson l'enverrait par la filière de sécurité.
Ecrire à sa mère et à Kit, leur parler au téléphone
rompait un peu l'isolement où elle se trouvait. Mais
une fois la lettre ou la conversation téléphonique
terminées, le découragement qui leur succédait
n'en était que plus douloureux.

Allons, se reprocha-t-elle, cesse de t'apitoyer sur
ton sort. Ça ne sert à rien et, Dieu merci, les fêtes
sont terminées. « Ici, ce sont elles que je redoute le
plus ! » dit-elle tout haut. Elle avait pris l'habitude
de se parler à elle-même.

Pour tenter de briser la monotonie du jour de
Noël, elle avait assisté à la messe à Saint-Olav, l'église
qui portait le nom du roi guerrier de Norvège,
ensuite elle avait dîné à l'hôtel Northstar.

Durant la messe, lorsque le chœur avait entonné
Adeste fidelis, les larmes lui étaient montées aux yeux
au souvenir du dernier Noël qu'elle avait passé avec
son père. Ils s'étaient rendus ensemble à la messe
de minuit à Saint-Malachy, dans le quartier des
théâtres de Manhattan. Sa mère avait toujours dit
que Jack Farrell serait devenu une vedette s'il avait
choisi de faire une carrière de chanteur plutôt que
de musicien. Il avait une voix superbe. Lacey se rappelait s'être tue cette nuit-là pour le simple plaisir
d'entendre la clarté de son timbre et la chaleur qu'il
mettait dans ce chant de Noël.

A la fin, il avait murmuré : «Ah, Lace, il y a quelque chose d'unique dans la langue latine, tu ne trouves pas?»

Durant son repas solitaire, ses yeux s'étaient à nouveau embués à la pensée de sa mère, de Kit, de Jay et des enfants. Sa mère et elle avaient coutume de fêter Noël chez Kit, elles arrivaient chargées de cadeaux pour les enfants que «le Père Noël avait déposés chez elles».

Quand il avait dix ans, Andy, comme Todd au même âge, y croyait encore. A quatre ans, Bonnie était déjà au courant de la réalité des choses. Lacey avait envoyé des cadeaux à toute sa famille par la filière de sécurité, mais cela ne remplaçait pas le bonheur de se trouver sur place, naturellement.

Tout en feignant d'apprécier le dîner qu'elle avait commandé au Northstar, elle s'était remémoré la table dressée par Kit, le lustre de Waterford dont les lumières se reflétaient sur les verres de Venise.

Arrête de ressasser des souvenirs! se sermonna à nouveau Lacey. Elle rangea l'enveloppe dans un tiroir en attendant que Svenson passe la prendre.

Désœuvrée, elle fouilla dans le bas de son bureau et en sortit la copie du journal de Heather Landi. *Isabelle voulait que j'y trouve quelque chose. Mais quoi?* Elle l'avait lue et relue si souvent qu'elle aurait pu en réciter chaque mot par cœur.

Certaines entrées étaient très rapprochées, une ou plusieurs par jour. D'autres étaient espacées d'une semaine, d'un mois, voire même de six semaines. Au total, le journal couvrait les quatre années que Heather avait passées à New York. Elle décrivait en détail sa recherche d'un appartement, l'insistance de son père à la voir habiter un immeuble situé dans un quartier tranquille de l'East Side. Heather préférait visiblement le West Side, ainsi qu'elle l'avait mentionné : « C'est moins guindé et plus vivant. »

Elle parlait de ses cours de chant, de ses auditions et de son premier rôle dans un spectacle à New York — une reprise de *The Boy Friend*, à l'Equity. Ce dernier passage avait fait sourire Lacey. Heather terminait par : « Du balai, Julie Andrews ! Place à Heather Landi ! »

Elle donnait des détails sur les pièces qu'elle avait vues, et ses analyses sur la mise en scène et le jeu des acteurs étaient pleines de pertinence et de maturité. Elle racontait également avec la même vivacité les réceptions auxquelles elle avait assisté, souvent grâce aux relations de son père. Mais certains commentaires concernant ses petits amis étaient étonnamment enfantins. Lacey avait la nette impression que Heather avait été excessivement protégée par son père et par sa mère jusqu'au jour où, après deux ans d'université, elle était venue s'installer à New York pour y tenter une carrière théâtrale.

Il était clair qu'elle avait été très proche de ses deux parents. Tout ce qu'elle écrivait à leur propos était empreint de chaleur et de tendresse, même si elle se plaignait souvent de la nécessité de faire plaisir à son père.

Une entrée, en particulier, avait dès le début intrigué Lacey.

111

Papa a piqué une rage contre l'un des maîtres d'hôtel aujourd'hui. Je ne l'avais jamais vu dans une telle fureur. Le malheureux avait les larmes aux yeux. Je comprends ce que maman voulait dire lorsqu'elle m'a mise en garde contre sa colère et conseillé de réfléchir avant de lui annoncer que je ne voulais pas vivre dans l'East Side. Il me tuerait s'il découvrait à quel point il avait raison. Dieu que j'étais bête !

Pour quelle raison Heather avait-elle fait cette remarque ? se demanda Lacey. C'était sans doute sans grande importance. De toute façon, cela remontait à quatre ans avant sa mort, et c'était la seule fois où elle y faisait allusion.

A lire la fin de son journal, il était flagrant que Heather était profondément perturbée par quelque chose. Elle se plaignait à plusieurs reprises d'être prise « entre le marteau et l'enclume », ajoutant : « Je ne sais pas quoi faire. » Contrairement aux autres, ces dernières entrées étaient rédigées sur du papier uni.

Ces observations n'avaient rien d'explicite, mais à l'évidence elles avaient éveillé les soupçons d'Isabelle Waring.

Par ailleurs, elles pouvaient avoir trait à une décision concernant son travail, à un boy friend, ou à n'importe quoi d'autre, conclut Lacey, perplexe, en rangeant les pages dans le tiroir. Dieu sait que je suis prise entre le marteau et l'enclume, moi aussi.

Parce que quelqu'un veut te tuer, chuchota une voix dans sa tête.

Lacey claqua le tiroir. *Ça suffit!*

Une tasse de thé me fera du bien, décida-t-elle, espérant ainsi dissiper le pénible sentiment de solitude et de peur qui menaçait de l'envahir à nouveau.

Impatiente, elle tourna le bouton de la radio. En général elle choisissait une chaîne musicale, mais l'appareil était réglé sur les petites ondes et une voix disait : « Bonjour, je suis Tom Lynch, votre hôte sur WCIV pendant les quatre prochaines heures. »

Tom Lynch!

Lacey sursauta, son mal du pays momentanément envolé. Elle avait noté tous les noms mentionnés dans le journal de Heather Landi, et l'un d'eux était Tom Lynch, un présentateur d'une radio de province pour lequel Heather semblait avoir eu un penchant à un moment de sa vie.

Etait-ce le même homme? Et, si oui, pourrait-elle apprendre par son intermédiaire quelque chose sur Heather?

C'était une piste à suivre.

16

Tom Lynch était typiquement un homme du Middle West. Elevé dans le Dakota du Nord, il faisait partie de ces forces de la nature qui estiment que moins vingt est une température revigorante, et que seules les femmelettes se plaignent du froid.

«Mais aujourd'hui, elles n'ont pas tout à fait tort», dit-il avec un sourire à l'adresse de Marge Peterson, la standardiste de la station de radio WCIV de Minneapolis.

Marge le regarda avec une affection maternelle. Il lui réchauffait le cœur, et depuis qu'il s'occupait des talk-shows de l'après-midi, il était indéniable qu'il faisait le même effet sur de nombreux habitants de la région de Minneapolis-Saint Paul. Vu l'augmentation régulière des lettres de fans qui atterrissaient sur son bureau, Marge prédisait que le populaire animateur allait faire une grande carrière à la radio. Son subtil mélange de nouvelles, d'interviews et de débats, joints à un humour irrévérencieux, lui attirait une large audience parmi toutes les classes d'âge. Et si ses auditeurs le voyaient en chair et en os! pensait-elle en contemplant ses yeux bruns pailletés de vert, ses cheveux châtains toujours un peu ébouriffés, son sourire avenant et ses traits irréguliers emplis de séduction. Il est fait pour la télévision.

Marge se réjouissait du succès de Tom — et en conséquence de celui de la station —, pourtant elle savait que c'était à double tranchant. Plusieurs stations concurrentes avaient déjà tenté de le débaucher mais il avait clairement annoncé sa stratégie : faire de WCIV la station numéro un de la région avant d'envisager un changement. Le but est presque atteint, pensa-t-elle avec un soupir, bientôt nous allons le perdre.

« Marge, vous avez des ennuis? demanda Tom gentiment. Vous semblez préoccupée. »

Elle rit et secoua la tête. « Mais non, tout va bien. Vous allez au gymnase? »

Au moment de quitter l'antenne, il avait dit à ses auditeurs que même un pingouin ne mettrait pas le nez dehors par un temps pareil, et qu'il comptait donc se rendre au Twin Cities Gym un peu plus tard, espérant y retrouver certains d'entre eux. Le Twin Cities était un des sponsors de son émission.

« Vous avez deviné. A plus tard. »

« Comment avez-vous entendu parler de nous, Mademoiselle Carroll? demanda Ruth Wilcox à Lacey pendant qu'elle remplissait son formulaire d'inscription au Twin Cities Gym.

— En écoutant l'émission de Tom Lynch », répondit Lacey. Sentant le regard observateur de son interlocutrice, elle se crut obligée d'expliquer : «Cela fait un certain temps que je songe à m'inscrire dans un gymnase, et puisque j'ai l'occasion de faire un essai ici avant de me décider... » Elle laissa sa voix traîner. «Vous êtes situés près du quartier où j'habite», ajouta-t-elle vaguement.

Au moins cela me servira-t-il d'expérience pour le jour où il me faudra chercher du travail, se dit-elle. La seule perspective de remplir l'imprimé l'avait effrayée, car c'était la première fois qu'elle utilisait sa nouvelle identité. C'était une chose de s'exercer avec son conseiller, l'agent George Svenson, une autre de passer à la pratique.

Sur le chemin du gymnase, elle avait récapitulé mentalement chaque détail. Elle était Alice Carroll, de Hartford, Connecticut, diplômée de Caldwell, une référence sans risque car le collège était aujourd'hui fermé. Elle avait été secrétaire médicale à Hartford. Le médecin avait pris sa retraite alors qu'elle était en train de rompre avec son fiancé, et le moment lui avait semblé propice pour aller faire sa vie ailleurs. Elle avait choisi Minneapolis parce qu'elle y était venue adolescente et que la ville lui avait plu. Elle était fille unique. Son père était mort et sa mère s'était remariée et vivait à Londres.

Ce n'était pas ça qui comptait pour l'instant, pensa-t-elle en cherchant dans son sac sa nouvelle carte de Sécurité sociale. Elle devait faire très attention ; machinalement, elle avait commencé à inscrire son vrai numéro, s'était reprise à temps. Son adresse — 1 East End Avenue, New York, NY 10021 — lui vint tout de suite à l'esprit. *Non* : 540 Hennepin Avenue, Minneapolis... Sa banque : Chase ; *non* :

First State. Son emploi? Elle cocha la case «sans». Parent ou ami à prévenir en cas d'accident? Svenson lui avait fourni un nom, une adresse et un numéro de téléphone à utiliser dans ce cas. Tous les appels passés à ce numéro parviendraient jusqu'à lui.

Elle en arriva aux questions concernant son passé médical. Avait-elle quelque chose à signaler? Oui, pensa-t-elle. Une légère cicatrice à l'endroit où la balle m'a éraflé le crâne. Des contractures dans le dos parce que j'ai l'impression d'être suivie en permanence et qu'un jour dans la rue, j'entendrai des pas derrière moi, je me retournerai et...

«Y a-t-il une question qui vous embarrasse? demanda aimablement l'hôtesse. Peut-être puis-je vous aider.»

En proie à une méfiance exagérée, Lacey crut lire un soupçon dans le regard de la jeune femme. Elle sent que mon histoire n'est pas claire. Elle parvint à sourire. «Non, aucune question.» Elle signa en bas de l'imprimé et le poussa sur le bureau.

Ruth Wilcox l'examina. «Parr-fait», fit-elle avec un léger ronronnement dans la voix. Le motif de son pull représentait des chatons jouant avec une pelote de laine. «Maintenant, permettez-moi de vous faire visiter les lieux.»

L'endroit était agréable, bien équipé, doté d'une grande variété d'appareils, d'une piste de jogging, de salles spacieuses pour les exercices d'aérobic, d'une piscine olympique, d'un hammam et d'un sauna, et d'un agréable bar à jus de fruits.

«Il y a beaucoup de monde tôt dans la matinée et après les heures de bureau», commença à expli-

quer Ruth, s'interrompant pour s'exclamer :
« Tenez, regardez qui est là ! » Elle héla un homme
aux larges épaules qui s'éloignait dans la direction
opposée vers le vestiaire. « Tom, venez ici une
minute. »

Il s'immobilisa et se retourna, vit Ruth Wilcox agiter le bras, l'invitant à les rejoindre.

Une seconde plus tard, elle faisait les présentations : « Tom Lynch, Alice Carroll. Alice vient de
s'inscrire au gymnase parce qu'elle vous a entendu
vanter notre établissement dans votre émission. »

Il eut un sourire aimable. « Je suis ravi d'être aussi
persuasif. Content de faire votre connaissance,
Alice. » Avec un rapide hochement de tête et un
autre sourire éclatant, il les quitta.

« Hein, qu'il est merveilleux ? fit Ruth. Si je n'avais
personne dans ma vie, j'aimerais… Bon, n'en parlons plus. L'ennui, c'est que les célibataires cher-
chent des prétextes pour l'aborder et se montrent
quelquefois un peu trop insistantes avec lui. Mais
quand il vient ici, c'est pour faire des exercices, un
point c'est tout. »

Un avis à mots couverts qu'enregistra Lacey. « Moi
aussi », dit-elle d'un ton dégagé, espérant paraître
convaincante.

17

Mona Farrell était assise seule à une table du nouveau restaurant à la mode, l'Alex's Place. Il était onze heures du soir, et la salle à manger comme le bar grouillaient encore de monde après la sortie des théâtres. Le pianiste jouait « Unchained Melody » et Mona se sentit soudain envahie d'une indicible tristesse. C'était jadis l'une des chansons préférées de Jack.

Les paroles flottèrent dans son esprit. *Et le temps peut tant faire...*

Depuis peu, elle était toujours au bord des larmes. Oh, Lacey, pensa-t-elle, où es-tu ?

« Me permettez-vous de tenir compagnie à une jolie femme ? »

Mona leva les yeux, soudain ramenée à la réalité, et vit le sourire d'Alex s'effacer.

« Vous pleurez, Mona ? demanda-t-il d'un ton inquiet.

— Non. Ce n'est rien. »

Il s'assit en face d'elle. « Vous semblez triste. Une raison particulière, ou c'est la situation en général ? »

Elle tenta de sourire. « Ce matin, je regardais CNN ; il y avait un reportage sur un tremblement de terre mineur à Los Angeles. Il n'était pas si mineur. Une jeune femme avait perdu le contrôle de sa voiture qui s'était retournée. Elle était mince, avec des cheveux châtain foncé. Ils l'ont montrée pendant qu'on la mettait sur une civière. » La voix de Mona se brisa. « Et pendant un moment horrible, j'ai cru qu'il s'agissait de Lacey. Elle pourrait être là-bas, vous savez. Elle pourrait se trouver n'importe où.

— Mais ce n'était pas Lacey, dit Alex, voulant la rassurer.

— Non, bien sûr que non, seulement, dès que j'entends parler d'un incendie, d'une inondation ou d'un tremblement de terre, j'ai peur que Lacey ne soit dans les parages, prise dans la catastrophe.

« Même Kit en a assez de m'écouter. L'autre jour, il y a eu une avalanche à Snowbird Mountain, des skieurs ont été emportés. Heureusement ils ont tous été sauvés, mais je n'ai pu m'empêcher d'écouter la liste de leurs noms. Lacey adore le ski et elle serait tout à fait capable de sortir par mauvais temps. »

Elle leva son verre de vin. « Alex, je ne devrais pas vous ennuyer avec ça. »

Il lui prit la main. « Si, il faut m'en parler, Mona. Lorsque vous aurez l'occasion de vous entretenir au téléphone avec Lacey, peut-être devriez-vous lui raconter l'effet que toute cette histoire a sur vous. Il me semble que si vous aviez une idée, même vague, de la région où elle est cachée, ce serait plus supportable.

— Non, c'est impossible. Elle ne doit rien savoir de mes inquiétudes. La situation serait encore plus cruelle pour elle. J'ai de la chance, j'ai Kit et sa famille. Je vous ai, vous. Lacey est seule.

— Demandez-le-lui quand même, insista Alex Carbine, et gardez pour vous ce qu'elle vous dira. »

Il lui tapota la main.

18

« SI vous devez inventer un petit ami mythique,
ayez quelqu'un de réel en tête, lui avait
recommandé George Svenson. Soyez à
même de visualiser ce type et la façon dont il s'exprime afin de pouvoir apporter des réponses crédibles aux questions que l'on vous posera à son sujet. Et n'oubliez pas, prenez l'habitude de répondre en posant vous-même des questions. »

Lacey avait décidé que Rick Parker était le boy friend imaginaire avec lequel elle avait rompu. Il lui était plus facile d'imaginer une rupture que des fiançailles avec lui, mais il avait l'avantage d'exister.

Elle se mit à fréquenter le gymnase quotidiennement, toujours en fin d'après-midi. Les exercices lui faisaient du bien et lui permettaient de concentrer ses pensées sur quelque chose de réel. Maintenant qu'elle avait une carte de Sécurité sociale, elle était impatiente de trouver un emploi, mais Svenson lui avait dit que le programme de protection ne lui fournirait pas de fausses références.

« Comment quelqu'un me confierait-il du travail si je n'ai aucune référence ? avait-elle demandé.

— Par exemple, vous pouvez proposer vos services bénévolement pendant deux semaines, puis voir si on vous embauche. »

Elle avait protesté. « Personnellement, je n'engagerais pas quelqu'un dans ces conditions. »

Mais il était clair qu'elle n'avait pas d'autre solution. Hormis le gymnase, elle n'avait aucun contact. A force de rester seule si souvent, les journées lui paraissaient interminables, et elle sentait la dépression s'installer petit à petit, l'enveloppant comme une lourde couverture. Elle avait même fini par redouter sa conversation hebdomadaire avec sa mère. Elle se terminait toujours de la même manière, sa mère en larmes, et Lacey prête à hurler de frustration.

Une fois inscrite au gymnase, elle s'était arrangée pour se lier avec Ruth Wilcox. C'est auprès d'elle qu'elle avait testé son histoire : le remariage et l'installation à Londres de sa mère, le départ à la retraite du médecin pour lequel elle travaillait, la rupture avec son fiancé. « Il avait un caractère de chien et pouvait se montrer odieux, avait-elle expliqué, pensant à Rick.

— Je connais le genre, lui avait assuré Ruth. Mais je vais vous confier un secret : Tom Lynch m'a interrogée à votre sujet. Je crois que vous lui plaisez. »

Lacey avait fait mine de se désintéresser de Tom Lynch tout en préparant le terrain pour une rencontre préméditée. Elle minuta son temps afin de finir son jogging au moment où il démarrait le sien. Elle s'inscrivit dans une classe d'aérobic qui avait vue sur la piste de jogging et choisit une place où il pourrait la voir pendant qu'il courait. Parfois, en partant, il s'arrêtait au bar pour prendre un jus vitaminé ou un café. Elle s'arrangea pour s'y rendre quelques minutes avant qu'il n'ait fini de courir, s'asseyant toujours à une petite table pour deux.

La deuxième semaine, son plan fut couronné de succès. Lorsqu'il entra dans le bar, elle était seule à sa table et toutes les autres étaient occupées. Comme il cherchait une place, leurs regards se croisèrent. Elle lui indiqua négligemment la chaise vide.

Lynch hésita, puis s'approcha.

Elle avait passé le journal de Heather au peigne fin et recopié toutes les allusions à Tom Lynch. Il apparaissait pour la première fois environ un an et demi plus tôt. Heather l'avait rencontré après un spectacle où elle jouait.

Un type très sympa est venu avec nous manger un hamburger chez Barrymore. Tom Lynch, grand, séduisant, une trentaine d'années. Il anime une émission de radio à Saint Louis mais dit qu'il va partir à Minneapolis. C'est un cousin de Kate, voilà pourquoi il est venu assister au spectacle ce soir. Il dit que le plus difficile quand on vit en dehors de New York, c'est d'être privé de théâtre. Je lui ai longuement parlé. Il compte rester ici quelques jours. J'espérais qu'il me demanderait de sortir avec lui, mais je n'ai pas eu cette chance.

Quatre mois plus tard, Heather notait :

Tom Lynch est venu pour le week-end. Plusieurs d'entre nous sont allés skier à Hunter. Il est vraiment formidable. Et gentil. Le genre de type avec qui Baba aimerait me voir sortir. Mais il n'a paru s'intéresser ni à moi ni à aucune des autres filles, et de toute façon à quoi bon maintenant...

Trois semaines plus tard, Heather mourait dans l'accident — s'il s'agissait d'un accident. En recopiant les passages où Lynch apparaissait, Lacey s'était demandé si Isabelle ou la police l'avait jamais interrogé à propos de Heather. Et que voulait dire Heather en écrivant : « ... de toute façon à quoi bon maintenant... » ?

Laissait-elle entendre que Tom Lynch avait quelqu'un dans sa vie ? Ou qu'elle-même n'était pas libre ?

Toutes ces pensées se bousculaient dans la tête de Lacey tandis que Lynch s'asseyait en face d'elle.

« Vous êtes Alice Carroll, n'est-ce pas ? demanda-t-il d'un ton plus affirmatif qu'interrogateur.

— Oui, et vous, vous êtes Tom Lynch.

— Il paraît. Je crois savoir que vous venez d'arriver à Minneapolis.

— C'est exact. » Elle espéra que son sourire avait l'air spontané.

Il va me poser des questions, pensa-t-elle nerveusement. Mon premier vrai test. Elle prit sa cuiller et remua son café, puis s'aperçut que très peu de gens éprouvaient le besoin de remuer du café noir sans sucre.

Svenson lui avait dit de répondre aux questions par des questions. « Etes-vous originaire de Minneapolis, Tom ? »

Elle savait que non, mais la question pouvait paraître naturelle.

« Non. Je suis né à Fargo, dans le Dakota du Nord. Pas loin d'ici. Avez-vous vu le film *Fargo* ?

— Je l'ai beaucoup aimé.

— Et après l'avoir vu, vous êtes quand même venue vivre ici ? Le film a failli être interdit dans le coin. Les gens trouvent que nous y passons pour de véritables bouseux. »

L'explication qu'elle lui donna parut à Lacey complètement tirée par les cheveux. « Ma mère et moi sommes venues rendre visite à des amis quand j'avais seize ans. Tout m'a plu dans cette ville.

— J'espère qu'il ne faisait pas un temps pareil.

— Non, c'était en août.

— Pendant la saison de la mouche noire ? »

Il la taquinait, elle le savait. Mais lorsque vous mentez, vous prenez tout à l'envers. Il lui demanda ensuite où elle travaillait.

« Je finis à peine de m'installer. » Ça au moins, c'était vrai. « A présent, je vais me mettre à chercher du travail.

— Quel genre d'emploi ?

— Oh, je m'occupais de comptabilité dans un cabinet médical, répondit-elle. Mais j'ai l'intention de chercher quelque chose de différent.

— Je vous comprends. Mon frère est médecin et ses formulaires d'assurance occupent trois secrétaires. Quelle était la spécialité de votre toubib ?

— Pédiatre. » Dieu soit loué, se dit-elle après

126

avoir écouté maman pendant des années, je peux donner l'illusion de savoir de quoi je parle. Mais qu'est-ce qui m'a pris de parler de comptabilité ? Je suis incapable de distinguer un imprimé d'assurance d'un autre.

Impatiente de changer de sujet, elle enchaîna : « Je vous ai écouté aujourd'hui. J'ai aimé votre interview du metteur en scène qui a donné une reprise de *Chicago* la semaine dernière. J'avais vu la pièce à New York avant de venir ici et elle m'avait beaucoup plu.

— Ma cousine Kate fait partie de la troupe qui joue *Le Roi et moi* en ville en ce moment », dit Lynch.

Lacey lut de l'incertitude dans son regard. Il hésite à m'inviter. Pourvu qu'il le fasse, pria-t-elle. Sa cousine Kate avait travaillé avec Heather ; c'était elle qui l'avait présentée à Tom Lynch.

« La première a lieu demain soir, dit-il. J'ai deux places. Aimeriez-vous m'accompagner ? »

19

Durant les trois mois qui avaient suivi la mort d'Isabelle, Jimmy Landi n'avait plus eu de goût à rien. Comme si la partie de son cerveau qui contrôlait ses émotions avait été anesthésiée. Toute son énergie, toutes ses pensées étaient concentrées sur le projet du nouveau casino-hôtel qu'il construisait à Atlantic City. Situé entre le Trump Castle et Harrah's Marina, il était conçu pour les surpasser tous les deux avec sa superbe structure étincelante surmontée de tourelles et d'un toit doré.

Aujourd'hui, surveillant depuis le hall d'entrée les derniers préparatifs de l'inauguration qui aurait lieu dans une semaine, il pensait : j'y suis arrivé, j'y suis vraiment arrivé ! On posait les tapis, on accrochait les tableaux et les rideaux, des caisses et des caisses de boissons disparaissaient à l'intérieur du bar.

Il importait pour lui d'éclipser ses concurrents sur l'avenue, de leur en imposer, d'étaler sa réussite. Le gosse des rues qui avait grandi dans le West Side de Manhattan, qui avait quitté l'école à treize ans pour faire la plonge au Stork Club, était parvenu au sommet et allait montrer à tout ce petit monde de quoi il était capable.

Jimmy revit cette époque lointaine, lorsque la porte de la cuisine s'ouvrait et qu'il jetait à la dérobée un coup d'œil aux célébrités qui occupaient la salle à manger du club. En ce temps-là, ils faisaient tous assaut d'élégance, aussi bien les stars que les autres clients. Personne n'aurait imaginé apparaître en public ficelé comme l'as de pique.

Les chroniqueurs étaient là tous les soirs, chacun avait sa table. Walter Winchell, Jimmy Van Horne, Dorothy Kilgallen. Kilgallen ! Dieu du ciel, une véritable cour s'agitait autour d'elle ! Sa chronique dans le *Journal-American* faisait la pluie et le beau temps ; qui n'aurait voulu être dans ses petits papiers…

Je les ai observés, se souvint Jimmy, regardant les ouvriers s'agiter autour de lui. Et j'ai appris dans les cuisines tout ce qu'il faut savoir de ce métier. Si un chef était absent, j'étais capable de le remplacer. Il avait gravi tous les échelons : aide-serveur, puis garçon, puis maître d'hôtel. A l'âge de trente ans, il était prêt à diriger son propre restaurant.

Il avait appris comment se comporter avec les gens connus, comment les flatter sans perdre sa dignité, comment leur réserver un accueil chaleureux, sans oublier l'indispensable petit sourire approbateur à l'adresse de chacun. J'ai également compris comment traiter le personnel, songea-t-il — en étant sévère mais juste. Celui qui essayait de me rouler n'avait jamais de seconde chance. Jamais.

Il regarda avec satisfaction un chef d'équipe réprimander sévèrement un poseur de tapis qui avait laissé traîner un outil sur le bureau en bois d'amarante des réservations.

A travers les vastes portes vitrées, il voyait les tables de jeu que l'on installait dans l'immense salle du casino. Il entra. Sur la droite, les machines à sous s'alignaient en rangs étincelants, comme impatientes d'être utilisées. Bientôt, se dit-il. Encore une semaine et on fera la queue devant elles. Si Dieu le veut.

Une main se posa sur son épaule. « Pas mal, hein, Jimmy ?

— Vous avez fait du bon boulot, Steve. Nous ouvrirons à la date prévue, fin prêts. »

Steve Abbott éclata de rire. « Du *bon* boulot ? Dites plutôt que j'ai fait un boulot *exceptionnel*. Mais c'est vous qui en avez été l'inspirateur. Je ne suis que l'exécutant, l'emmerdeur qui est sur le dos de tout le monde. Moi aussi je voulais être dans les temps. Pas question d'avoir les peintres en train de barbouiller le soir de l'inauguration. Tout sera terminé. » Il se retourna vers Landi. « Cynthia et moi repartons à New York. Et vous ?

— Non. Je préfère traîner encore un peu par ici. Mais à votre arrivée, pourrez-vous donner un coup de fil pour moi ?

— Bien sûr.

— Vous connaissez le type qui retouche les peintures murales ?

— Gus Sebastiani ?

— Lui-même. L'artiste. Contactez-le aussi vite que possible et demandez-lui d'éliminer Heather de toutes les scènes où elle apparaît sur les fresques.

— Jimmy, en êtes-vous sûr ? » Steve Abbott scruta

le visage de son associé. «Vous pourriez le regretter, vous savez.

— Je ne le regretterai pas. Il est grand temps. » Brusquement il se détourna. «Vous feriez mieux d'y aller. »

Landi attendit quelques minutes, puis se dirigea vers l'ascenseur et appuya sur le bouton du dernier étage.

Avant de partir, il voulait s'arrêter encore une fois au piano-bar.

C'était une pièce d'angle, chaleureuse, avec des fenêtres circulaires ouvertes sur la mer. Les murs étaient d'un bleu profond, ornés de portées de musique de couleur argentée dispersées sur fond de nuages. Jimmy avait personnellement choisi les chansons qui correspondaient à la musique, des airs populaires parmi les préférés de Heather.

Elle voulait que j'appelle l'établissement le Heather's Place, se souvint-il. Elle plaisantait. Avec un soupçon de sourire, Jimmy corrigea. *Elle plaisantait à moitié.*

C'est vraiment le Heather's Place, songea-t-il en contemplant le décor autour de lui. Son nom sera inscrit sur la porte, sa musique est déjà sur les murs. Elle en fera partie, comme elle le désirait, mais autrement qu'au restaurant où il me faut constamment voir son image.

Il devait se détacher du passé.

Nerveusement, il marcha jusqu'à la fenêtre. Loin à l'horizon, un quartier de lune miroitait au-dessus de l'eau.

Heather.

Isabelle.

Il les avait perdues toutes les deux. Pour une raison inconnue, Jimmy pensait de plus en plus fréquemment à Isabelle. Au moment de mourir, elle avait fait promettre à cette jeune femme de l'agence immobilière de lui donner, à lui, Jimmy, le journal de Heather. Comment s'appelait-elle ? Tracey. Non. Lacey. Lacey Farrell. Il avait été content naturellement d'avoir le journal de sa fille, mais que contenait-il de si important ? A peine l'avait-il eu entre les mains que les flics lui avaient réclamé son exemplaire pour le comparer à l'original.

Il le leur avait remis, bien sûr, mais à contrecœur. Il l'avait parcouru le soir où Lacey l'avait apporté. Encore maintenant, il restait perplexe. Qu'était-il censé y trouver ? Il s'était cassé la tête pour rien. Heather notait le genre de choses que toute jeune femme aurait consignées — des rendez-vous, des auditions, des réceptions. Evidemment, elle écrivait aussi qu'elle était préoccupée à cause de lui.

Baba...

La seule fois où elle m'a appelé papa, c'est un jour où elle me croyait fâché contre elle.

Isabelle avait vu une conspiration dans toute cette histoire, et, par une ironie du sort, c'était elle qui était morte, victime du hasard, sous les balles d'un gangster qui s'était fait passer pour un acheteur éventuel et était ensuite revenu cambrioler l'appartement.

Une tragédie aussi vieille que le monde, dont Isabelle avait fait les frais. Elle s'était simplement trouvée au mauvais endroit au mauvais moment.

Et si ce n'était pas le cas? se demanda Jimmy Landi, incapable de balayer un reste de doute qui l'obsédait. Y avait-il une chance, même infime, qu'elle ait eu raison, que la mort de Heather n'ait pas été un accident? Trois jours avant l'assassinat d'Isabelle, une rédactrice du *Post* avait écrit que la mère de Heather, Isabelle Waring, une ancienne reine de beauté, « soupçonnait peut-être à juste titre que la mort de la jeune chanteuse n'était pas accidentelle ».

Interrogée par la police, la journaliste avait reconnu avoir incidemment rencontré Isabelle et écouté ses théories concernant la mort de sa fille. Quant à l'idée qu'il puisse y avoir une quelconque preuve, comme elle le prétendait, c'était là pure invention de sa part.

La mort d'Isabelle avait-elle un rapport avec cet article? Quelqu'un avait-il été pris de panique?

C'étaient ces questions précisément que Jimmy avait toujours repoussées. Si quelqu'un avait assassiné Isabelle pour l'empêcher de parler, cela signifiait que cette même personne avait délibérément provoqué l'accident de Heather, morte carbonisée dans sa voiture au fond d'un ravin.

La semaine précédente, la police avait libéré l'appartement, et il avait demandé à l'agence immobilière de le remettre en vente. Il avait besoin d'en finir. Mais auparavant il voulait se rendre sur place. Et il allait engager un détective privé pour s'assurer que rien n'avait échappé aux flics. Et il parlerait à Lacey Farrell.

Les martèlements obstinés finirent par pénétrer sa conscience. Il regarda autour de lui. Il était temps de partir. Le pas lourd, il traversa la pièce et sortit dans le couloir. Il referma les portes d'acajou massif derrière lui et se planta devant elles pour les regarder. Un artiste avait dessiné les lettres d'or qui leur étaient destinées. Elles seraient posées dans un ou deux jours.

«Heather's Place », y lirait-on, en souvenir de la fille de Baba, pensa Jimmy. Si je découvre que quelqu'un s'en est pris à toi, mon petit, je le tuerai de mes propres mains. Je te le promets.

20

L'HEURE était venue d'appeler chez elle — un moment que Lacey espérait et redoutait en même temps. Cette fois-ci, le lieu convenu pour téléphoner en sécurité était une chambre de motel. «Jamais au même endroit, dit-elle quand George Svenson ouvrit la porte après qu'elle eut frappé.

— En effet», convint-il. Puis il ajouta : «La ligne est branchée. Je vais établir la communication. Et surtout, n'oubliez pas mes recommandations, Alice.»

Il l'appelait toujours Alice.

«Je me souviens de chaque mot.» Psalmodiant, elle récita : «Même le nom d'un supermarché peut trahir mon lieu de résidence. Si je parle du gymnase, ne jamais le mentionner sous le nom de "Twin Cities Gym". Aucune allusion au temps. Etant donné que je n'ai pas de travail, voilà un sujet de conversation sans risque. Le faire durer.»

Elle se mordit la lèvre. «Excusez-moi, George, dit-elle d'un ton contrit. Je suis toujours nerveuse avant ces conversations téléphoniques.»

Elle vit un éclair de sympathie et de compréhension passer sur le visage buriné.

« Je vais vous mettre en ligne et ensuite j'irai faire un tour, lui dit-il. Pas plus d'une demi-heure.

— Entendu. »

Il hocha la tête et souleva le combiné. Lacey sentit ses paumes devenir moites. Elle entendit la porte qui se refermait au moment où elle disait : « Allô, maman. Comment allez-vous tous ? »

L'entretien fut encore plus difficile qu'à l'accoutumée. Kit et Jay n'étaient pas à la maison. « Ils ont dû se rendre à un cocktail, lui dit sa mère. Kit t'embrasse. Les garçons sont en pleine forme. Ils font partie de l'équipe de hockey de l'école. Tu devrais les voir patiner, Lacey. C'est terrifiant ! »

C'est moi qui leur ai donné leurs premières leçons, se souvint Lacey. Je leur ai acheté des patins alors qu'ils savaient à peine marcher.

« Bonnie m'inquiète, ajouta sa mère. Elle est encore si pâle. Kit la conduit chez le kinésithérapeute trois fois par semaine, et je lui fais faire ses exercices durant le week-end. Mais tu lui manques tellement ! Elle croit que tu te caches parce que quelqu'un veut te tuer. »

D'où tirait-elle cette idée ? Mon Dieu, qui la lui avait mise en tête ?

Elle n'eut pas besoin de formuler sa question. « Je pense qu'elle a surpris une conversation entre Jay et Kit, dit sa mère. Je sais qu'il t'irrite souvent, mais franchement, Lacey, il a été très bien, il paie les charges de ton appartement et l'assurance. J'ai aussi appris par Alex que Jay avait une grosse commande de matériel de restauration destinée au nouveau casino de Jimmy Landi à Atlantic City. Et il craint qu'elle ne soit annulée si jamais Landi apprenait ses liens de parenté avec toi. D'après Alex, Jimmy a été bouleversé par ce qui est arrivé à son ex-femme, et Jay a peur qu'il ne t'en rende plus ou moins responsable. Parce que tu as emmené cet homme visiter l'appartement sans avoir pris de renseignements au préalable. »

Il aurait peut-être mieux valu que je sois tuée en même temps qu'Isabelle, songea amèrement Lacey.

S'évertuant à prendre un ton enjoué, elle raconta à sa mère qu'elle se rendait régulièrement et avec plaisir au gymnase. «Je vais très bien, dit-elle. Et nous verrons bientôt la fin de toute cette histoire, je te le promets. D'après ce que je sais, dès qu'ils arrêteront l'homme que je peux identifier, ils le convaincront de négocier avec la justice plutôt que d'aller en prison. L'arrangement une fois conclu, je serai libre. Ceux qu'il aura dénoncés s'en prendront à lui, pas à moi. Il nous reste à prier pour qu'on le trouve rapidement. D'accord, maman ? »

Horrifiée, elle entendit des sanglots à l'autre bout du fil. «Lacey, je ne peux plus vivre comme ça, hoquetait Mona Farrell. Chaque fois que j'entends parler d'un accident survenu à une jeune femme, n'importe où, je crois qu'il s'agit de toi. Tu dois me dire où tu es. Il le faut.

— Maman !

— Lacey, je t'en prie !

— Si je te le dis, c'est strictement entre nous. Tu ne dois pas le répéter. Même pas à Kit.

— Oui, chérie.

— Maman, je ne serais plus protégée, ils m'excluraient du programme s'ils savaient que je te l'ai dit.

— J'ai besoin de savoir. »

Lacey regarda par la fenêtre. Elle vit la lourde silhouette de George Svenson s'approcher du perron. « Ecoute, chuchota-t-elle, je suis à Minneapolis. »

La porte s'ouvrait. « Maman, je dois te quitter. Je te rappellerai la semaine prochaine. Embrasse tout le monde pour moi. Je t'aime. A bientôt.

— Tout va bien chez vous ? demanda Svenson.

— Je crois », répondit Lacey, le cœur soudain serré. Un sentiment d'angoisse l'envahit, l'impression qu'elle venait de commettre une terrible erreur.

21

UNE foule élégante se pressait au restaurant de Jimmy Landi, 56ᵉ Rue Ouest, à la sortie des théâtres. Steve Abbott faisait office d'hôte, allait de table en table, accueillant et saluant les clients. Il s'approcha d'Ed Koch, l'ancien maire de New York. « Cette nouvelle émission de télévision à laquelle vous participez est formidable, Ed », dit-il en lui tapant sur l'épaule.

Koch eut un sourire ravi. « Je me demande combien de gens touchent une somme pareille pour être juge dans un petit tribunal d'instance.

— Vous la méritez. »

Il s'arrêta à une table présidée par Calla Robins, la célèbre actrice de tant de comédies musicales, que l'on avait tirée de sa retraite pour tenir le premier rôle d'un nouveau spectacle à Broadway. « Calla, tout le monde dit que vous êtes merveilleuse.

— On dit plutôt que jamais personne n'a feint de chanter avec autant de talent depuis Rex Harrison dans *My Fair Lady*. Mais le public semble content, alors que demander de plus ? »

Avec un clignement d'yeux, Steve se pencha et l'embrassa sur la joue. « Absolument rien. » Il fit signe au maître d'hôtel qui passait à proximité de la table. « Vous connaissez le cognac préféré de Mme Robbins ?

— Et voilà les bénéfices qui s'envolent, dit Calla Robbins en riant. Merci, Steve. Vous savez traiter les dames.

— Je fais de mon mieux.

— Il paraît que le nouveau casino va en sur-prendre plus d'un, dit à son tour le compagnon de Calla Robbins, un homme d'affaires en vue.

— Exact. C'est un endroit assez époustouflant.

— On dit que Jimmy vous en a confié la direc-tion.

— Pour être exact, dit Steve sans hésitation, Jimmy est l'actionnaire principal. C'est lui le patron. C'est comme ça, et pas autrement. Et ne ne vous avi-sez pas de l'oublier. En tout cas, lui ne me laissera pas l'oublier. »

Du coin de l'œil, il vit Jimmy entrer dans la salle. Il lui fit signe d'approcher.

Jimmy les rejoignit, le visage éclairé d'un sourire à l'intention de Calla.

« Qui est le patron à Atlantic City, Jimmy ? demanda-t-elle. Steve prétend que c'est vous.

— Steve a tout compris, dit Jimmy sans cesser de sourire. C'est pourquoi nous nous entendons si bien. »

En s'éloignant avec Steve de la table de Calla Rob-bins, Landi demanda : « Avez-vous arrangé un dîner avec Lacey Farrell ? »

Steve haussa les épaules. « Impossible de la

140

joindre, Jimmy. Elle a quitté son job, et le téléphone à son domicile est débranché. Elle a dû partir en vacances. »

Le visage de Jimmy s'assombrit. « Elle ne peut pas être allée bien loin. Elle est témoin. Susceptible d'identifier le meurtrier d'Isabelle quand ils lui auront mis la main dessus. L'inspecteur de police qui m'a pris le journal de Heather sait sûrement où elle se trouve.

— Voulez-vous que je le lui demande ?

— Non, je m'en chargerai. Tiens, tiens, regardez qui est là. »

L'imposante silhouette de Richard J. Parker franchissait la porte du restaurant.

« C'est l'anniversaire de sa femme, expliqua Steve. C'est pourquoi elle l'accompagne, pour une fois. Ils ont réservé pour trois. »

Et le débile de fils complète l'heureuse famille, pensa Jimmy, se tournant en direction de l'entrée pour les accueillir avec un sourire avenant.

Parker amenait régulièrement ses clients pour dîner, et c'était bien l'unique raison pour laquelle Jimmy n'avait pas interdit la porte du restaurant à son fils. Le mois précédent, Rick s'était saoulé et avait fait du tapage au bar, il avait fallu le reconduire jusqu'à un taxi. A plusieurs occasions, Jimmy s'était rendu compte que Rick se droguait.

R.J. Parker rendit à Jimmy Landi sa solide poignée de main. « Où trouver mieux que chez Landi pour l'anniversaire de Priscilla, hein, Jimmy ? »

Priscilla Parker adressa à Jimmy un sourire timide puis chercha d'un regard inquiet l'approbation de son mari.

141

Jimmy savait que non seulement R.J. trompait sa femme mais qu'il la brutalisait.

Rick Parker hocha mollement la tête. « Salut, Jimmy », dit-il avec un sourire suffisant.

L'aristocrate qui condescend à saluer l'aubergiste, se dit Jimmy. Pourtant, sans son père, cet abruti ne trouverait même pas une place de laveur de toilettes publiques.

Avec un large sourire, il les accompagna personnellement jusqu'à leur table.

Au moment de s'asseoir, Priscilla Parker regarda autour d'elle. « La salle est toujours aussi jolie, Jimmy, dit-elle. Mais il y a quelque chose de changé. Oh, je vois, les portraits de Heather ne sont plus là.

— J'ai estimé qu'il était temps de les enlever », dit Jimmy d'un ton bourru.

Il leur tourna brusquement le dos et partit. Il ne vit pas le regard noir que R.J. Parker lançait à son fils, ni la façon dont Rick Parker fixait la peinture murale représentant le pont des Soupirs, où manquait désormais la silhouette de Heather jeune fille.

C'était aussi bien.

22

CELA faisait bientôt quatre mois que Lacey n'avait pas eu l'occasion de s'habiller pour sortir le soir. Et je n'ai rien apporté d'élégant, pensa-t-elle, cherchant dans sa penderie ce qui pourrait convenir pour cette soirée. Je n'ai pas pris grand-chose car je pensais que Caldwell, *alias* Machinchose, serait arrêté et amené à négocier avec la justice et que, n'étant plus dans le circuit je pourrais revenir à la vie réelle. Et avec ce genre de raisonnement, je me retrouve presque sans rien à me mettre, conclut-elle en sortant de la penderie la jupe longue de lainage noir et le pull habillé qu'elle avait achetés en solde chez Saks au printemps et n'avait encore jamais portés.

« Tu ne t'en tires pas trop mal, Alice », dit-elle à voix haute quelques minutes plus tard en s'étudiant dans la glace. Même en promotion, la jupe et le pull lui avaient coûté une fortune. Mais ça valait la peine. Leur chic discret lui remonta le moral.

J'en ai vraiment besoin, songea-t-elle en cherchant dans son coffret à bijoux ses pendants d'oreilles et le collier de perles de sa grand-mère.

143

A six heures et demie précises, Tom Lynch l'appela depuis l'interphone de l'immeuble. Elle l'attendait sur le seuil de son appartement quand il sortit de l'ascenseur et s'avança dans le couloir.

L'admiration qu'elle lut sur son visage la flatta. «Alice, vous êtes superbe! s'exclama-t-il.

— Merci. Vous n'êtes pas mal non plus. Entrez...»

Elle ne termina pas sa phrase. La porte de l'ascenseur se rouvrait. Quelqu'un avait-il suivi Tom? Lui saisissant le bras, elle l'entraîna vivement à l'intérieur de l'appartement et poussa le verrou.

«Alice, que se passe-t-il?»

Elle essaya de prendre l'air désinvolte, mais son petit rire sonna faux. «Je suis idiote, balbutia-t-elle. Il y a deux heures, un livreur a sonné. Il s'était trompé d'étage, mais j'ai été cambriolée l'année dernière... à Hartford, ajouta-t-elle vivement. Puis la porte de l'ascenseur s'est rouverte derrière vous... et... et je suppose que je suis encore nerveuse», acheva-t-elle piteusement.

Il n'y avait pas de livreur. Et mon appartement a été cambriolé, mais ce n'était pas à Hartford. Je ne suis pas nerveuse, mais terrifiée chaque fois que l'ascenseur s'arrête à mon étage, à la pensée de voir apparaître Caldwell.

«Je comprends que vous ne soyez pas rassurée, dit Tom d'un ton compréhensif. J'ai fait mes études à l'université d'Amherst et je me rendais de temps à autre chez des amis à Hartford. Où habitiez-vous, Alice?

— Lakewood Drive.» Lacey se représenta les photos d'un ensemble résidentiel qu'elle avait étudiées lors de son entraînement à la résidence des

144

services secrets, priant le ciel pour que Tom Lynch ne réplique pas que ses amis vivaient justement au même endroit.

« Je ne connais pas », dit-il, secouant lentement la tête. Puis, jetant un coup d'œil autour de lui, il ajouta : « J'aime bien ce que vous avez fait ici. »

Il fallait le reconnaître, l'appartement avait pris une apparence agréable et confortable. Lacey avait peint les murs d'une couleur crème qu'elle s'était ensuite appliquée à patiner. Le tapis déniché dans un vide-grenier était une copie d'un Chelsea, mais suffisamment vieille pour avoir acquis des teintes joliment fanées. Bien qu'usagés, le divan bleu foncé et la causeuse assortie faisaient encore bel effet. La table basse, avec son plateau de cuir craquelé et ses pieds Regency, lui avait coûté vingt dollars. Elle était identique à celle qu'elle avait toujours vue chez sa mère, et lui procurait une impression rassurante. Les rayonnages près de la télévision étaient remplis de livres et d'objets divers chinés au hasard des brocantes.

Lacey commença à décrire le plaisir qu'elle prenait à fouiner dans les vide-greniers, mais elle s'interrompit. La plupart des gens n'avaient pas uniquement des meubles trouvés aux puces. Non, lorsqu'ils déménageaient, ils emportaient leurs affaires avec eux. Elle remercia simplement Tom de son compliment et le suivit avec empressement lorsqu'il lui proposa de se mettre en route.

Il est différent aujourd'hui, pensa-t-elle une heure plus tard, attablée avec lui devant une pizza et un verre de vin. Lorsqu'ils se croisaient au gymnase, il se montrait toujours cordial mais réservé, et elle s'était imaginé que seule une impulsion de dernière minute l'avait poussé à l'inviter à cette générale.

Mais ce soir, elle passait en sa compagnie un moment particulièrement plaisant et intéressant. Pour la première fois depuis la mort d'Isabelle, Lacey avait la sensation de profiter de la vie. Tom Lynch répondait avec naturel aux questions qu'elle lui posait. « Comme je vous l'ai déjà dit, j'ai passé mon enfance dans le Dakota du Nord. Mais je n'y suis plus retourné après mes études. Une fois diplômé, je suis allé à New York, décidé à révolutionner la radio. J'ai déchanté, naturellement, et quelqu'un de très avisé m'a dit que le meilleur moyen de réussir dans ce métier était de débuter dans une petite station régionale, de se faire un nom et de s'imposer peu à peu sur des marchés plus vastes. C'est ainsi qu'en dix ans j'ai travaillé à Des Moines, Seattle, Saint Louis, et maintenant ici.

— Toujours à la radio ? »

Lynch sourit. « L'éternelle question. Pourquoi ne pas me lancer dans la télévision ? Je tenais à mon indépendance, je voulais créer ma propre émission, pouvoir découvrir par moi-même ce qui marche et ce qui ne marche pas. Je sais que j'ai beaucoup appris, et récemment j'ai été contacté par une bonne chaîne câblée de New York, mais j'estime qu'il est trop tôt pour franchir ce pas.

— Larry King est passé de la radio à la télévision, dit Lacey. On peut dire qu'il a franchi le pas avec succès.

— Voilà. Je serai le prochain Larry King. » Ils avaient partagé une pizza. Lynch lorgna le dernier morceau du coin de l'œil et voulut le mettre dans l'assiette de Lacey.

« Prenez-le, protesta-t-elle.

— Je n'en veux pas, vraiment...

— Allons donc, vous en mourez d'envie. »

Ils éclatèrent de rire. Un peu plus tard, en quittant le restaurant, il passa sa main sous son coude.

« Prenez garde, dit-il. Il y a des plaques de verglas par ici. »

S'il savait, songea Lacey. Ma vie n'est qu'une plaque de verglas.

Elle avait assisté à trois reprises du *Roi et moi*. La dernière fois, elle venait d'entrer à l'université. La pièce se jouait à Broadway, et son père se trouvait avec l'orchestre dans la fosse. *Si seulement tu pouvais jouer ce soir, Jack Farrell!* Comme on attaquait l'ouverture, elle sentit les larmes monter à ses yeux et s'efforça de les refouler.

« Ça va, Lacey? demanda doucement Tom.

— Ça va très bien. » Comment avait-il deviné son émotion? Peut-être était-il doué de télépathie? *J'espère que non.*

La cousine de Tom, Kate Knowles, jouait le rôle de Tuptim, l'esclave qui tente de s'échapper du palais du roi. C'était une bonne actrice dotée d'une voix exceptionnelle. *A peu près de mon âge,* jugea Lacey, peut-être un peu plus jeune. Elle en fit chaleureusement l'éloge auprès de Tom pendant l'entracte, puis s'enquit : « L'emmènerons-nous à la réception?

— Non. Elle s'y rendra avec la troupe. Nous la retrouverons sur place. »

Kate et les autres premiers rôles de la pièce n'étaient pas les seules « stars » de la soirée. Tom Lynch lui aussi était entouré d'une foule admirative. Lacey s'éloigna pour aller chercher un Perrier, mais ne le rejoignit pas tout de suite, le voyant en conversation avec l'une des actrices de la troupe. Manifestement sous le charme, la jeune femme lui parlait avec animation.

Je la comprends, pensa Lacey. Il est beau, intelligent, et gentil. Heather Landi aussi s'était sentie attirée par lui, même si elle laissait entendre dans son journal que l'un d'eux avait quelqu'un d'autre dans sa vie.

Son Perrier à la main, elle se dirigea vers une fenêtre. La réception avait lieu dans une maison de Wayzata, une banlieue chic située à une vingtaine de minutes du centre de Minneapolis. La propriété, superbement éclairée, se dressait sur la rive du lac Minnetonka et, depuis la fenêtre, on apercevait l'étendue brillante du lac gelé au-delà de la pelouse blanche de neige.

L'œil exercé de Lacey enregistra les caractéristiques de l'endroit — la situation unique, la majesté de la demeure du début du siècle. Il y a des détails dans les agencements et la construction qui n'existent plus de nos jours, quel que soit le prix, se dit-elle en se retournant pour admirer l'immense salon où se tenaient près de cent personnes sans que la pièce paraisse encombrée.

Un court instant, elle se rappela avec nostalgie son bureau de New York, l'excitation qu'elle éprouvait à découvrir de nouvelles affaires, à assortir acquéreur et appartement, à conclure une vente. Je voudrais rentrer chez moi, faillit-elle dire.

Wendell Woods, leur hôte, s'approcha d'elle. «Vous êtes Mademoiselle Carroll, n'est-ce pas?»

C'était un sexagénaire à l'imposante stature, couronné de cheveux gris.

Il va me demander d'où je viens, craignit Lacey.

C'est en effet ce qu'il fit, et elle espéra avoir l'air crédible en récitant la version soigneusement répétée de sa jeunesse passée à Hartford. «A présent, je suis bien acclimatée et prête à me mettre à la recherche d'un emploi, conclut-elle.

— Quel genre d'emploi?

— Je ne veux pas recommencer à travailler dans un cabinet médical, fit-elle, catégorique. J'ai toujours eu envie de tenter ma chance dans l'immobilier.

— Les revenus y sont essentiellement liés aux commissions, vous savez. Et cela demande une parfaite connaissance de la région, dit-il.

— Je sais, monsieur Woods.» Elle sourit. «Mais j'apprends vite.»

Il va me mettre en rapport avec quelqu'un, pensa-t-elle. Je le sens.

Woods sortit un stylo et sa carte de visite. «Donnez-moi votre numéro de téléphone, dit-il. Je le transmettrai à une de mes clientes. Millicent Royce dirige une petite agence à Edina; son assistante vient de partir en congé de maternité. Peut-être pourriez-vous la rencontrer?»

149

Lacey ne se fit pas prier. Je suis recommandée par le président d'une banque et je suis censée n'avoir aucune expérience dans l'immobilier. Si Millicent Royce accepte de me recevoir, peut-être ne prendra-t-elle pas la peine de me demander mes références.

Lorsque Woods la quitta pour s'entretenir avec un autre de ses invités, Lacey regarda autour d'elle. Voyant Kate Knowles momentanément seule, elle se dirigea rapidement vers elle. «Vous avez merveilleusement joué, dit-elle. J'ai vu trois versions différentes du *Roi et moi,* et j'ai trouvé votre interprétation de Tuptim magnifique.

— Je constate que vous avez fait connaissance.» Tom Lynch les avait rejointes. «Alice, je suis navré, s'excusa-t-il. J'ai été retenu. Je ne voulais pas vous laisser seule si longtemps.

— Ne vous inquiétez pas, tout s'est très bien passé», lui répondit-elle. *Vous ne vous doutez pas à quel point.*

«Tom, je te cherchais, dit sa cousine. J'en ai assez de cette soirée. Filons à l'anglaise et allons prendre un dernier verre quelque part.» Kate Knowles sourit à Lacey. «Ton amie me faisait des tas de compliments. J'ai envie d'en entendre davantage.»

Lacey regarda sa montre. Il était une heure et demie. Voulant éviter de rester debout toute la nuit, elle préféra les inviter à prendre un café chez elle. En montant dans la voiture pour regagner Minneapolis, elle insista pour que Kate s'installe à l'avant à côté de Tom; ainsi pourraient-ils échanger tranquillement leurs petites nouvelles familiales.

Comment amener le nom de Heather Landi sur

le tapis sans en avoir l'air ? se demanda-t-elle, se rappelant que Kate n'était en ville que pour une semaine.

« J'ai préparé ces biscuits ce matin, dit-elle en déposant une assiette sur la table basse. Goûtez-les à vos risques et périls. Je n'ai pas fait de pâtisserie depuis le lycée. »

Après avoir servi le café, elle essaya d'orienter la conversation de manière à citer le nom de Heather. Dans son journal, la jeune fille disait avoir rencontré Tom Lynch à la suite d'un spectacle. Mais si je raconte que j'ai assisté à la pièce, je devrais logiquement me rappeler la présence de Kate dans la distribution. Elle dit : « Je suis allée à New York il y a un an et demi, et j'y ai vu une reprise de *The Boy Friend*. J'ai lu dans votre biographie sur le programme que vous faisiez partie de la distribution, pourtant je n'ai pas le souvenir de vous y avoir vue.

— Vous avez dû tomber sur la semaine où la grippe m'a clouée au lit, répondit Kate. Ce sont les seules représentations que j'ai manquées. »

Lacey prit un ton détaché. « Il y avait une jeune actrice qui possédait une voix ravissante. J'ai oublié son nom.

— Heather Landi, dit vivement Kate Knowles en se tournant vers son cousin. Tom, tu te souviens d'elle. Elle avait le béguin pour toi. Heather est morte dans un accident de voiture, ajouta-t-elle en secouant la tête. Un horrible malheur !

— Comment est-ce arrivé ? demanda Lacey.

— Oh, elle revenait d'une station de ski et sa voiture est sortie de la route. Sa pauvre mère n'a jamais pu l'accepter. Elle est venue au théâtre, nous a tous questionnés, convaincue qu'il y avait une cause extérieure à l'accident. Elle disait que Heather paraissait inquiète depuis quelque temps, avant ce week-end, et elle voulait savoir si nous en connaissions la raison.

— Et alors ? » demanda Tom.

Kate Knowles haussa les épaules. « Alors je lui ai dit que nous avions trouvé Heather très silencieuse, la semaine précédant sa mort, et j'ai reconnu qu'elle semblait préoccupée par quelque chose. J'ai suggéré qu'elle était peut-être distraite quand sa voiture avait dérapé. »

Je n'en tirerai rien, pensa Lacey. Kate n'en sait pas plus que moi.

Kate Knowles reposa sa tasse de café. « C'était délicieux, Alice, mais il est tard et je dois rentrer. » Elle se leva, puis se retourna vers Lacey. « C'est curieux que vous ayez recherché le nom de Heather Landi. Je pensais justement à elle. Je viens de recevoir une lettre que sa mère m'a écrite il y a longtemps, me priant de chercher à nouveau dans mes souvenirs tout ce qui pourrait expliquer le comportement de Heather pendant ledit week-end. La lettre a été expédiée dans deux autres villes avant de me parvenir ici. » Elle marqua une pause, secoua la tête. « Il y a peut-être une chose dont je pourrais lui faire part, encore que ce soit probablement sans importance. Un garçon que je fréquentais à une époque — Bill Merrill, tu t'en souviens peut-être, Tom — connaissait également Heather. On parlait d'elle un jour, et il a rapporté qu'il l'avait vue l'après-midi même de sa mort, au bar de l'hôtel. Bill s'y trouvait avec une bande de copains, dont faisait partie un crétin notoire, un dénommé Rick Parker, qui travaille dans l'immobilier. Apparemment, il s'était mal conduit avec Heather lorsqu'elle était arrivée à New York. D'après Bill, Heather avait quitté l'hôtel en voyant Parker. C'est problablement un détail sans importance, mais la mère de Heather semble tellement avide d'en savoir davantage sur ce week-end que cette information peut l'intéresser. Je crois que je vais lui écrire dès demain. »

Le bruit de sa tasse se brisant sur le sol mit fin brutalement à l'excitation qui s'était emparée de Lacey en entendant Kate mentionner la lettre d'Isabelle et ensuite le nom de Rick Parker. Masquant sa confusion, refusant leur aide, elle s'affaira à nettoyer les dégâts tout en disant au revoir à Kate et Tom qui se dirigeaient vers la porte.

Seule dans la cuisine, elle s'appuya au mur, s'efforçant de retrouver son calme, résistant à l'envie de courir derrière Kate, de lui crier qu'il était inutile d'écrire à Isabelle, que cela n'avait plus d'intérêt pour elle désormais.

23

APRÈS presque quatre mois d'enquête, le procureur Gary Baldwin en savait toujours aussi peu sur la planque de Sandy Savarano qu'à l'époque où il le croyait encore enterré dans le cimetière de Woodlawn.

Son équipe avait soigneusement épluché le journal de Heather Landi, et retrouvé les personnes qui y étaient mentionnées. Une méthode qu'Isabelle Waring avait aussi employée, songea Baldwin en étudiant une fois de plus le portrait de Sandy Savarano réalisé par le portraitiste de la police d'après la description de Lacey Farrell.

Le dessinateur avait joint une note à son croquis : « Le témoin ne semble pas très doué pour relever les détails qui faciliteraient l'identification du suspect. »

Ils avaient tenté d'interroger le portier de l'immeuble où le crime avait eu lieu, mais l'homme n'avait pratiquement aucun souvenir concernant l'assassin. Trop de gens étaient entrés et sortis et, qui plus est, il était sur le point de prendre sa retraite.

Donc, je n'ai plus que Lacey Farrell pour identifier Savarano, conclut amèrement Baldwin. S'il lui arrive malheur, il n'y a pas de procès. Bien sûr, nous avons relevé l'empreinte de Savarano sur la porte de son appartement après le cambriolage, mais rien ne prouve qu'il y soit entré. Lacey est la seule à pouvoir faire le lien entre lui et le meurtre d'Isabelle Waring. Sans elle, on est cuits.

La seule information fournie par ses agents sur le tueur était qu'avant de réussir à se faire passer pour mort, Savarano était devenu maladivement claustrophobe. Un agent avait dit : « Sandy rêve la nuit de portes de prison qui se referment avec fracas derrière lui. »

Quelle raison l'avait poussé à sortir de sa tanière ? L'argent ? Une obligation contractée envers quelqu'un ? Les deux, peut-être. Ajoutez-y l'excitation de la chasse, bien entendu. Savarano était un prédateur sadique. Son geste était peut-être même provoqué en partie par l'ennui. La retraite était sans doute trop calme pour lui.

Baldwin connaissait le dossier de Savarano par cœur : quarante-deux ans, soupçonné d'une douzaine de meurtres, il avait toujours échappé à la prison depuis qu'il avait été en maison de correction ! Un type intelligent, et un tueur-né.

Si j'étais Savarano, réfléchit-il, je n'aurais de cesse de retrouver Lacey Farrell et d'agir en sorte qu'elle n'ait jamais l'occasion de m'identifier.

L'inquiétude plissa son front. Le programme de protection des témoins n'était pas sûr à cent pour cent, il ne l'ignorait pas. Les gens devenaient inattentifs, à la longue. En téléphonant chez eux, ils risquaient de faire une allusion trahissant l'endroit où ils se cachaient, quand ils ne se mettaient pas à écrire des lettres. Un gangster qu'ils avaient mis ainsi à l'abri après qu'il eut coopéré avec la justice s'était montré assez stupide pour envoyer une carte d'anniversaire à une ancienne petite amie. On l'avait retrouvé occis une semaine après.

Quant à Lacey Farrell, Gary Baldwin éprouvait des sentiments mitigés à son égard. Elle avait le profil de quelqu'un à qui une solitude prolongée pourrait peser. De plus, elle semblait excessivement confiante, un trait de caractère susceptible de lui causer de sérieux ennuis. Il secoua la tête. Bon, il ne pouvait rien y faire, sinon lui conseiller par le canal habituel de ne pas baisser sa garde, même une minute.

24

Mona Farrell se rendit à Manhattan pour son habituel dîner du samedi avec Alex Carbine. Elle se réjouissait toujours de passer cette soirée en sa compagnie, même s'il devait se lever fréquemment pour accueillir ses clients et les célébrités de passage qui venaient à son restaurant.

«Je ne m'ennuie pas une seconde, lui assurait-elle. Et rester à vous attendre à table m'est vraiment égal. N'oubliez pas que j'ai été mariée à un musicien. Vous ne pouvez savoir à combien de spectacles de Broadway j'ai dû assister seule parce que Jack jouait dans la fosse avec l'orchestre. »

Jack aurait aimé Alex, se dit Mona en quittant le pont George Washington pour tourner en direction du sud dans West Side Drive. Jack avait l'esprit de repartie, il était très drôle et très sociable. Alex était beaucoup plus calme, mais c'était une qualité qu'elle appréciait chez lui.

Mona sourit au souvenir des fleurs qu'Alex lui avait envoyées dans la matinée. La carte disait simplement : «Puissent-elles éclairer votre journée. Tendrement. Alex. »

Il savait que, chaque vendredi, l'appel de Lacey lui déchirait le cœur. Il comprenait combien toute cette histoire était douloureuse pour elle, et les fleurs étaient sa façon de le lui faire savoir.

Elle lui avait confié que Lacey s'était laissé convaincre et lui avait dit où elle vivait. « Mais je n'en ai même pas parlé à Kit. Elle serait blessée, à la pensée que je ne lui fais pas confiance. »

C'est drôle, pensa Mona alors que la circulation sur le périphérique du West Side ralentissait à cause d'un embouteillage sur une voie, les choses ont été si faciles pour Kit, et beaucoup moins pour Lacey. Kit a rencontré Jay alors qu'elle était à l'université de Boston et qu'il préparait un doctorat à Tufts. Ils sont tombés amoureux, se sont mariés, et aujourd'hui ils ont trois enfants adorables et une jolie maison. Jay a peut-être tendance à pontifier, mais c'est sûrement un bon mari et un bon père. Récemment, il avait offert à Kit un superbe collier en feuilles d'or qu'elle avait admiré dans la vitrine d'un joaillier à Ridgewood.

Kit avait dit à sa mère que les affaires de Jay reprenaient. Heureusement, pensa Mona. Elle s'était inquiétée à un certain moment, craignant que les choses ne prennent mauvaise tournure. A l'automne, il avait paru particulièrement soucieux.

Lacey mérite d'être heureuse, songea-t-elle. Il est temps pour elle de rencontrer l'homme qu'il lui faut, de se marier et de fonder une famille, je suis sûre qu'elle y est prête. Au lieu de quoi, elle est obligée de vivre dans une ville étrangère sous un faux nom, tout ça parce que sa vie est en danger.

Elle arriva au parking de la 46ᵉ Rue à sept heures et demie. Alex ne l'attendait pas avant huit heures, ce qui lui laissait le temps de faire quelque chose qui lui était venu à l'esprit plus tôt dans la journée.

Un kiosque dans Times Square vendait les journaux de province — elle espérait y trouver un quotidien de Minneapolis. Elle se sentirait plus près de Lacey si elle pouvait se familiariser avec la ville, et penser que Lacey et elle lisaient le même journal lui apporterait un peu de réconfort.

La nuit était froide et claire, et elle parcourut d'un pas vif les cinq cents mètres qui la séparaient de Times Square. Combien de fois avait-elle fait ce trajet du temps de Jack ! se souvint-elle. Nous nous réunissions avec des amis après le spectacle. Kit ne s'était jamais vraiment intéressée au théâtre, contrairement à sa sœur. Lacey était comme Jack — amoureuse de Broadway. Comme tout ça devait lui manquer !

Au kiosque, elle trouva un numéro du *Minneapolis Star Tribune*. Lacey a peut-être lu cette même édition ce matin, songea-t-elle tristement. Le seul fait de toucher le journal la rapprochait de sa fille.

«Voulez-vous un sac, ma p'tite dame ?

— Oui, s'il vous plaît.» Mona chercha la monnaie dans son portefeuille pendant que le vendeur pliait le journal et le glissait dans un sac en plastique.

Lorsque Mona arriva au restaurant, il y avait la queue devant le vestiaire. Alex l'attendait déjà à leur table. «Désolée, dit-elle en s'avançant rapidement vers lui, je crois que je suis en retard.»

Il se leva et l'embrassa sur la joue. «Vous n'êtes pas en retard, mais votre visage est glacé. Etes-vous venue à pied depuis le New Jersey?

— Non. J'étais en avance et je suis allée acheter un journal.»

Carlos, leur serveur habituel, s'affairait auprès d'eux. «Madame Farrell, laissez-moi vous débarrasser de votre manteau. Voulez-vous mettre votre paquet au vestiaire?

— Gardez-le plutôt ici», suggéra Alex. Il lui prit le sac des mains et le déposa sur une chaise vide à leur table.

La soirée fut comme à l'accoutumée très agréable. Au moment du café, Alex Carbine tenait la main de Mona entre les siennes.

«C'est calme, ce soir, se moqua-t-elle gentiment. Vous ne vous êtes levé qu'une dizaine de fois!

— J'ai pensé que c'était pour cette raison que vous aviez acheté un journal.

— Pas du tout, je n'ai lu que les titres.» Mona prit son sac à main. «A mon tour de me lever. Je reviens tout de suite.»

Alex la reconduisit à sa voiture à onze heures trente. A une heure, le restaurant ferma et le personnel rentra chez lui.

A minuit moins dix eut lieu un appel téléphonique. Le message était simple : «Dites à Sandy qu'elle semble être à Minneapolis.»

25

QUE s'était-il passé entre Heather Landi et Rick Parker?

Lacey avait appris avec stupéfaction qu'ils se connaissaient. Après le départ de Tom Lynch et de Kate Knowles, le vendredi soir, elle n'avait pas pu s'endormir et était restée debout pendant des heures, cherchant à démêler les fils de l'histoire. Pendant le week-end, elle n'avait cessé de revoir mentalement tout ce qui s'était passé le soir où Isabelle Waring avait trouvé la mort. A quoi pouvait penser Rick en écoutant la police l'interroger, elle, sur ses relations avec Isabelle, et lui demander si elle avait déjà rencontré Heather? Pourquoi n'avait-il rien dit?

D'après ce que l'on avait rapporté à Kate, Heather avait paru bouleversée, le dernier jour avant son accident, en voyant Rick apparaître dans l'hôtel de Stowe.

Kate avait qualifié Rick de «crétin notoire qui travaille dans l'immobilier» et avait dit qu'il «s'était mal conduit avec Heather lorsqu'elle était arrivée à New York».

Lacey se rappelait que, dans son journal, Heather

161

faisait allusion à un incident déplaisant survenu alors qu'elle cherchait un appartement dans le West Side. Rick y était-il mêlé?

Avant d'être nommé à l'agence de Madison Avenue, Rick avait passé cinq ans dans les bureaux de Parker et Parker dans le West Side. Il en était parti trois ans auparavant.

Ce qui signifiait, calcula Lacey, qu'il travaillait dans le West Side précisément au moment où Heather était arrivée à New York pour y chercher un appartement. S'était-elle adressée à Parker et Parker, y avait-elle rencontré Rick? Et, dans ce cas, que s'était-il passé entre eux?

Lacey eut un mouvement d'agacement. Rick serait-il impliqué dans tout ce gâchis? *Suis-je exilée ici à cause de lui?*

C'était Rick qui lui avait indiqué le nom de Curtis Caldwell comme acquéreur potentiel de l'appartement d'Isabelle Waring. *C'est à cause de lui que j'ai amené Caldwell là-bas. Si Rick le connaissait d'une manière ou d'une autre, la police pourrait peut-être remonter à Caldwell grâce à lui. Et si l'on arrête Caldwell, alors je pourrai rentrer chez moi.*

Lacey se leva et se mit à faire les cent pas dans la pièce. *Et si c'était précisément ça qu'Isabelle avait découvert dans le journal?* Elle devait faire passer l'information à Gary Baldwin.

L'envie lui démangeait de décrocher le téléphone et d'appeler le bureau du procureur, mais les contacts directs étaient absolument interdits. Elle laisserait un message à George Svenson lui demandant de la rappeler, et ensuite seulement elle écrirait ou parlerait à Baldwin par le circuit habituel.

162

Il faut que j'aie une nouvelle conversation avec Kate, pensa Lacey. Je dois en apprendre davantage sur Bill Merrill, son ami qui avait remarqué la réaction de Heather à la vue de Rick Parker, il faut que je sache où il habite. Baldwin voudra l'interroger, c'est certain. Il peut prouver que Rick était à Stowe quelques heures seulement avant la mort de Heather.

Kate avait dit que la troupe séjournait au Radisson Plaza Hotel pour une semaine. Lacey consulta sa montre. Dix heures et demie. Même si Kate se levait tard, comme la plupart des gens du spectacle, elle était probablement debout à cette heure.

Une voix encore légèrement ensommeillée lui répondit, mais dès qu'elle eut compris qui l'appelait, Kate se réveilla complètement et accepta volontiers de déjeuner le lendemain avec Lacey. « Nous pourrions demander à Tom de se joindre à nous, suggéra-t-elle. Vous le connaissez. Gentil comme il est, il nous emmènera dans un bon restaurant et il paiera la note de surcroît. » Puis en riant elle ajouta : « N'y pensons plus. Son émission commence à midi. »

J'aime autant ça, pensa Lacey. Tom n'aurait pas manqué de remarquer qu'elle cherchait à obtenir des informations de Kate. Mais c'est vrai qu'il est gentil, reconnut-elle, se rappelant qu'il s'était excusé de l'avoir un moment négligée lors de la soirée.

Elle convint de retrouver Kate au Radisson le lendemain à midi trente. En raccrochant le téléphone, elle se sentit envahie d'un espoir soudain. L'impression de voir le premier rayon de soleil après un

163

long et terrible orage, se dit-elle, allant à la fenêtre et tirant les rideaux pour regarder dehors.

C'était une belle journée d'hiver. La température extérieure était de moins dix degrés, mais le soleil brillait avec ardeur dans un ciel sans nuages. Il n'y avait pas un souffle de vent, semblait-il, et aucune trace de neige sur les trottoirs.

Jusqu'alors, elle s'était sentie trop nerveuse pour aller courir dehors, craignant de se retourner continuellement pour voir si Caldwell n'était pas dans son dos, la fixant de ses yeux clairs et glacés. Mais aujourd'hui, sentant approcher un début de solution, elle décida d'essayer, au moins, de retrouver une sorte de vie normale.

En faisant ses bagages, Lacey avait emporté sa tenue de jogging pour temps d'hiver : un survêtement chaud, un blouson, des gants, un bonnet, une écharpe. Elle les enfila rapidement et se dirigea vers la porte. Au moment où elle tournait le bouton, le téléphone se fit entendre. Son premier mouvement fut de le laisser sonner, puis elle se décida à décrocher.

« Mademoiselle Carroll, vous ne me connaissez pas, dit une voix rapide. Je m'appelle Millicent Royce. Je crois que vous cherchez du travail dans l'immobilier. Wendell Woods m'a parlé de vous ce matin.

— C'est ce que je cherche en effet, ou, pour être plus exacte, ce que j'ai l'intention de chercher, dit Lacey, pleine d'espoir.

— Vous avez fait une excellente impression à Wendell et il m'a suggéré de vous rencontrer. Nos bureaux se trouvent à Edina. »

Edina était à un quart d'heure du centre. « Je sais y aller.

— Très bien. Voulez-vous noter l'adresse ? Seriez-vous libre cet après-midi, par hasard ? »

Lorsque Lacey quitta l'appartement et commença son jogging, ce fut avec la sensation que la chance allait peut-être enfin tourner. Si Millicent Royce l'engageait, elle aurait de quoi occuper ses journées. Après tout, comme venait de le lui dire cette femme, on peut faire une carrière passionnante dans l'immobilier. Si elle savait à quel point !

L'émission de Tom Lynch était un mélange de nouvelles, d'interviews et de commentaires humoristiques. Elle était diffusée tous les jours de midi à quatorze heures, et les invités étaient aussi bien des hommes politiques, des écrivains que des célébrités de passage ou des VIP de la région.

Tom se rendait presque chaque matin avant l'émission dans son bureau, parcourait Internet pour y glaner des informations intéressantes, feuilletait les quotidiens et les périodiques en quête de sujets d'entretien sortant de l'ordinaire.

Le lundi matin suivant la première du *Roi et moi*, il eut l'impression troublante qu'Alice Carroll avait occupé ses pensées pendant tout le week-end. A plusieurs reprises il avait été tenté de l'appeler, mais il avait toujours reposé le téléphone avant que la communication ne soit établie.

Allons, il la verrait certainement au gymnase au

cours de la semaine ; et il pourrait lui proposer le plus naturellement du monde de dîner avec lui ou d'aller au cinéma. Téléphoner et convenir d'un rendez-vous dès maintenant risquait de donner à sa démarche une importance exagérée qui le mettrait dans une situation embarrassante s'il ne renouvelait plus son invitation, ou si elle refusait et qu'ils continuaient à se rencontrer.

Il savait que ses hésitations dans ce domaine faisaient l'objet de plaisanteries parmi ses amis. Comme le lui avait dit récemment l'un d'eux : « Tom, tu es un type formidable, mais si tu ne rappelles pas une fille, crois-moi, elle n'en mourra pas. »

Certes, Tom devait admettre que s'il sortait deux ou trois fois avec Alice Carroll et ne la rappelait plus par la suite, elle y survivrait.

Il y avait quelque chose de si réservé chez elle, pensa-t-il en levant les yeux vers la pendule, soudain conscient que l'émission commençait dans une heure. Elle parlait peu d'elle, et Tom aurait parié qu'elle ne souhaitait pas qu'on la questionne. Le premier jour, quand ils avaient pris un café au gymnase, elle avait paru mal à l'aise lorsqu'il l'avait taquinée à propos de sa venue à Minneapolis. Et vendredi soir, au moment où l'orchestre avait attaqué l'ouverture du *Roi et moi*, il s'était aperçu qu'elle retenait ses larmes.

Certaines femmes faisaient une scène si vous ne leur consacriez pas tout votre temps à une soirée. Alice avait trouvé normal qu'il la laisse seule pour s'occuper d'autres invités.

Les vêtements qu'elle portait à cette réception ne

venaient pas de la boutique du coin. Un aveugle s'en serait rendu compte.

Il l'avait entendue dire à Kate qu'elle avait vu *Le Roi et moi* dans trois versions différentes. Et elle lui avait parlé avec discernement de la reprise de *The Boy Friend*.

Des tenues de prix. Des déplacements de Hartford à New York pour aller au théâtre. Ce n'était pas le genre de choses que l'on pouvait s'offrir avec un salaire de secrétaire médicale.

Tom haussa les épaules et tendit la main vers le téléphone. Pas la peine de tourner en rond. Les questions qu'il se posait prouvaient son intérêt pour Alice, et en vérité, il ne cessait de penser à elle. Il allait lui téléphoner et l'inviter à dîner le soir même. Il avait envie de la voir, un point c'est tout. Il souleva l'appareil, composa le numéro, et attendit. A la quatrième sonnerie, le répondeur se mit en marche. Sa voix, basse et agréable, dit : «Ici le 555-1247. Veuillez laisser un message et votre numéro. »

Tom hésita, puis raccrocha, décidant de la rappeler plus tard. Le fait de se sentir aussi déçu de n'avoir pu la joindre accrut encore son trouble.

26

Le lundi matin, Sandy Savarano embarqua sur le vol 105 de Northwest Airlines à l'aéroport de La Guardia, à New York, à destination de l'aéroport international de Minneapolis-Saint Paul.

Il voyageait en première classe, comme à chaque fois qu'il avait pris l'avion depuis son départ du Costa Rica, où il vivait désormais. Ses voisins là-bas le connaissaient sous le nom de Charles Austin, un riche homme d'affaires américain qui avait vendu sa société deux ans auparavant et profitait de sa retraite sous le soleil des Caraïbes.

Sa femme, une jeune beauté de vingt-quatre ans, l'avait conduit à l'aéroport du Costa Rica, lui faisant promettre de ne pas rester absent trop longtemps. « Tu es censé ne plus travailler, lui avait-elle dit avec une moue charmante au moment où il l'embrassait.

— Ça ne veut pas dire que je crache sur l'argent. »

C'était la réponse qu'il lui avait déjà faite à l'occasion d'autres missions qu'il avait acceptées depuis sa prétendue disparition deux ans plus tôt.

« Beau temps pour voyager en avion. »

La voix était celle d'une jeune femme assise dans le siège voisin du sien. Agée d'une trentaine d'années à peine, elle lui rappela vaguement Lacey Farrell. Mais à dire vrai, Lacey Farrell occupait constamment son esprit, car c'était pour elle qu'il se rendait à Minneapolis. Elle, la seule personne au monde qui puisse m'identifier et m'accuser de meurtre, pensa-t-il. Elle ne mérite pas de vivre. Et elle ne va pas vivre longtemps.

« Oui, en effet », répondit-il brièvement.

Il vit l'éclair d'intérêt dans le regard de la jeune femme et s'en amusa. Les femmes, c'était un fait, étaient attirées par lui. Le Dr Ivan Yenkel, un émigré russe qui lui avait fabriqué ce nouveau visage deux ans auparavant, était un génie, indubitablement. Son nez remodelé était plus fin ; la bosse, provoquée par une fracture lors de son séjour en maison de correction, avait disparu. Le menton avait perdu sa lourdeur, les oreilles était plus petites et bien ourlées. Ses sourcils jadis broussailleux formaient aujourd'hui deux arcs minces et parfaits. Yenkel avait relevé les paupières tombantes, éliminé les poches sous les yeux.

Ses cheveux brun foncé avaient été teints en blond cendré, une fantaisie qu'il s'était offerte en l'honneur de son surnom, Sandy. Des verres de contact bleu clair complétaient la métamorphose.

« Une réussite totale, Sandy ! s'était vanté Yenkel en ôtant le dernier pansement. Personne ne vous reconnaîtrait.

— Personne n'en aura jamais l'occasion. »

Sandy éprouvait toujours un sentiment d'excitation au souvenir du regard étonné de Yenkel à l'instant de sa mort.

Je n'ai pas l'intention de subir deux fois ce genre de truc, pensa Sandy, qui ouvrit un magazine tout en adressant un sourire poli à sa voisine.

Feignant de lire, il passa en revue son plan d'action. Il avait une réservation pour deux semaines au Radisson Plaza Hotel sous le nom de James Burgess. S'il n'avait pas trouvé Lacey Farrell au bout de ce laps de temps, il changerait d'hôtel. Inutile d'éveiller la curiosité par un séjour trop long.

Il avait recueilli quelques informations qui pourraient le mettre sur sa piste. Elle avait coutume de fréquenter un gymnase à New York. On pouvait raisonnablement supposer qu'elle ferait de même à Minneapolis, aussi se proposait-il de faire le tour des clubs sportifs de la ville. Les gens changeaient rarement d'habitudes.

C'était une fan de théâtre. Très bien, l'Orpheum de Minneapolis accueillait des tournées pratiquement toutes les semaines, et le Tyrone Guthrie Theater était aussi un endroit où la chercher.

Elle n'avait jamais travaillé ailleurs que dans l'immobilier. Si elle avait un emploi, il y avait toutes les chances qu'elle se trouve dans une agence.

Savarano avait autrefois retrouvé et éliminé deux autres témoins mis comme elle à l'abri. Il savait que le gouvernement ne fournissait pas de fausses références — la plupart des gens qui bénéficiaient du programme de protection trouvaient du travail par relations dans de petites sociétés qui les engageaient de confiance.

L'hôtesse de l'air faisait son annonce : « Nous

170

commençons notre descente vers Minneapolis-Saint Paul... Veuillez redresser votre siège... attacher votre ceinture... »

Sandy Savarano sourit, savourant à l'avance l'expression qu'il verrait apparaître dans les yeux de Lacey Farrell au moment où il la tuerait.

27

ROYCE Immobilier était située à l'angle de la 50ᵉ Rue et de France Avenue South à Edina.

Avant de quitter son appartement, Lacey avait attentivement étudié le plan, afin de déterminer le meilleur chemin pour se rendre sur place en voiture. Sa mère s'était un jour étonnée que Lacey ait un sens pratique aussi développé et si peu de sens de l'orientation. Elle avait raison, reconnut Lacey. A New York, c'était enfantin — elle et son client hélaient un taxi qui les conduisait à l'adresse indiquée. C'était autrement difficile dans une ville aussi étendue que Minneapolis, avec ses nombreuses zones résidentielles éloignées les unes des autres. Comment faire visiter des maisons aux clients si elle passait son temps à se perdre ?

Suivant soigneusement les indications du plan, elle arriva à l'agence après s'être trompée une seule fois. Elle gara sa voiture, puis se tint quelques minutes devant l'entrée de Royce Immobilier, examinant les lieux à travers la large porte vitrée.

L'agence était de petite dimension et d'aspect plaisant. La réception était revêtue de lambris couverts de photos de maisons, le sol réchauffé d'un tapis à carreaux rouges et bleus, et le tout meublé d'un bureau classique et de fauteuils de cuir à l'aspect confortable. Un petit couloir menait à une autre pièce. Par la porte ouverte, Lacey aperçut une femme penchée à sa table.

Je ne suis pas plus avancée, se dit-elle, prenant son courage à deux mains. Si j'arrive à jouer cette scène correctement, je suis bonne pour faire mes débuts à Broadway. A condition, bien entendu, que je retourne un jour à New York. Au moment où elle ouvrait la porte, un carillon signala son arrivée. La femme leva les yeux, puis vint l'accueillir.

« Je suis Millicent Royce, dit-elle en tendant la main, et je suppose que vous êtes Alice Carroll. »

Lacey la trouva d'emblée sympathique. C'était une belle femme à l'ample silhouette, âgée d'une soixantaine d'années, vêtue d'un élégant tailleur de jersey, avec un visage lisse au teint clair dénué de maquillage. Ses cheveux d'un gris argenté presque blanc étaient noués en chignon, une coiffure qui éveilla chez Lacey le souvenir de sa grand-mère.

Le sourire était chaleureux, mais Lacey sentit le regard bleu pénétrant de Millicent l'examiner des pieds à la tête tandis qu'elle s'approchait. Elle se félicita d'avoir choisi sa veste bordeaux et son pantalon gris. Classiques et élégants — chics sans exagération. En outre, cette tenue lui avait toujours porté chance au cours de ses visites. Peut-être l'aiderait-elle à trouver un job aujourd'hui ?

Millicent Royce lui indiqua un fauteuil et s'assit en face d'elle. « J'ai malheureusement un après-midi très chargé, s'excusa-t-elle. Je n'ai pas beaucoup de temps à vous consacrer. Mais parlez-moi de vous, Alice. »

Lacey eut l'impression de subir un interrogatoire sous les feux d'un projecteur. Millicent Royce ne la quitta pas des yeux pendant qu'elle répondait. « Voyons. Je viens d'avoir trente ans. Je suis en bonne santé. Il y a eu de grands changements dans ma vie l'année dernière. »

Dieu sait que je ne mens pas.

« Je suis originaire de Hartford, Connecticut. Mes études terminées, j'ai travaillé comme secrétaire dans un cabinet médical.

— Quel genre de travail ? demanda Mme Royce.

— Réception, administration, un peu de comptabilité, remplir les imprimés médicaux.

— Vous savez donc vous servir d'un ordinateur ?

— Certainement. » Elle vit son interlocutrice jeter un coup d'œil vers l'appareil installé sur le bureau de la réception. A côté d'une pile de papiers.

« Le travail consiste à répondre au téléphone, mettre à jour le catalogue, préparer les fiches, téléphoner à nos acheteurs potentiels dès que la liste se renouvelle, s'occuper de l'accueil. Pas de vente proprement dite. C'est moi qui m'en charge, en général. Mais je voudrais vous poser une question : pourquoi êtes-vous attirée par l'immobilier ? »

Parce que j'aime mettre en rapport les lieux et les gens, pensa Lacey. J'aime tomber juste et voir les yeux d'un client s'éclairer lorsque je l'emmène visiter une maison ou un appartement qui correspond exactement à ce qu'il ou elle recherche. J'adore les discussions qui ont lieu avant de tomber d'accord sur un prix.

Chassant ces pensées, elle répondit plutôt : «Je sais que je ne veux plus travailler dans un cabinet médical, et j'ai toujours été intriguée par le métier d'agent immobilier.

— Je comprends. Bon, laissez-moi prendre contact avec le médecin chez qui vous avez travaillé avant qu'il ne prenne sa retraite, et s'il répond de vous — ce dont je ne doute pas —, alors je vous engagerai à l'essai. Avez-vous son numéro de téléphone ?

— Malheureusement non. Il en a changé et s'est mis sur liste rouge. Il ne voulait plus que ses anciens malades continuent à l'appeler. »

L'imperceptible froncement de sourcils qui assombrit le visage intelligent de Millicent Royce prouvait que la réponse ne lui paraissait pas totalement convaincante.

Lacey se souvint du conseil de George Svenson : «Offrez-leur de travailler bénévolement pendant une quinzaine de jours, voire un mois. »

«J'ai une proposition à vous faire, dit-elle. Prenez-moi à l'essai pendant un mois sans rémunération. Ensuite, si vous êtes satisfaite, vous m'engagerez. Si au contraire vous estimez que je ne suis pas faite pour ce genre d'activité, vous me direz de chercher autre chose. »

Elle soutint le regard de son interlocutrice sans ciller. «Vous ne le regretterez pas», dit-elle calmement.

Millicent Royce haussa les épaules. «Dans le Minnesota, le pays des lacs, c'est une offre qui ne se refuse pas. »

28

« POURQUOI M. Landi n'a-t-il pas été informé plus tôt? » demanda calmement Steve Abbott.

On était lundi après-midi. Steve avait tenu à accompagner Jimmy à un entretien avec les inspecteurs Sloane et Mars au commissariat du 19ᵉ district.

« Je veux savoir de quoi il retourne! lui avait annoncé Jimmy le matin même, le visage rouge de colère. Il se passe quelque chose. Les flics savent sûrement où est Lacey Farrell. Elle ne peut avoir disparu par l'opération du Saint-Esprit! Elle a été témoin d'un meurtre!

— Leur avez-vous téléphoné?

— Bien sûr. Mais dès que je prononce le nom de Farrell, tout ce qu'ils trouvent à me dire c'est de demander à Parker et Parker de charger un autre négociateur de la vente de l'appartement. Ce n'est pas pour ça que je les appelle. Croient-ils donc que cette question me préoccupe, que c'est d'argent qu'il s'agit? C'est idiot! Je les ai prévenus de ma venue, et que *j'exigeais de vraies réponses.* »

Abbott savait que la disparition des portraits de

Heather sur les fresques du restaurant n'avait fait qu'accroître la colère et le chagrin de Jimmy Landi. « Je vous accompagne », avait-il dit.

A leur arrivée, les inspecteurs Sloane et Mars les avaient conduits dans la pièce où se tenaient les interrogatoires, à l'écart de la salle de police. Ils avaient admis finalement que Lacey Farrell bénéficiait du programme fédéral de protection des témoins parce qu'on avait attenté à sa vie.

« J'ai demandé pourquoi M. Landi n'avait pas été informé plus tôt de ce qui était arrivé à Mlle Farrell, répéta Abbott. Nous exigeons une réponse de votre part. »

Sloane prit une cigarette. « Monsieur Abbott, j'ai assuré à M. Landi que l'enquête se poursuivait, et c'est le cas. Nous continuerons jusqu'à ce que nous ayons trouvé et traduit en justice le meurtrier d'Isabelle Waring.

— Vous m'avez raconté une histoire à dormir debout sur un type qui se faisait passer pour un acquéreur potentiel dans le but de s'introduire dans les appartements de luxe et de les cambrioler, s'écria Jimmy, à nouveau en proie à la colère. Ensuite vous m'avez dit qu'Isabelle était probablement morte parce qu'elle s'était trouvée au mauvais endroit au mauvais moment. Maintenant vous prétendez que cette Lacey Farrell est retenue comme témoin oculaire, et vous admettez que le journal de Heather vous a été volé sous votre nez, ici même, à l'intérieur de ce commissariat. Cessez de vous foutre de moi. Il ne s'agit pas d'un décès accidentel, et vous le savez depuis le premier jour. »

Eddie Sloane lut fureur et mépris dans les yeux

de Jimmy Landi. Je le comprends, songea-t-il. Son ex-femme est morte ; nous perdons un document qui lui était destiné et qui est sans doute une pièce à conviction essentielle ; la personne qui a amené le tueur dans l'appartement de son ex-femme a disparu. Je sais ce que je ressentirais à sa place.

Pour les deux policiers, depuis ce soir d'octobre où ils avaient reçu un appel provenant du 3, 70ᵉ Rue Est, les quatre mois écoulés avaient été un vrai cauchemar. Dans le déroulement de cette affaire, Eddie avait été reconnaissant au procureur de la République d'avoir lutté pied à pied avec le procureur général Gary Baldwin. Il avait exigé que la police de New York reste sur le coup. « Un meurtre a été commis dans la 19ᵉ circonscription, avait-il dit à Baldwin, et que vous le vouliez ou non, nous mènerons une enquête. Nous partagerons nos informations avec vous, naturellement, mais vous devrez agir de même avec nous. Quand Savarano sera arrêté, nous coopérerons avec vous si vous parvenez à négocier avec lui. Cependant nous le ferons seulement, je dis bien seulement, si vous n'essayez pas de nous reléguer au second plan. Nous nous sentons totalement impliqués dans cette affaire, et nous avons l'intention de le rester. »

« Ce n'était pas une histoire à dormir debout, monsieur Landi, se défendit Nick Mars. Nous désirons autant que vous mettre la main sur le meurtrier de Mme Waring. Mais si Mlle Farrell n'avait pas emporté ce journal, apparemment dans l'intention de vous le remettre, nous serions sans doute beaucoup plus avancés dans notre enquête.

— Je croyais que le journal avait été volé après

avoir atterri ici, fit Steve Abbott d'un ton dangereusement calme. Et maintenant vous voilà en train d'insinuer que Mlle Farrell aurait pu le falsifier.

— Nous ne pensons pas qu'elle l'ait fait, mais nous ne pouvons l'assurer.

— Soyez honnête avec nous, inspecteur. Vous n'êtes pas sûrs de grand-chose, sinon que vous avez saboté cette enquête, lui lança Abbott, sans plus dissimuler son irritation. Venez, Jimmy, il est temps que nous engagions nos propres enquêteurs. Tant que la police s'en occupera seule, nous n'avons aucune chance de découvrir la vérité.

— C'est ce que j'aurais dû faire dès l'instant où j'ai reçu cet appel à propos d'Isabelle ! dit Jimmy Landi en se levant. Je veux la copie du journal de ma fille que je vous ai remise avant que vous la perdiez elle aussi.

— Nous en avons tiré d'autres exemplaires, dit Sloane sans se départir de son flegme. Nick, va chercher celui de M. Landi.

— Tout de suite, Eddie. »

Pendant qu'ils attendaient, Sloane fit observer : « Monsieur Landi, vous nous avez dit très explicitement que vous aviez lu le journal avant de nous le remettre. »

Le regard de Landi s'assombrit. « C'est exact.

— Vous nous avez dit avoir lu le journal *attentivement*. Rétrospectivement, diriez-vous la même chose ?

— Que signifie *attentivement* ? demanda Jimmy d'un ton agacé. Je l'ai parcouru, voilà tout.

— Voyez-vous, monsieur Landi, je comprends à quel point tout ceci vous est pénible, mais je vais

179

vous demander de relire le journal avec le plus grand soin. Nous-mêmes l'avons passé au peigne fin, et hormis une ou deux allusions ambiguës dans les premières pages, relatives à un incident concernant un appartement dans le West Side, et quelques vagues marques d'inquiétude à la fin, nous n'y avons rien trouvé qui nous soit utile, même potentiellement. Mais Mme Waring avait affirmé à Lacey Farrell que ces pages contenaient un détail indiquant que la mort de votre fille n'était pas accidentelle. »

Jimmy secoua la tête. «Isabelle aurait trouvé quelque chose de louche dans le catéchisme. »

Ils ne prononcèrent plus un mot jusqu'au retour de Nick Mars qui les rejoignit avec une enveloppe en papier kraft qu'il tendit à Landi.

Jimmy la lui arracha des mains et l'ouvrit. Retirant les feuillets, il les parcourut rapidement, puis s'arrêta à la dernière page. Il la lut, jeta un regard noir à Mars. « Qu'est-ce que vous essayez encore de manigancer ? » demanda-t-il.

Sloane eut la désagréable intuition qu'il allait entendre quelque chose qu'il eût préféré ignorer.

«Je peux vous annoncer tout de suite qu'il manque des feuilles, dit Landi. Les deux dernières pages de l'exemplaire que je vous ai confié n'étaient pas écrites sur du papier ligné. Je m'en souviens car elles étaient toutes barbouillées. L'original devait être taché de sang… j'ai à peine pu les regarder. Où sont-elles passées maintenant ? Les avez-vous perdues elles aussi ? »

29

Sitôt arrivé à l'aéroport de Minneapolis-Saint Paul, Sandy Savarano se rendit directement à la zone des bagages où il récupéra sa lourde valise noire. Puis il alla s'enfermer dans l'un des compartiments des toilettes pour hommes. Là, il déposa sa valise à plat sur le siège et l'ouvrit.

Il en sortit une glace et une trousse munie d'une fermeture éclair qui contenait une perruque grise, d'épais sourcils et des lunettes rondes à monture d'écaille.

Il ôta ses verres de contact, dévoilant des yeux bruns presque noirs, puis plaça prestement la perruque sur sa tête, la peigna afin qu'elle recouvre en partie son front, colla les sourcils, ajusta les lunettes.

Avec un crayon à sourcils, il marqua son front et le dos de ses mains de taches de vieillesse. D'une poche sur le côté de sa valise il retira des chaussures orthopédiques et les chaussa à la place de ses mocassins Gucci.

Pour finir, il déballa un épais manteau de tweed aux épaules rembourrées, remit dans la valise l'imperméable Burberry qu'il portait à la sortie de l'avion.

L'homme qui quitta les toilettes ne ressemblait nullement à celui qui y était entré et paraissait vingt ans de plus.

Sandy se dirigea ensuite vers le comptoir de location de voitures où une réservation avait été faite au nom de James Burgess, de Philadelphie. Il sortit de son portefeuille un permis de conduire et une carte de crédit. Le faux permis était parfaitement imité ; la carte de crédit était authentique, un compte lui ayant été ouvert au nom de Burgess.

Un air froid et vivifiant l'accueillit quand il sortit du terminal et se mêla à un groupe de passagers qui attendaient la navette. Entre-temps, il étudia la carte routière que l'employé avait annotée à son intention, mémorisant les itinéraires d'entrée et de sortie de la ville, calculant le temps nécessaire à chaque trajet. Il aimait tout planifier dans le moindre détail. Pas de surprise — c'était sa devise. L'irruption de cette maudite Lacey Farrell dans l'appartement d'Isabelle Waring n'en avait été que plus irritante... Pris de court, il avait commis l'erreur de la laisser s'échapper.

C'était grâce à cette attention de tous les instants qu'il était toujours en liberté, alors que tant de ses camarades de la maison de correction purgeaient de longues peines derrière les verrous. Une pensée qui le glaçait jusqu'aux os.

Le bruit métallique d'une porte de cellule... Se réveiller en sachant qu'il était bouclé, que chaque jour ressemblerait au précédent... Sentir les murs et le plafond l'enfermer, l'oppresser, l'étouffer...

Sous les mèches de cheveux si soigneusement rabattues sur son front, Sandy sentit perler des gouttes de sueur. Pas question que ça m'arrive, se promit-il. Plutôt mourir.

La navette approchait. Il leva impatiemment un bras pour qu'elle s'arrête. Il avait hâte de se mettre au boulot, hâte de trouver Lacey Farrell. Aussi longtemps qu'elle était en vie, elle constituait une menace permanente pour sa liberté.

Au moment où la navette se garait le long du trottoir, il sentit quelque chose lui heurter les mollets. Il pivota sur lui-même et se trouva face à la jeune femme qui occupait le siège voisin du sien dans l'avion. Sa valise avait glissé et l'avait cogné.

Leurs regards se croisèrent et il retint sa respiration. Ils se tenaient à quelques centimètres l'un de l'autre, et pourtant elle ne semblait pas le reconnaître. Lui adressant un sourire, elle s'excusa : « Je suis vraiment désolée. »

La porte du véhicule s'ouvrait. Savarano monta, rassuré. Cette maladroite venait de lui confirmer qu'ainsi déguisé il pouvait s'approcher de Farrell sans crainte d'être identifié. Cette fois, elle n'aurait aucune chance de lui échapper. Il ne commettrait pas deux fois la même erreur.

30

L E jour même où Millicent Royce accepta de la prendre à l'essai, Lacey proposa de rester l'après-midi afin de se familiariser avec les fichiers de l'ordinateur et de prendre connaissance du courrier qui était empilé à la réception.

Après quatre mois d'inactivité, elle éprouva un plaisir indicible à se retrouver à un bureau, à compulser les listes, à se familiariser avec les prix pratiqués dans la région couverte par l'agence.

A trois heures, Mme Royce emmena un client visiter un appartement et demanda à Lacey de répondre au téléphone.

Le premier appel faillit tourner à la catastrophe. «Royce Immobilier, Lace...», répondit-elle machinalement.

Elle raccrocha aussitôt, fixant le combiné d'un regard horrifié. Elle avait failli donner son vrai nom.

Un instant plus tard, le téléphone sonna à nouveau.

Elle devait décrocher. C'était probablement la même personne. Que lui dire?

La voix à l'autre bout du fil trahissait une légère

irritation. «Je crois que nous avons été coupés», dit Lacey d'un ton mal assuré.

Pendant l'heure suivante, le téléphone sonna sans discontinuer et Lacey accorda toute son attention à chaque appel. Plus tard seulement, au moment où elle notait que le cabinet dentaire avait appelé pour confirmer le rendez-vous de Millicent la semaine suivante, elle comprit que se retrouver dans son environnement habituel pouvait constituer un piège. Par précaution, elle reprit tous les messages qu'elle avait consignés. Une femme avait téléphoné : son mari était muté à Minneapolis et une amie lui avait suggéré de s'adresser à l'agence Royce pour trouver une maison.

Lacey avait posé les questions d'usage : combien de chambres? Une maison ancienne ou non? L'école du quartier constituait-elle un critère? L'achat dépendait-il de la vente de leur résidence actuelle? Elle avait même noté les réponses en abrégé, selon le code habituel des agents immobiliers : min. 4 ch/3 b/chauf. c.

J'étais si contente de moi, se dit-elle en recopiant le nom de la femme et son numéro de téléphone sur une autre fiche, attentive cette fois à masquer son expérience du métier. A la fin elle avait ajouté : «Acheteurs intéressants en raison du changement de résidence immédiat.» Même cette dernière remarque pouvait paraître trop professionnelle, pensa-t-elle, mais elle la laissa quand elle vit Millicent Royce surgir sur le seuil de l'agence.

Millicent avait l'air las et parut satisfaite en constatant que Lacey avait pris les messages et trié le courrier. Il était presque cinq heures. «Je vous vois demain matin, Alice ? » Il y avait une note d'espoir dans sa voix.

« Bien sûr, lui répondit Lacey. J'ai seulement un déjeuner que je ne peux pas annuler. »

Sur le trajet du retour, Lacey sentit son entrain la quitter. Comme à l'accoutumée, elle n'avait aucun projet pour la soirée, et la pensée de se retrouver dans son appartement devant un dîner solitaire la déprimait.

Je vais aller au gymnase, décida-t-elle. Entre mon jogging matinal et quelques exercices supplémentaires, j'espère que je serai assez crevée pour m'endormir rapidement.

A son arrivée, Ruth Wilcox lui fit signe de s'approcher. « Devinez ! dit-elle, d'un air de conspirateur. Tom Lynch a paru sincèrement déçu de ne pas vous voir cet après-midi. Il est même venu me demander si vous étiez passée plus tôt dans la journée. Alice, je crois que vous avez un ticket. »

Si c'est vrai, il s'intéresse à quelqu'un qui n'existe pas, pensa Lacey avec une trace d'amertume. Elle resta au gymnase une demi-heure et rentra chez elle. Le répondeur clignotait. Tom avait appelé à quatre heures et demie. « J'espérais vous voir au gymnase, Alice. J'ai beaucoup apprécié notre sortie de vendredi. Si vous avez mon message avant sept heures et que cela vous dit de dîner avec moi, appelez-moi. Mon numéro est… »

Lacey appuya sur le bouton d'arrêt et effaça le message avant même d'entendre le numéro de téléphone de Tom. Elle ne voulait pas passer une autre soirée à mentir à quelqu'un qu'en d'autres circonstances elle eût aimé avoir pour ami.

Elle se prépara un BLT. Son sandwich préféré.

Puis elle se souvint — *c'était ce que je mangeais le soir où Isabelle Waring est morte*. Isabelle avait téléphoné et elle n'avait pas répondu. *J'étais fatiguée, je n'avais pas envie de lui parler.*

Dans le message qu'elle avait laissé sur le répondeur, Isabelle disait qu'elle avait trouvé le journal de Heather et qu'il contenait un élément susceptible de prouver que la mort de sa fille n'était pas accidentelle.

Mais le lendemain matin, lorsqu'elle m'a téléphoné à l'agence, elle n'a pas voulu en parler, se rappela Lacey. Ensuite, lorsque j'ai amené Curtis Caldwell à l'appartement, elle est restée lire le journal de Heather dans la bibliothèque. Et quelques heures plus tard, elle était morte.

Les images qui affluaient à son esprit lui serrèrent brusquement la gorge et elle faillit s'étouffer avec la dernière bouchée de son sandwich : Isabelle dans la bibliothèque, penchée sur le journal de Heather, en larmes. Isabelle poussant son dernier soupir tout en la suppliant de remettre le journal au père de Heather.

Qu'est-ce qui me tracasse depuis le début ? songea-t-elle. Quelque chose qui a un rapport avec la bibliothèque, qui m'a frappée au moment où j'ai parlé à Isabelle dans cette pièce. Mais quoi ? Elle chercha à reconstituer ce fatal après-midi, s'efforçant de retrouver l'image qui la fuyait.

Elle finit par y renoncer. Elle était incapable de s'en souvenir.

187

N'y pensons plus pour l'instant, se dit-elle. Plus tard j'essaierai de récapituler toutes les informations que ma mémoire a enregistrées. Après tout, le cerveau ressemble à un ordinateur, non ?

Cette nuit-là, en rêve, elle vit Isabelle qui tenait à la main un stylo vert et pleurait en lisant le journal de Heather pendant les dernières heures de sa vie.

31

Après s'être inscrit au Radisson Plaza Hotel, à cent mètres de Nicolet Mall, Sandy Savarano passa le restant de sa première journée à Minneapolis à compulser l'annuaire du téléphone et à dresser une liste des gymnases et des clubs sportifs de la ville et des environs.

Il établit une deuxième liste de toutes les agences immobilières, plaçant dans une colonne séparée celles qui s'occupaient d'immobilier de bureau. Il y avait de fortes chances que ces dernières n'engagent pas quelqu'un sans expérience et il savait que Lacey Farrell ne pourrait pas fournir de références. Il commencerait à appeler les autres agences dès le lendemain.

Son plan était simple. Il dirait simplement qu'il réalisait une enquête par sondage pour le compte de l'Association nationale des agents immobiliers, parce qu'il devenait de plus en plus manifeste que les adultes entre vingt-cinq et trente-cinq ans se désintéressaient des métiers de l'immobilier. L'enquête comprendrait deux questions : durant les six derniers mois, l'agence avait-elle embauché quel-

189

qu'un dans cette tranche d'âge à titre de vendeur, de secrétaire ou de réceptionniste, et si oui, était-ce un homme ou une femme ?

Une autre approche lui était nécessaire pour passer en revue les clubs sportifs et les gymnases. Les questions qu'il avait prévues pour l'enquête tomberaient à plat, la plupart des gens qui s'inscrivaient dans ces clubs appartenant à cette tranche d'âge. En clair, retrouver Lacey Farrell par le biais de ces associations comporterait davantage de risques.

Il lui faudrait se rendre en personne sur les lieux, prétexter qu'il avait l'intention de s'inscrire, et ensuite montrer une photo de Lacey. C'était une photo ancienne, découpée dans l'annuaire de son collège, mais encore ressemblante. Il prétendrait qu'elle était sa fille et qu'elle avait quitté la maison à la suite d'une querelle familiale. Il tentait de la retrouver car sa mère était malade d'inquiétude.

Enquêter dans les clubs sportifs était donc aléatoire, mais heureusement ils étaient peu nombreux dans la zone urbaine, et Sandy espérait ne pas y consacrer trop de temps.

A dix heures moins cinq, il décida de sortir faire un tour à pied. Le mall était plongé dans l'obscurité, les vitrines des magasins éteintes depuis longtemps.

Sandy savait que le Mississippi n'était pas loin. Il tourna sur sa droite et se dirigea vers le fleuve, silhouette solitaire qu'un passant eût prise pour celle d'un homme d'un certain âge qui aurait mieux fait de ne pas arpenter seul les rues la nuit.

Ce passant n'aurait pu se douter qu'il s'inquiétait à tort, qu'en marchant, Sandy Savarano éprouvait cette étrange fièvre qui le saisissait chaque fois qu'il se lançait sur la piste d'une victime, chaque fois qu'il avait l'impression de se rapprocher de l'endroit où se terrait sa proie.

32

Le mardi matin, Lacey attendait devant les bureaux de Royce Immobilier quand sa nouvelle patronne arriva sur le coup de neuf heures.

« Vous n'êtes pas payée pour venir si tôt ! fit remarquer Millicent en riant.

— C'est ce dont nous étions convenues, dit Lacey. Et je crois pouvoir vous dire que ce travail me plaît déjà. »

Millicent Royce tourna la clé dans la serrure et ouvrit la porte. La chaleur de l'intérieur les surprit. « Un peu d'air frais du Minnesota ne vous fera pas de mal, dit-elle. Avant toute chose, je vais préparer du café. Comment l'aimez-vous ?

— Noir, de préférence.

— Regina, mon assistante qui vient de partir en congé de maternité, ajoutait deux pleines cuillerées de sucre et elle n'a jamais pris un kilo. Je lui disais que c'était une raison suffisante pour la haïr. »

Lacey se rappela Janey Boyd, une secrétaire de Parker et Parker, qui passait son temps à grignoter un biscuit ou une barre de chocolat et restait mince

192

comme un fil. «Il y avait une fille comme ça chez...»
Elle s'interrompit. «Au cabinet médical.» Puis elle
ajouta à la hâte : «Elle n'est pas restée longtemps.
Heureusement. Ce n'était pas un exemple à
suivre.»

Et si Millicent Royce avait relevé cette remarque et pro-
posé d'appeler une ancienne collègue pour obtenir des ren-
seignements sur Lacey ? Attention, ma fille. Attention.

Le premier appel de la journée retentit à point
nommé.

A midi, Lacey quitta l'agence pour se rendre à son
déjeuner avec Kate Knowles. «Je serai de retour à
deux heures, promit-elle, mais par la suite, je man-
gerai un sandwich au bureau afin que vous puissiez
prendre des rendez-vous à l'extérieur.»

Elle arriva au Radisson à midi vingt-cinq, trouva
Kate déjà installée à table, en train de grignoter un
petit pain. «Je n'ai rien avalé au petit déjeuner, dit-
elle à Lacey, j'espère que vous ne m'en voulez pas
d'avoir commencé.»

Lacey se glissa dans le siège en face d'elle. «Pas
du tout. Comment marche le spectacle ?

— Super-bien !»

Elles commandèrent chacune une omelette, une
salade et un café. «Les préliminaires accomplis, fit
Kate en riant, je dois avouer que je meurs de curiosité. J'ai parlé à Tom ce matin et lui ai annoncé que
je déjeunais avec vous. Il m'a dit qu'il aurait aimé se
joindre à nous et qu'il vous transmettait son
meilleur souvenir.»

Kate prit un autre petit pain. «Il paraît que vous

avez récemment choisi de vous installer ici, que vous n'y étiez venue qu'une seule fois étant enfant. Comment se peut-il qu'une ville vous marque à ce point ? »

Répondre aux questions par des questions.

« Vous qui êtes constamment en tournée, dit Lacey, n'y a-t-il pas des villes qui frappent votre imagination plus que d'autres ?

— Si, bien sûr. Il y a des villes agréables, comme celle-ci, et d'autres qui le sont moins. Je vais vous en décrire une que j'ai particulièrement détestée... »

Lacey se détendit en écoutant Kate raconter son histoire, avec un sens du récit parfait. Les gens du spectacle ont souvent ce don, songea-t-elle. Papa l'avait ; il aurait pu donner de l'intérêt à une liste de commissions.

Alors qu'elles buvaient leur deuxième tasse de café, elle s'arrangea pour amener la conversation sur le dénommé Bill, l'ami que Kate avait mentionné. « L'autre soir, vous avez parlé d'un garçon avec lequel vous sortiez, commença-t-elle. Bill quelque chose, me semble-t-il.

— Bill Merrill. Un chic type. Il pourrait devenir le prince charmant, quoique du train où vont les choses je ne le saurai peut-être jamais. Je ne renonce pas, toutefois. » Les yeux de Kate brillèrent. « L'ennui, c'est que je suis souvent sur la route et qu'il voyage constamment de son côté.

— Que fait-il ?

— Il est banquier d'affaires, se rend en Chine pratiquement tous les jours. »

Pourvu qu'il ne soit pas en Chine en ce moment, pria Lacey. « Dans quelle banque travaille-t-il, Kate ?

— La Chase. »

Lacey avait appris à se méfier de l'éclair interrogateur dans l'œil de son interlocuteur. Kate était fine. Elle sentait certainement que Lacey tentait de lui extorquer des informations. J'ai obtenu ce que je voulais, pensa Lacey. Laissons-la conduire à nouveau la conversation.

« Le mieux pour vous serait de jouer dans une pièce à Broadway qui tiendrait l'affiche pendant dix ans, avança-t-elle.

— Une solution en or ! J'aurais le beurre et l'argent du beurre. J'adorerais rester tranquillement à New York. D'abord à cause de Bill, naturellement, mais aussi parce que Tom s'y installera sûrement dans les années qui viennent. Il est en route pour la gloire, et c'est à New York qu'il va atterrir. Pour moi, ce serait vraiment la cerise sur le gâteau. Nous sommes tous les deux enfants uniques, et davantage frère et sœur que cousins. Il est toujours là quand j'ai besoin de lui. Tom est le genre de type qui semble deviner le moment où les gens ont besoin d'aide. »

Est-ce pour cela qu'il m'a demandé de sortir avec lui hier soir ? se demanda Lacey. Elle fit un signe pour réclamer l'addition. « Il faut que je me sauve, expliqua-t-elle. C'est ma première vraie journée de travail. »

Dans une cabine téléphonique du hall, elle appela George Svenson et laissa un message. « J'ai de nouvelles informations concernant l'affaire Hea-

195

ther Landi dont je dois m'entretenir directement avec le procureur général Baldwin. »

Quand elle eut raccroché, elle traversa rapidement le hall, craignant d'arriver en retard à l'agence.

Moins d'une minute plus tard, une main marquée de taches de vieillesse saisissait le récepteur encore tiède du contact de la main de Lacey.

Sandy Savarano s'arrangeait toujours pour qu'on ne puisse pas repérer l'origine de ses appels téléphoniques. Il avait de la monnaie plein ses poches. Aujourd'hui, il avait prévu de passer cinq appels depuis ce poste, puis de changer d'endroit et d'en passer cinq autres, et ainsi de suite jusqu'à la fin de sa liste d'agences immobilières.

Il composa le numéro, entendit une voix répondre : « Downtown Immobilier », et commença sans attendre à débiter son histoire : « Je n'abuserai pas de votre temps, dit-il, je fais partie de l'Association nationale des agents immobiliers. Nous menons une enquête... »

33

L<small>E</small> procureur général Gary Baldwin le dit carrément à Ed Sloane, inspecteur du départe-
ment de police de New York : il n'aimait pas
les imbéciles. Il s'était mis en rage la veille en
entendant Sloane lui annoncer que plusieurs pages
de l'exemplaire du journal que Jimmy Landi avait
remis au commissariat s'étaient apparemment vola-
tilisées dans leurs bureaux. « Comment vous êtes-
vous débrouillé pour ne pas perdre la totalité ? avait-
il explosé. C'est ce qui est arrivé à l'original. »

Lorsque Sloane avait téléphoné à nouveau vingt-
quatre heures plus tard, Baldwin en avait profité
pour exposer encore une fois ses griefs. « Nous nous
décarcassons à passer au peigne fin la copie du journal que vous nous avez remise, tout ça pour
apprendre ensuite qu'il en manque plusieurs pages,
vraisemblablement importantes puisque quelqu'un
a pris le risque de les subtiliser sous votre nez ! Bon
Dieu, où avez-vous laissé le journal quand vous
l'avez reçu ? Sur le tableau d'affichage ? Et la copie ?
Sur le trottoir ? En collant une étiquette : *Preuves
concernant une affaire criminelle. Servez-vous* » !

La diatribe de Baldwin suscita chez Ed Sloane une envie de riposter qui le ramena à l'époque où il faisait du latin à l'académie militaire Xavier. Dans une de ses épîtres, saint Paul disait du péché : *Ne nominatur in vobis* — « Que ce mot ne soit pas prononcé parmi vous. »

En effet, pensa Sloane, mieux vaut taire ce que j'aimerais lui faire. Par ailleurs, lui aussi enrageait à la pensée que le manuscrit du journal ainsi que probablement plusieurs pages de la copie avaient disparu du casier des pièces à conviction dans son placard personnel, toujours soigneusement fermé à clé, situé dans la salle de police.

Indiscutablement, c'était de sa faute. Il accrochait les clés du casier et du placard au trousseau qu'il gardait dans la poche de sa veste. Et il ôtait toujours sa veste, si bien que n'importe qui pouvait avoir subtilisé le trousseau, fait faire un double des clés et les avoir remises en place avant même qu'il ne s'aperçoive de leur disparition.

Lorsque le manuscrit original s'était volatilisé, les serrures avaient été remplacées. Mais lui n'avait pas renoncé à son habitude de laisser ses clés dans la poche de sa veste qu'il accrochait au dossier de son fauteuil.

Il revint à la conversation téléphonique. Baldwin s'était enfin tu, hors d'haleine, et Sloane saisit l'occasion pour placer un mot : « Monsieur, je vous ai tenu au courant hier car il me semblait que vous deviez être informé. J'appelle aujourd'hui parce que, en fait, je ne suis pas sûr que Jimmy Landi soit un témoin fiable dans le cas qui nous intéresse. Il a admis hier avoir à peine parcouru le journal lorsque

Lacey Farrell le lui a remis. Et de plus il ne l'a eu en sa possession qu'un seul jour.

— Oh, ce journal n'est pas si long, répliqua sèchement Balwin. Il suffit de quelques heures pour le lire attentivement.

— Mais il ne l'a pas fait, et c'est là que le bât blesse, rétorqua à son tour Sloane, remerciant d'un geste Nick Mars qui déposait une tasse de café sur son bureau. Il menace aussi de nous rendre la vie difficile, dit qu'il va engager son propre détective. Et son associé, Steve Abbott, était présent à la réunion, et il a joué les gros bras.

— Je peux difficilement en vouloir à Landi, dit sèchement Baldwin. Et étant donné que vous semblez incapable de déboucher sur quelque chose, la présence d'un autre enquêteur sur l'affaire serait peut-être utile.

— Vous savez très bien que non. Il nous mettrait des bâtons dans les roues. Mais nous n'en sommes pas encore là. Abbott vient de m'appeler. Pour s'excuser, d'une certaine manière. A la réflexion, il est possible que Landi ait cru à tort qu'il manquait des pages. Il dit que le soir où Lacey Farrell lui a apporté le journal, Jimmy a commencé à le lire, puis il s'est effondré et l'a mis de côté. Le lendemain, nous le lui avons repris.

— Il s'est peut-être trompé à propos des pages manquantes, mais nous ne le saurons jamais, n'est-ce pas ? fit remarquer Baldwin d'un ton glacial. Et admettons même qu'il se soit mélangé les pédales avec cette histoire de pages écrites sur papier uni, il n'en reste pas moins que l'original a été dérobé alors qu'il était en votre possession, preuve que quelqu'un chez vous joue double jeu. Je vous suggère de mettre de l'ordre dans votre maison.

— C'est mon intention. » Eddie Sloane ne jugea pas nécessaire de prévenir Baldwin qu'il avait déjà tendu un piège au coupable en laissant courir le bruit qu'il y avait de nouvelles pièces à conviction concernant l'affaire Waring enfermées dans son casier.

Baldwin mit fin à la conversation. « Tenez-moi au courant. Et tâchez de conserver les preuves que vous pourriez découvrir. Vous croyez que c'est possible ?

— J'espère. Et au passage, monsieur, c'est nous qui avons relevé l'empreinte de Savarano sur la porte de Farrell, après le cambriolage de son appartement. Je crois me souvenir que vos enquêteurs avaient certifié qu'il était mort. »

Un déclic à l'autre bout de la ligne prouva à l'inspecteur Eddie Sloane qu'il avait réussi à atteindre le cuir épais de Baldwin. Un point pour nous, jubila-t-il.

Mais c'était une victoire sans lendemain, et il le savait.

Tout au long de l'après-midi, l'équipe de Gary Baldwin endura les retombées de sa frustration après le cafouillage de l'enquête. Puis il changea brusquement d'humeur en apprenant que le témoin sous protection, Lacey Farrell, avait des informations à lui communiquer. « J'attendrai le temps qu'il faudra, mais assurez-vous qu'elle m'appelle ce soir », dit-il à George Svenson à Minneapolis.

200

A la suite de cet appel, George Svenson alla se poster en voiture devant l'immeuble de Lacey et attendit son retour. Dès qu'il la vit apparaître, il ne lui laissa même pas le temps de pénétrer dans le hall. «Le boss est impatient de vous parler, dit-il. Allons-y tout de suite.»

Il l'emmena dans sa voiture. Svenson était de nature taciturne et parlait rarement pour ne rien dire. Pendant sa période d'entraînement à Washington, on avait prévenu Lacey que les fédéraux n'aimaient pas le programme de protection, et qu'ils détestaient s'occuper de ces malheureux témoins placés sous leur garde. Ils avaient l'impression de faire office de baby-sitters.

Dès le jour de son arrivée à Minneapolis, rechignant à la pensée de dépendre d'un étranger, Lacey avait décidé de l'ennuyer le moins possible. En quatre mois, elle n'avait manifesté qu'un seul désir particulier, celui d'acheter ses meubles dans des brocantes plutôt que dans un grand magasin.

Elle avait maintenant l'impression d'avoir gagné malgré lui le respect de Svenson. Tandis qu'ils se frayaient un passage à travers le trafic grandissant de la fin de la journée, il lui demanda ce qu'elle pensait de son nouveau travail.

«C'est intéressant, dit-elle. Et j'ai enfin l'impression d'exister.»

Elle prit son grognement pour un signe d'approbation.

Svenson était la seule personne à qui elle aurait pu raconter qu'elle avait failli éclater en sanglots quand Millicent Royce lui avait montré une photo de sa petite-fille de cinq ans vêtue d'un tutu. La fillette lui avait rappelé Bonnie, et elle s'était sentie envahie par le mal du pays. Naturellement, elle n'en avait rien dit.

Voir cette photo d'une enfant de l'âge de Bonnie avait ravivé chez Lacey l'envie de retrouver sa nièce. Une vieille chanson du début du siècle lui était revenue en mémoire : *My bonnie lies over the ocean, my bonnie lies over the sea... bring back... bring back... oh bring back my bonnie to me...*

Mais Bonnie n'est pas de l'autre côté de l'océan. Elle est seulement à deux heures d'avion, et je m'apprête à donner des informations au procureur général qui m'aideront peut-être à rentrer bientôt chez moi.

Ils longeaient l'un des nombreux lacs qui parsemaient la ville. La dernière chute de neige datait d'une semaine, pourtant le sol était encore d'un blanc virginal. Les étoiles apparaissaient peu à peu, scintillant dans l'air froid du soir. C'est une belle ville, pensa Lacey. En d'autres circonstances, je comprendrais que l'on veuille vivre ici, mais je veux rentrer chez moi. J'ai besoin de me retrouver chez moi.

Pour l'appel de ce soir, ils avaient branché une ligne spéciale dans une chambre d'hôtel. Avant de la mettre en communication avec Baldwin, Svenson avait prévenu Lacey qu'il l'attendrait dans le hall pendant son entretien téléphonique.

L'interlocuteur décrocha à la première sonnerie et Lacey entendit Gary Baldwin donner son nom.

Svenson lui tendit le récepteur. « Bonne chance », murmura-t-il en se retirant.

« Monsieur Baldwin, commença-t-elle, merci de m'avoir rappelée aussi rapidement. J'ai des informations qui me paraissent extrêmement importantes.

— Je l'espère, mademoiselle Farrell. Que se passe-t-il ? »

En l'entendant, Lacey eut une brève réaction d'animosité et d'irritation. *Ça le dérangerait de me demander comment je m'en sors ?* pensa-t-elle. *Il pourrait se montrer courtois, pour une fois. Je ne suis pas venue ici de mon plein gré. J'y suis coincée parce que vous n'avez pas été fichu d'arrêter un tueur. Ce n'est pas de ma faute si j'ai été témoin d'un meurtre.*

« Ce qui se passe, dit-elle, prononçant lentement et distinctement chaque mot, c'est que j'ai appris que Rick Parker — vous vous souvenez de lui ? C'est l'un des Parker de la société Parker et Parker pour laquelle je travaillais — se trouvait dans le même hôtel que Heather Landi quelques heures avant sa mort, et qu'elle a paru effrayée, ou du moins extrêmement agitée, à sa vue. »

Il y eut un long silence ; puis Baldwin demanda : « Comment diable avez-vous recueilli une telle information dans le Minnesota, mademoiselle Farrell ? »

Lacey n'avait pas réfléchi à la façon dont elle allait annoncer cette nouvelle. Elle n'avait jamais révélé à personne qu'elle avait fait une copie du journal de Heather Landi avant de le remettre à l'inspecteur Sloane. Elle avait déjà été menacée de poursuites pour avoir emporté les pages du journal hors de l'appartement. Elle savait qu'on ne croirait jamais

203

qu'elle avait photocopié le journal uniquement parce qu'elle avait promis à Isabelle de le lire.

« Je vous ai demandé comment vous aviez pu obtenir une telle information, mademoiselle Farrell », répéta Baldwin. Sa voix lui rappela un proviseur particulièrement revêche qui sévissait autrefois dans son lycée.

Lacey s'exprima avec précaution, comme si elle s'aventurait sur un champ de mines. « Je me suis fait quelques amis ici, monsieur Baldwin. L'un d'eux m'a invitée à une réception donnée en l'honneur de la troupe qui joue *Le Roi et moi.* J'ai bavardé avec Kate Knowles, une des actrices, et...

— Et dans la conversation, elle vous a dit que Rick Parker se trouvait dans cet hôtel du Vermont quelques heures avant la mort de Heather Landi. C'est *ça* que vous voulez me faire avaler, mademoiselle Farrell ?

— Monsieur Baldwin, dit Lacey, sentant sa voix monter d'un cran, qu'insinuez-vous ? J'ignore ce que vous savez de moi, mais mon père était musicien à Broadway et j'ai assisté à de nombreuses comédies musicales. Je connais le monde de la musique, ainsi que celui du théâtre. Le soir où j'ai rencontré Kate Knowles, elle a déclaré avoir joué dans une reprise de *The Boy Friend* qui s'est donnée off-Broadway il y a deux ans. Nous en avons parlé. J'avais vu le spectacle, mais avec Heather Landi dans le premier rôle.

— Vous ne nous avez jamais dit que vous connaissiez Heather Landi, la coupa Baldwin.

— Il n'y avait rien à dire de particulier, protesta Lacey. L'inspecteur Sloane m'a demandé si je connaissais Heather Landi. La réponse que je lui ai faite, qui se trouve être la vérité, est non, je ne la connaissais pas. Mais, comme des centaines et peut-être des milliers de spectateurs, je l'ai vue jouer dans des comédies musicales. Si je vois Robert de Niro dans un film, devrai-je vous dire que je le connais ?

— Très bien, mademoiselle Farrell, vous avez marqué un point, dit-il, sans une trace d'humour dans la voix. La conversation est donc venue sur la pièce *The Boy Friend*. Et ensuite ? »

Lacey tenait le récepteur serré dans sa main droite. Elle enfonça les ongles de sa main gauche dans sa paume, se forçant à garder son calme. « Kate faisant partie de la troupe, il m'a paru évident qu'elle devait connaître Heather Landi. Je lui ai donc posé la question, et je l'ai ensuite amenée à me parler d'elle. Elle m'a raconté spontanément qu'Isabelle Waring avait demandé à tous les membres de la troupe si Heather leur avait paru inquiète au cours des semaines qui avaient précédé sa mort et, si oui, pourquoi. »

Le ton de Baldwin s'était adouci. « Vous vous êtes montrée astucieuse. Qu'a-t-elle dit ?

— Elle m'a répété ce que tous les amis de Heather ont répondu à Isabelle. Oui, elle était inquiète. Non, elle n'avait jamais dit pourquoi. A personne. Mais ensuite — et c'est la raison de mon appel —, Kate m'a dit qu'elle avait l'intention de signaler à la mère de Heather un détail qui lui était revenu à l'esprit. Etant en tournée, elle ignorait naturellement qu'Isabelle était morte. »

A nouveau, Lacey parla avec une lenteur calculée. « Kate Knowles a un fiancé. Bill Merrill. Il s'occupe d'investissements à la Chase. Apparemment, c'est un ami de Rick Parker, ou du moins il le connaît. Bill a raconté à Kate que l'après-midi d'avant sa mort, il était en train de bavarder avec Heather à L'Après-Ski, le bar du grand hôtel de Stowe. A l'arrivée de Rick, elle s'est interrompue et a quitté le bar presque sur-le-champ.

— L'après-midi d'avant sa mort ? Il en est certain ?

— Si l'on en croit Kate. D'après elle, Heather se serait montrée bouleversée à la vue de Rick. Je lui ai demandé si elle connaissait la raison de cette réaction, et Kate m'a dit que Rick lui aurait joué un sale tour à l'époque où elle était venue s'installer à New York, il y a quatre ans.

— Mademoiselle Farrell, j'aimerais vous demander quelque chose. Vous avez travaillé chez Parker et Parker pendant huit ans. Avec Rick Parker, n'est-ce pas ?

— En effet. Mais Rick était dans l'agence du West Side, il nous a rejoints il y a trois ans seulement.

— Je vois. Et dans toute cette affaire avec Isabelle Waring, il ne vous a jamais dit qu'il connaissait, ou aurait pu connaître, Heather Landi ?

— Non. Puis-je vous rappeler, monsieur Baldwin, que je suis ici parce que Rick Parker m'a communiqué le nom d'un certain Curtis Caldwell censé appartenir à un célèbre cabinet d'avocats ? Rick est le seul dans l'agence qui ait parlé, ou soit censé avoir parlé, avec cet homme qui s'est révélé être l'assassin d'Isabelle Waring. Durant toutes ces semaines où je faisais visiter cet appartement et parlais à Rick d'Isabelle et de son obsession concernant la mort de sa fille, ne croyez-vous pas qu'il eût été normal de sa part de me dire qu'il connaissait Heather ? C'est en tout cas mon avis », dit-elle avec force.

J'ai remis le journal à la police le lendemain de la mort d'Isabelle, se rappela Lacey. Je leur ai dit que j'en avais donné une copie à Jimmy Landi, comme promis. Ai-je mentionné qu'Isabelle m'avait demandé de le lire ? Ai-je dit que j'y avais jeté un coup d'œil ? Elle se massa le front, s'efforçant de reconstituer les faits avec précision. Pourvu qu'ils ne me demandent pas qui m'accompagnait à la représentation. Le nom de Tom Lynch apparaît dans le journal, et ils le reconnaîtront sûrement. Ils ne mettront pas longtemps à s'apercevoir que le hasard n'entre pour rien dans mon histoire.

« Résumons-nous, dit Baldwin. Vous dites que l'homme qui a vu Rick Parker à Stowe est un banquier du nom de Bill Merrill qui travaille à la Chase ?

— Oui.

— Ces informations vous ont-elles été communiquées spontanément lors de cette rencontre avec Mlle Knowles ? »

Lacey perdit patience. « Monsieur Baldwin, pour recueillir ces informations à votre intention, j'ai combiné un déjeuner avec une jeune et talentueuse actrice que j'aimerais avoir pour amie. Je lui ai menti comme je l'ai fait à chacune des personnes que j'ai rencontrées à Minneapolis, à l'exception de George Svenson, naturellement. Il est de mon intérêt de rassembler tous les indices qui pourraient m'aider à redevenir un être humain normal et confiant. A votre place, je me préoccuperais d'enquêter sur les relations de Rick Parker avec Heather

Landi plutôt que de chercher à savoir si je fabule ou non.

— Je n'insinuais rien de tel, mademoiselle Farrell. Nous allons immédiatement donner suite à votre information. Toutefois, vous conviendrez que peu de témoins mis sous protection ont l'occasion de se retrouver nez à nez avec l'amie d'une morte dont la mère a été victime d'un meurtre qui est justement la raison de cette protection.

— Et peu de mères sont assassinées parce qu'elles sont convaincues que la mort de leur fille n'était pas due à un accident.

— Nous allons nous en occuper, mademoiselle Farrell. Je crois vous avoir déjà prévenue, mais j'insiste : il faut que vous restiez extrêmement attentive à ne pas baisser votre garde. Vous dites avoir de nouveaux amis, et c'est très bien, mais faites attention à ce que vous leur dites. Toujours, toujours, *soyez prudente*. Si une seule personne apprend où vous vous trouvez, nous serons obligés de vous cacher ailleurs.

— Ne vous inquiétez pas pour moi, monsieur Baldwin », dit Lacey, soudain saisie d'angoisse à la pensée qu'elle avait dit à sa mère qu'elle était à Minneapolis.

Elle raccrocha et s'apprêta à quitter la pièce. Elle avait l'impression que tout le poids du monde pesait sur ses épaules. Baldwin n'avait pratiquement pas écouté ce qu'elle lui avait dit. Il n'avait pas semblé accorder la moindre importance au fait que Rick Parker avait peut-être un lien avec Heather Landi.

Lacey ne pouvait se douter qu'au moment où elle reposait le combiné, le procureur général Gary Baldwin disait à ses collaborateurs : « La première véritable piste ! Parker est dans cette affaire jusqu'au cou ! » Il marqua une pause avant d'ajouter : « Et Lacey Farrell en sait plus qu'elle ne veut bien le dire. »

34

Je me suis probablement trompé à propos d'Alice, réfléchit Tom Lynch tout en prenant sa douche après sa séance au gymnase. Elle m'en a peut-être voulu de l'avoir momentanément délaissée pendant la soirée. Cela faisait deux jours de suite qu'elle n'était pas venue au gymnase. Et elle ne l'avait pas rappelé au téléphone. Mais Kate lui avait raconté son déjeuner avec Alice, et c'était Alice qui avait organisé le rendez-vous, cela prouvait qu'au moins quelqu'un de la famille lui plaisait. Alors pourquoi ne m'a-t-elle pas rappelé, ne serait-ce que pour dire qu'elle n'était pas libre, ou qu'elle n'avait pas eu le message à temps pour venir dîner avec moi hier soir ?

Il sortit de la douche et se sécha vigoureusement. Par ailleurs, Kate avait mentionné qu'Alice venait de commencer à travailler. C'était peut-être la raison de son silence.

A moins qu'il n'y ait quelqu'un d'autre ? Ou qu'elle ne soit malade ?

Sachant que rien n'échappait à Ruth Wilcox, Tom s'arrêta à son bureau en sortant. « Pas trace d'Alice Carroll, aujourd'hui ? » fit-il d'un air détaché.

Il vit un éclair d'intérêt traverser le regard de la jeune femme. « A dire vrai, j'avais l'intention de lui passer un coup de fil pour avoir de ses nouvelles, dit-elle. Elle s'est toujours montrée si assidue, depuis trois semaines, que j'ai pensé qu'il lui était arrivé quelque chose. »

Un sourire malicieux étira ses lèvres. « Je pourrais peut-être l'appeler tout de suite. Si elle répond, dois-je lui dire que vous désirez avoir de ses nouvelles, et vous la passer ? »

Oh, Seigneur ! soupira Tom en lui-même. La nouvelle va se répandre dans tout le gymnase qu'il y a quelque chose entre Alice et moi. Bon, c'est toi qui as commencé, mon vieux, se reprit-il. « Vous êtes un amour, Ruth, fit-il. Bien sûr, si elle répond, passez-la-moi. »

Au bout de quatre sonneries, Ruth renonça. « Dommage. Elle n'est pas chez elle, mais le répondeur est branché. Je vais lui laisser un message. »

Le message disait que Ruth et un très séduisant gentleman se demandaient où Alice était passée.

Très bien, elle sera au moins obligée de se montrer, pensa Tom. Si elle n'a pas envie de me voir, j'aime autant le savoir. Je me demande s'il n'y a pas un problème dans sa vie.

En sortant, il resta quelques instants immobile sur le trottoir, plongé dans l'indécision. S'il était tombé sur Alice au gymnase, il l'aurait invitée à dîner puis à l'accompagner au cinéma, c'était du moins son intention. Le film qui avait été primé au Festival de Cannes se jouait à l'Uptown Theater. Il pouvait y aller seul, bien sûr ; mais ça ne l'enthousiasmait guère.

Il commençait à avoir froid à force de rester planté là sans bouger. Il haussa les épaules. Après tout, il n'avait qu'à se rendre à son appartement. Avec un peu de chance, il la trouverait chez elle et lui demanderait de venir voir ce film avec lui.

Utilisant le téléphone de sa voiture, il la rappela et tomba sur le répondeur. Pas encore rentrée. Il se gara en face de son immeuble qu'il observa attentivement, se souvenant qu'Alice habitait au troisième étage et que ses fenêtres donnaient juste au-dessus de la porte d'entrée.

Aucune lumière ne brillait. Je vais attendre un peu, décida-t-il. Si elle ne revient pas, j'irai manger un morceau et renoncerai à aller au cinéma.

Quarante minutes s'écoulèrent. Il allait partir quand une voiture s'arrêta dans l'allée semi-circulaire, devant l'entrée. La porte du passager s'ouvrit et il vit Alice sortir et entrer rapidement à l'intérieur de l'immeuble.

La voiture resta un instant éclairée par le lampadaire, le temps pour Tom de repérer qu'il s'agissait d'une Plymouth vert foncé ; un modèle vieux de cinq ou six ans, ce qu'on faisait de plus anonyme. Il aperçut fugitivement le conducteur, constata avec soulagement qu'il n'était pas de la première jeunesse. Il n'aurait pas fait un compagnon très romantique pour Alice.

L'interphone se trouvait dans le hall. Tom appuya sur le 4 B.

En répondant, Alice croyait manifestement

s'adresser à l'homme qui venait de la déposer. « Monsieur Svenson ?

— Non, Alice, c'est M. Lynch, fit Tom, faussement cérémonieux. Puis-je monter ? »

Dès qu'elle eut ouvert la porte, il lui trouva l'air fatigué, abattu. Elle était livide. Ses pupilles paraissaient immenses. Il ne perdit pas de temps en circonlocutions. « Visiblement, ça ne va pas fort, dit-il d'un ton inquiet. Que vous est-il arrivé, Alice ? »

La vue de cette haute et mince silhouette s'encadrant dans la porte, l'inquiétude qu'elle lisait dans ses yeux, sur son visage, l'idée qu'il avait cherché à la revoir alors qu'elle ne l'avait pas rappelé, tout faillit déstabiliser Lacey.

Ce fut en l'entendant l'appeler « Alice » qu'elle parvint à se ressaisir, à retrouver un minimum de contrôle d'elle-même. Pendant les vingt minutes du trajet, depuis l'endroit d'où elle avait téléphoné jusqu'à chez elle, elle avait fait part à George Svenson de sa stupéfaction. « Quelle mouche pique votre Baldwin ? Je lui donne une information qui ne peut qu'être utile dans cette affaire, et il me traite comme si j'étais une criminelle ! Il m'a envoyée sur les roses, traitée comme une enfant ! Pour un peu, j'irais à New York et je descendrais la Cinquième Avenue avec une pancarte disant : "Rick Parker est un voyou, un minable fils à papa qui a probablement joué un sale tour à Heather Landi quand elle est arrivée à New York à l'âge de vingt ans, suffisamment vicieux pour que, quatre ans après, elle soit toujours terrifiée à sa vue. Quiconque possédant des tuyaux est le bienvenu." »

Pour toute réponse, Svenson lui avait dit : « Cal-

213

mez-vous, Alice. Calmez-vous. » Et il avait le genre de voix à calmer une tigresse. Cela faisait partie de son boulot, naturellement.

Une nouvelle crainte s'était alors emparée de Lacey. Si un membre de l'équipe de Baldwin allait trouver sa mère ou Kit pour s'assurer qu'elle n'avait pas révélé l'endroit où elle vivait ? Ils verraient immédiatement clair en maman, pensa-t-elle. Elle serait incapable de leur donner le change. Contrairement à moi, elle n'a jamais appris à mentir comme une professionnelle. Si Baldwin croit que maman est au courant, il me fera transférer ailleurs, ça ne fait aucun doute. Je ne supporterais pas de recommencer tout ce cirque.

Après tout, à Minneapolis elle avait un semblant de travail, et quelque chose qui pouvait vaguement passer pour une vie personnelle.

« Alice, vous ne m'avez pas invité à entrer. Vous feriez aussi bien. Je n'ai aucunement l'intention de m'en aller. »

Et c'était ici qu'elle avait fait la connaissance de Tom Lynch.

Lacey lui adressa un piètre sourire. « Entrez. Je suis contente que vous soyez venu. J'allais me servir un verre de vin pour me réconforter. Voulez-vous m'accompagner ?

— Volontiers. » Tom ôta son manteau et le jeta sur une chaise. « Je vais vous servir. Le vin est dans le réfrigérateur ?

— Non, dans la cave à vins. Derrière ma cuisine dernier cri. »

La kitchenette du minuscule appartement était équipée d'une plaque de cuisson et d'un four, d'un évier miniature et d'un réfrigérateur coincé sous le comptoir.

Haussant un sourcil, Tom poursuivit le jeu. «Faut-il allumer un feu dans le grand salon?

— Excellente idée. J'attendrai sur la véranda.» Lacey ouvrit le placard et versa des noix de cajou dans une coupe. Il y a deux minutes j'étais prête à m'écrouler, et me voici en train de plaisanter, se dit-elle. La présence de Tom avait tout changé.

Elle s'assit dans l'angle du canapé; il s'installa dans le fauteuil capitonné, allongea ses jambes et leva son verre vers elle: «Content d'être avec vous, Alice.» Une expression plus grave assombrit son visage. «Je dois vous poser une question et vous prier d'y répondre franchement. Y a-t-il un autre homme dans votre vic?»

Oui, il y en a un, pensa Lacey, mais pas de la façon dont vous l'entendez. L'homme qui occupe ma vie est un tueur lancé à ma poursuite.

«Y a-t-il quelqu'un, Alice?»

Lacey regarda longuement Tom. Je pourrais vous aimer, pensa-t-elle. Peut-être suis-je même déjà un peu amoureuse de vous. Elle se souvint du sifflement des balles, du sang qui jaillissait de l'épaule de Bonnie. Non, je ne peux pas prendre ce risque. Je suis une paria. Si Caldwell, *alias* Machinchose, apprend où je suis, il me retrouvera. Je ne peux pas mettre Tom en danger.

«Oui, je crains qu'il n'y ait quelqu'un dans ma vie», lui dit-elle, s'évertuant à garder un ton naturel.

Il la quitta dix minutes plus tard.

35

Rick Parker avait montré à plus d'une douzaine de visiteurs l'appartement d'Isabelle Waring. A plusieurs reprises, il s'était cru à deux doigts de conclure une vente, mais à chaque fois le client avait fait marche arrière. Aujourd'hui, il avait bon espoir d'avoir trouvé un acquéreur, Shirley Forbes, une divorcée d'une cinquantaine d'années. Elle était déjà venue trois fois, et avait repris rendez-vous sur place le 29 janvier à dix heures et demie.

Lorsqu'il arriva au bureau ce matin-là, le téléphone sonnait. C'était l'inspecteur Sloane. «Rick, cela fait quinze jours que nous ne nous sommes pas parlé, dit Sloane. Je crois que vous devriez passer à mon bureau aujourd'hui. J'aimerais savoir si votre mémoire ne s'est pas un peu améliorée depuis.

— Je ne vois rien dont je puisse me souvenir, répliqua sèchement Rick.

— Ne croyez pas ça. Je vous attends à midi. Soyez là.»

Rick eut un sursaut en entendant Sloane raccrocher brutalement. Il se laissa tomber dans son fau-

216

teuil, la tête entre les mains, se frottant le front où perlait une sueur glacée. Il lui semblait qu'un marteau frappait à coups redoublés dans sa tête, lui broyant le crâne.

Je bois trop, se dit Rick. Il faut que je m'arrête.

Il avait fait la tournée de ses bars préférés la veille au soir. S'était-il passé quelque chose d'anormal ? Il se rappelait vaguement avoir terminé chez Landi pour boire un dernier verre, bien que l'endroit ne fît pas partie de son circuit habituel. Il avait voulu voir les portraits de Heather sur les murs.

J'avais oublié qu'ils avaient été effacés. Est-ce que je me suis comporté stupidement pendant que j'étais là-bas ? Ai-je parlé des peintures à Jimmy ? Ai-je dit quelque chose à propos de Heather ?

Il n'avait nulle envie de retourner dans l'appartement de Heather avant d'aller s'entretenir avec Sloane, mais il ne voyait pas comment retarder le rendez-vous. Shirley Forbes avait clairement indiqué qu'elle viendrait directement le retrouver après sa visite chez le médecin. Son père le maudirait s'il apprenait qu'il avait raté la vente de cet appartement.

« Rick. »

Il leva les yeux et vit R.J. Parker senior, debout devant son bureau, qui le regardait d'un œil sévère. « Je suis allé dîner chez Landi hier soir, lui dit son père. Jimmy veut que cet appartement soit vendu. J'ai dit que tu avais quelqu'un de sérieusement intéressé qui revenait le visiter ce matin. Il est prêt à conclure pour cent mille dollars de moins que les six cent mille demandés, ne serait-ce que pour s'en débarrasser.

— Je pars justement retrouver Mme Forbes sur place, papa. »

Mon Dieu, R.J. était chez Landi hier soir. J'aurais pu me retrouver nez à nez avec lui ! A cette seule pensée, le martèlement redoubla douloureusement dans son crâne.

« Rick, continua son père, je n'ai pas besoin de te dire que plus vite nous serons débarrassés de cet endroit, moins Jimmy aura l'occasion de découvrir…

— Je sais, papa, je sais. » Rick repoussa son fauteuil. « Il faut que j'y aille. »

« Je regrette. C'est exactement ce que je recherche, mais je sais que je ne vivrai jamais tranquille seule ici. Je passerais mon temps à penser à la façon dont cette pauvre femme est morte, prise au piège et sans défense. »

Shirley Forbes annonça sa décision à Rick dans la chambre où Isabelle Waring avait trouvé la mort. Il restait un minimum de meubles dans l'appartement, mais tous les effets personnels avaient été enlevés. Mme Forbes parcourut la pièce du regard. « J'ai regardé les comptes rendus du meurtre sur Internet, dit-elle en baissant la voix comme si elle confiait un secret. D'après ce que j'ai compris, Mme Waring était adossée à la tête de ce lit. »

Les yeux anormalement agrandis derrière ses grosses lunettes, elle indiqua le lit. « J'ai tout lu sur l'affaire. Isabelle Waring était dans sa chambre à coucher et quelqu'un est entré et a tiré sur elle. La police pense qu'elle a tenté de s'enfuir, mais le tueur bloquait la porte et elle s'est réfugiée sur le lit en levant la main pour se protéger. C'est pour cette raison qu'elle avait tellement de sang sur la main. Ensuite, la femme de l'agence immobilière est arrivée, juste pour l'entendre crier au secours. Cette personne aurait pu être tuée, elle aussi. Il y aurait eu deux meurtres commis dans cet appartement. »

Rick se tourna brusquement. « Très bien. Votre point de vue est clair. Partons. »

La femme le suivit à travers le salon et en bas de l'escalier. « Je crains de vous avoir contrarié, monsieur Parker. Je regrette. Connaissiez-vous Heather Landi ou Mme Waring ? » Rick eut envie de lui arracher ses lunettes grotesques et de les piétiner. Il aurait aimé précipiter cette idiote, cette voyeuse, à bas de l'escalier. Car elle n'était rien d'autre qu'une voyeuse, elle lui faisait perdre son temps, lui donnait la nausée. Elle était venue visiter cet endroit uniquement à cause du meurtre. Elle n'avait aucune intention de l'acheter.

Il avait d'autres appartements à lui proposer, mais il y renonça. Qu'elle aille au diable ! Elle lui épargna la peine de la reconduire. « Je suis pressée. Je vous téléphonerai dans quelques jours, pour voir si vous avez d'autres affaires. »

Elle était partie. Rick alla dans la salle de bains, ouvrit la porte de l'armoire à linge et sortit une bouteille de sa cachette. Il l'emporta à la cuisine, prit un verre et le remplit à moitié de vodka. Avalant une grande gorgée, il s'assit sur un des tabourets du bar devant le comptoir qui séparait la cuisine de la partie salle à manger.

Son regard s'arrêta sur une petite lampe à l'autre

extrémité du comptoir. La base avait la forme d'une théière. Il ne s'en souvenait que trop bien.

« C'est ma lampe d'Aladin, avait dit Heather le jour où elle l'avait aperçue dans la vitrine d'une brocante de la 80ᵉ Rue Ouest. Je vais la frotter pour qu'elle me porte chance. » Et, la prenant dans ses mains, elle avait fermé les yeux et psalmodié d'une voix grave : « Puissant génie, exauce mon vœu. Fais que j'obtienne le rôle pour lequel je viens d'auditionner. Que mon nom apparaisse en lettres de feu. » Puis, d'un air inquiet, elle avait ajouté : « Et que Baba ne soit pas trop furieux contre moi quand je lui dirai que j'ai acheté un appartement sans sa permission. »

Elle s'était tournée vers Rick en fronçant les sourcils. « C'est mon argent, il m'a dit que je pouvais en faire ce que je voulais, mais je sais qu'il souhaite avoir son mot à dire sur l'endroit où je vais vivre. Il se fait déjà un sang d'encre parce que j'ai décidé d'arrêter mes études et de venir vivre à New York toute seule. »

Elle avait souri à nouveau — Dieu, que son sourire était exquis ! se souvenait Rick — et frotté la lampe une fois encore. « Mais peut-être n'y verra-t-il aucun inconvénient, avait-elle ajouté. Je parie que la découverte de cette lampe magique est le signe que tout se passera bien. »

Rick contempla la lampe, maintenant posée sur le comptoir. Il la prit et tira trop fort sur le cordon en la soulevant.

La semaine suivante, Heather l'avait supplié d'annuler la vente et de lui rendre son dépôt de garantie. « J'ai dit à ma mère au téléphone que j'avais trouvé un endroit qui me plaisait beaucoup. Elle a eu l'air désolée. Elle m'a dit que, voulant me faire une surprise, mon père m'avait déjà acheté un appartement à l'angle de la 70ᵉ Rue et de la Cinquième Avenue. Il ne faut pas qu'il sache que j'en ai retenu un autre sans son autorisation. Vous ne le connaissez pas, Rick, avait-elle imploré. Rick, je vous en prie, votre famille est propriétaire de l'agence. Vous pouvez m'aider. »

Rick dirigea la lampe vers le mur au-dessus de l'évier et la lança de toutes ses forces.

Le génie de la lampe lui avait obtenu le rôle qu'elle désirait tant. Par la suite, il ne lui avait pas été très utile.

L'agent Betty Ponds, la femme que Rick Parker connaissait sous le nom de Shirley Forbes, fit son rapport à Eddie Sloane au commissariat du 19ᵉ district. « Parker est si nerveux qu'il ne tient pas en place, dit-elle. Sous peu, il va craquer. Vous auriez dû voir son regard quand j'ai commencé à raconter comment Isabelle Waring avait été tuée. Rick Parker est mort de trouille.

— Il a de quoi s'inquiéter, lui dit Sloane. Les fédéraux sont allés interroger un type qui peut témoigner de la présence de Parker à Stowe l'après-midi du jour où Heather Landi est morte.

— Quand l'attendez-vous ? demanda Ponds.

— A midi.

— C'est bientôt l'heure. Je me sauve. Pas question qu'il me voie. » Avec un geste de la main, elle quitta le commissariat.

Midi quinze, midi trente passèrent. A une heure, Sloane téléphona chez Parker et Parker. On lui dit que Rick n'était pas repassé à l'agence depuis qu'il l'avait quittée pour son rendez-vous de dix heures trente.

Le lendemain matin, il était clair que Rick Parker avait disparu, volontairement ou non.

36

IL était devenu évident qu'elle ne pouvait plus continuer à fréquenter le gymnase de Twin Cities car elle passerait son temps à y croiser Tom Lynch. Même si elle lui avait dit avoir quelqu'un dans sa vie, elle était certaine qu'ils finiraient par sortir ensemble, et elle se sentait incapable de débiter continuellement un tissu de mensonges.

Il lui plaisait, c'était hors de doute, et elle eût aimé mieux le connaître. Elle se voyait assise en face de lui à une table, devant un plat de pâtes et un verre de vin rouge, lui parlant de sa mère et de son père, de Kit, de Jay et des enfants.

Ce qui lui paraissait inconcevable, c'était d'inventer une mère censée habiter en Angleterre, une école où elle n'avait jamais mis les pieds, et un petit ami qui n'avait jamais existé.

Kate Knowles avait dit que Tom adorait New York et qu'il finirait par s'y installer. Connaissait-il comme elle chaque recoin de la ville ? se demanda Lacey. Elle aimerait tant l'emmener faire un tour à la Jack Farrell ! *East Side, West Side, all around the town.*

Dans les jours qui suivirent la visite de Tom, Lacey

s'aperçut qu'elle rêvait de lui. Dans ces rêves, assez flous, la sonnette de son appartement carillonnait, elle ouvrait la porte et il disait, comme il l'avait fait à l'interphone l'autre soir : «Non, Alice, c'est M. Lynch.»

La troisième nuit cependant, le rêve changea. Cette fois, comme Tom s'avançait dans le couloir, la porte de l'ascenseur s'ouvrait et Curtis Caldwell la franchissait, un pistolet à la main, visant Tom dans le dos.

Lacey se réveilla en poussant un hurlement au moment où elle essayait de prévenir Tom, de l'attirer dans l'appartement, de pousser le verrou derrière eux afin qu'ils soient en sécurité à l'intérieur.

Etant donné son état dépressif, ses occupations à l'agence étaient pour elle une véritable bouée de sauvetage. A la demande de Millicent, Lacey l'avait accompagnée à plusieurs de ses rendez-vous, que ce soit pour faire visiter des maisons ou rentrer de nouvelles affaires.

«Votre travail aura d'autant plus d'intérêt que vous connaîtrez bien le secteur, lui avait dit Millicent. Vous a-t-on jamais dit que l'immobilier est avant tout une question d'emplacement?»

Emplacement, emplacement, emplacement. A Manhattan, une vue sur un parc ou sur le fleuve faisait grimper considérablement le prix d'un appartement. Lacey aurait aimé échanger avec Millicent des anecdotes sur quelques farfelus auxquels elle avait eu affaire au cours des années.

Les soirées étaient les moments les plus difficiles. Elles s'étiraient, longues et solitaires. Le jeudi soir, elle se força à aller voir un film. La salle était à moitié vide, avec des rangées entières de sièges inoccupés, mais avant le début du film, un homme descendit l'allée, passa devant la rangée où elle était assise, se retourna, regarda autour de lui et alla s'installer juste derrière elle.

Dans la pénombre, elle vit seulement qu'il était de taille moyenne et mince. Son cœur se mit à battre plus vite.

Tandis que défilait le générique, Lacey entendit le craquement du fauteuil au moment où l'homme s'asseyait, et huma l'odeur des pop-corn qu'il avait apportés. Soudain, elle sentit qu'il lui tapotait l'épaule. Saisie d'effroi, elle dut faire un effort presque surhumain pour tourner la tête et le regarder.

Il lui tendait un gant : « Est-il à vous, madame ? demanda-t-il. Il se trouvait sous votre siège. »

Lacey ne resta pas pour regarder le film. Elle était incapable de se concentrer sur ce qui se passait à l'écran.

Le vendredi matin, Millicent demanda à Lacey ce qu'elle comptait faire pendant le week-end.

« Principalement me mettre en quête d'un gymnase ou d'un club sportif, répondit-elle. Celui auquel je suis inscrite est très bien, mais il n'a pas de terrain de squash et cela me manque beaucoup. »

Naturellement, ce n'est pas pour cette raison que je quitte le Twin Cities, mais ma réponse n'est pas totalement fausse.

« On m'a parlé d'un nouveau gymnase à Edina

qui possède un superbe court de squash, lui dit Millicent. Je vais me renseigner. »

Quelques minutes plus tard elle revint voir Lacey à son bureau avec un sourire triomphant. « J'avais raison. Et comme ils viennent d'ouvrir, ils offrent une réduction sur le tarif d'inscription. »

Lorsque Millicent partit à un rendez-vous, un peu plus tard, Lacey appela George Svenson. Elle avait deux requêtes à lui soumettre : primo, elle voulait s'entretenir de nouveau avec le procureur général Gary Baldwin. « J'ai le droit de savoir ce qui se passe », dit-elle.

Ensuite elle ajouta : « Les gens deviennent trop curieux au Twin Cities Gym. Je vais devoir vous demander une avance pour m'inscrire dans un autre club. »

Me voilà en train de mendier, pensa-t-elle avec désespoir en attendant sa réponse. Je suis non seulement une recluse, mais aussi une mendiante.

Mais Svenson répondit sans hésitation : « Je n'y vois que des avantages. Le changement vous fera du bien. »

37

COMME chaque matin, Lottie Hoffman lisait la presse new-yorkaise en prenant son petit déjeuner solitaire. Pendant quarante-cinq ans, jusqu'à il y a un peu plus d'un an, elle l'avait pris avec Max. Lottie avait encore du mal à réaliser qu'un jour de décembre, Max était sorti faire sa promenade matinale quotidienne et n'était jamais revenu.

Un entrefilet en page trois du *Daily News* attira son attention : Richard J. Parker junior, cité comme témoin dans le cadre de l'enquête sur le meurtre d'Isabelle Waring, avait disparu. Que lui était-il arrivé ? se demanda-t-elle avec inquiétude. En savait-il trop ?

Lottie repoussa sa chaise et se dirigea vers son bureau dans la pièce de séjour. Du tiroir du milieu, elle sortit la lettre qu'Isabelle Waring avait écrite à Max la veille de sa mort. Elle la relut pour la énième fois.

Cher Max,
J'ai essayé de vous téléphoner hier, mais votre numéro n'est pas dans l'annuaire, et c'est pourquoi je vous écris. Je suis sûre que vous avez appris

que Heather a été tuée dans un accident en décembre dernier. Sa mort m'a terriblement éprouvée, naturellement, mais les circonstances qui l'entourent ont été particulièrement mystérieuses.

En mettant de l'ordre dans son appartement, je suis tombée sur son journal, dans lequel elle note son intention de déjeuner avec vous. Cela, cinq jours seulement avant sa mort. Par la suite, elle ne fait plus aucune allusion à vous ni à ce déjeuner. En revanche, les deux entrées suivantes du journal indiquent qu'elle était visiblement angoissée, bien qu'elle n'en mentionne nulle part la raison.

Max, vous avez travaillé dans le restaurant de Jimmy pendant les quinze premières années de la vie de Heather. Vous étiez le meilleur maître d'hôtel qu'il ait jamais eu, et je sais combien il a regretté votre départ. Vous rappelez-vous, Heather avait deux ans et vous l'amusiez avec des tours de magie pour qu'elle se tienne tranquille pendant que le peintre faisait son portrait sur la fresque? Heather vous aimait et vous estimait beaucoup, j'espère qu'elle s'est confiée à vous quand vous l'avez vue.

De toute façon, pouvez-vous me téléphoner? J'habite l'appartement de Heather. Le numéro est le 555-2437.

Lottie remit la lettre dans le tiroir et regagna sa place à la table de la cuisine. En prenant sa tasse de café, elle s'aperçut que sa main tremblait tellement qu'elle dut retenir la tasse avec les doigts de la main

228

gauche. Depuis ce terrible matin où elle avait ouvert la porte et trouvé un policier devant elle... eh bien, depuis ce terrible matin, elle avait senti le poids de chacun de ses soixante-quatorze ans.

Elle se remémora ces moments-là. J'ai téléphoné à Isabelle Waring. Elle a eu un vrai choc lorsque je lui ai appris que Max avait été tué par un chauffard deux jours seulement après la mort de Heather. Je croyais alors que sa mort était un accident.

Isabelle lui avait demandé si elle savait de quoi Max et Heather avaient parlé ensemble.

Max disait toujours que dans son métier on entendait beaucoup de choses, mais qu'on apprenait à la boucler. Lottie secoua la tête. Il avait probablement enfreint cette règle en parlant à Heather, et cela lui avait coûté la vie.

Elle avait essayé d'aider Isabelle. Je lui ai dit ce que je savais, pensa-t-elle. Je lui ai dit que je ne connaissais pas Heather, bien qu'ayant assisté avec mon groupe d'amies à une représentation de *The Boy Friend* où elle tenait un rôle. Peu après, Lottie était partie avec le même groupe passer une journée au Mohonk Mountain House, dans les Catskill. Elle y avait vu Heather pour la seconde — et dernière — fois. Je me promenais le long d'un sentier, se rappela-t-elle, et j'ai aperçu un couple en tenue de ski. Ils se tenaient enlacés sur un belvédère, comme deux tourtereaux. J'ai reconnu Heather, mais pas l'homme qui l'accompagnait. Elle en avait parlé à Max ce soir-là. Il lui avait posé des questions sur l'ami de Heather. Lorsque je l'ai décrit, Max a tout de suite su de qui il s'agissait, et il a paru bouleversé. D'après lui, ce qu'il savait à propos de ce type me ferait dresser les cheveux sur la tête. Il m'a dit que c'était quelqu'un qui cachait terriblement bien son jeu, qu'il n'y avait pas le moindre soupçon contre lui, mais lui, Max, savait que c'était un maître chanteur et un trafiquant de drogue.

Max ne m'a pas donné son nom, se rappela Lottie, et je n'ai pas eu le temps de le décrire à Isabelle Waring quand elle a téléphoné ce soir-là. Elle m'a interrompue : «J'entends quelqu'un en bas. C'est probablement l'agent immobilier. Donnez-moi votre numéro. Je vous rappellerai dès que possible. »

Isabelle lui avait répété le numéro plusieurs fois, puis avait raccroché. J'ai attendu toute la soirée, pensa Lottie, et puis j'ai entendu les nouvelles de onze heures.

Alors seulement elle avait vraiment compris comment les choses s'étaient déroulées. Celui qui était entré au moment où elles parlaient au téléphone était le meurtrier d'Isabelle. Elle avait été assassinée parce qu'elle n'avait pas voulu renoncer à rechercher les causes de la mort de Heather. Et aujourd'hui, Lottie était persuadée que Max avait perdu la vie parce qu'il avait mis Heather en garde contre l'homme qu'elle fréquentait.

Et si je voyais cet homme, je saurais l'identifier, pensa-t-elle, mais grâce à Dieu, personne ne le sait. Une chose était sûre en tout cas, c'était que Max n'avait pas compromis Lottie lorsqu'il avait averti Heather. Max ne lui aurait jamais fait courir de danger.

Supposons que la police vienne un jour l'interroger. Qu'est-ce que Max aurait souhaité lui voir faire ?

La réponse était rassurante, et elle lui apparut aussi clairement que s'il avait été assis en face d'elle à la table : « Ne fais rien, absolument rien, Lottie. Boucle-la. »

38

SANDY Savarano s'apercevait que sa recherche prenait plus de temps que prévu. Certaines agences immobilières répondaient volontiers à ses questions. Il y avait celles qui disaient avoir engagé des jeunes femmes entre vingt-cinq et trente-cinq ans, ce qui nécessitait de sa part une vérification sur place. D'autres refusaient de lui donner des informations par téléphone, l'obligeant à aller se renseigner par lui-même, c'est-à-dire à se rendre également sur les lieux.

Le matin, il filait en voiture aux adresses indiquées et surveillait attentivement chaque agence, se concentrant plus particulièrement sur les petites affaires familiales. En général, leurs bureaux donnaient sur la rue, et un simple coup d'œil en passant lui permettait de voir ce qui se passait à l'intérieur. Certaines n'employaient que deux personnes. Il prêtait peu d'attention aux très grosses agences. Elles n'auraient pas engagé quelqu'un sans vérifier sérieusement ses références.

Il réservait ses soirées à l'inspection méthodique des gymnases et des clubs sportifs. Avant d'entrer, il garait sa voiture à l'extérieur et observait les gens qui entraient et sortaient.

Sandy était certain qu'il finirait par retrouver Lacey Farrell. Le genre de travail et de distraction qu'elle rechercherait, selon lui, suffisait amplement à le conduire jusqu'à elle. Ce n'était pas parce qu'un individu changeait de nom qu'il changeait d'habitudes. Il avait traqué des proies dans le passé avec beaucoup moins de renseignements. Il trouverait Lacey. Ce n'était qu'une question de temps.

Sandy se rappelait Junior, un agent du FBI qu'il avait retrouvé à Dallas. Le seul indice dont il disposait était que le type adorait le *sushi*. Mais, le *sushi* étant devenu un mets à la mode, il y avait quantité de nouveaux restaurants japonais à Dallas. Sandy était garé à l'extérieur du Sushi Zen quand Junior en était sorti.

Sandy évoquait toujours avec délectation l'expression de Junior à l'instant où il avait vu la vitre teintée de la voiture s'abaisser et compris ce qui l'attendait. Il lui avait expédié une première balle dans le ventre. Pour le plaisir de réveiller tout ce poisson cru. La deuxième l'avait atteint en plein cœur. La troisième, dans la tête, il l'avait tirée après réflexion.

Tard dans la matinée du vendredi, Sandy se rendit à Edina dans l'intention de jeter un coup d'œil à Royce Immobilier. La femme qui lui avait répondu au téléphone lui avait paru plutôt directe, du genre institutrice. Elle avait répondu à ses premières questions sans difficulté. Oui, elle employait une jeune femme de vingt-six ans, désireuse de devenir agent immobilier en titre, mais actuellement absente pour cause d'accouchement.

Sandy avait demandé si elle avait été remplacée.

C'était l'instant d'hésitation qui lui avait mis la puce à l'oreille : la réponse ni affirmative ni négative. «J'ai une candidate en vue», avait finalement dit Mme Royce. Et, oui, elle faisait partie de la tranche d'âge en question.

En arrivant à Edina, Sandy gara sa voiture dans le parking du supermarché en face de Royce Immobilier. Il y resta posté une vingtaine de minutes, observant les alentours en détail. Il y avait une charcuterie à côté de l'agence où se pressait une nombreuse clientèle. Un peu plus loin, une quincaillerie attirait aussi du monde. Il ne vit personne, toutefois, pénétrer dans l'agence.

Sandy se résolut enfin à sortir de la voiture, traversa la rue et passa tranquillement devant l'agence, jetant furtivement un regard à l'intérieur. Puis il s'arrêta, feignant de lire une notice affichée en vitrine.

Il y avait un bureau dans la pièce de réception. Sur le dessus, des dossiers bien rangés laissaient supposer qu'il était habituellement occupé. Au-delà, Sandy aperçut une femme d'un certain âge, de stature imposante et aux cheveux gris, assise à un bureau dans une petite pièce isolée.

Sandy décida d'entrer.

Millicent Royce leva les yeux en entendant le carillon annonçant l'arrivée d'un visiteur. Elle aperçut un homme grisonnant, sobrement vêtu, appro-

234

chant de la soixantaine. Elle quitta son bureau pour l'accueillir.

L'histoire qu'il débita était simple et directe. Il s'appelait Paul Gilbert, séjournait dans les Twin Cities pour le compte de 3 M. « Minnesota Mining and Manufacturing, expliqua-t-il avec un sourire d'excuse.

— Mon mari a fait toute sa carrière dans cette société, répondit Millicent, agacée malgré elle que cet étranger l'ait soupçonnée d'ignorer la signification du sigle 3 M.

— Mon gendre va être muté ici, continua-t-il, et ma fille a entendu dire qu'Edina était une banlieue très agréable. Elle est enceinte, aussi ai-je pensé qu'étant sur place, je pourrais commencer à chercher une maison pour elle. »

Millicent Royce réprima son sentiment d'irritation. « Quel bon père vous faites ! dit-elle. Avant tout, permettez-moi de vous poser quelques questions afin d'avoir une idée des souhaits de votre fille. »

Sandy fournit sans mal les réponses concernant le nom supposé de sa fille, son adresse et ses besoins familiaux, parmi lesquels « une école maternelle pour son fils de quatre ans, un jardin de bonne dimension derrière la maison, et une grande cuisine — elle adore faire la cuisine. » Il repartit une demi-heure plus tard avec la carte de Millicent Royce en poche, et sa promesse de lui trouver la maison adéquate. Justement, il y en avait une qui allait être mise en vente et lui semblait convenir parfaitement.

Sandy regagna sa voiture de l'autre côté de la rue, et s'y installa, gardant les yeux rivés sur l'agence. Si une réceptionniste occupait le bureau de l'entrée, elle était probablement sortie déjeuner et allait rentrer bientôt.

Dix minutes plus tard, une jeune femme blonde entra dans l'agence. Cliente ou réceptionniste ? se demanda Sandy. Il sortit de sa voiture et traversa à nouveau la rue, prenant soin que personne ne puisse le voir depuis l'intérieur de l'agence. Il s'attarda plusieurs minutes devant la charcuterie, comme s'il lisait la liste des plats à emporter. Du coin de l'œil, il pouvait surveiller l'intérieur de Royce Immobilier.

Assise au bureau de la réception, la jeune femme blonde parlait avec animation avec Mme Royce.

Malheureusement pour Sandy, il ne savait pas lire sur les lèvres. Sinon il aurait entendu Regina dire : « Millicent, vous ne pouvez imaginer combien il était plus facile d'être assise derrière ce bureau que de s'occuper d'un bébé qui a la diarrhée ! Et je dois admettre que votre nouvelle assistante est drôlement plus ordonnée que moi ! »

Contrarié d'avoir ainsi perdu son temps, Sandy revint rapidement à sa voiture et partit. Encore un coup pour rien ! Ayant d'autres pistes à suivre dans le secteur, il décida de continuer son tour des agences de la banlieue. Il voulait être de retour dans le centre de Minneapolis en fin d'après-midi. C'était la bonne heure pour visiter les clubs de gymnastique.

Le prochain sur sa liste était le gymnase de Twin Cities, dans Hennepin Avenue.

39

« ALLONS, Bonnie, sois mignonne. Tu sais bien que tu es toujours contente quand c'est Jane qui s'occupe de toi, dit Kit d'un ton persuasif. Papa, Nana et moi allons seulement dîner à New York. Nous ne rentrerons pas tard, c'est promis. Maintenant, laisse-moi m'habiller. »

Le cœur serré, elle contempla le visage désolé de sa fille. « N'oublie pas, Nana a promis que la semaine prochaine, lorsque Lacey téléphonerait, tu pourrais lui parler. »

Jay était occupé à nouer sa cravate. Kit croisa son regard par-dessus la tête de Bonnie. Elle l'implora silencieusement de trouver quelque chose à dire à leur fille.

« J'ai une idée pour Bonnie, dit-il gaiement. Qui veut la connaître ? »

Bonnie garda la tête baissée.

« Moi, proposa Kit.

— Dès que Lacey sera de retour, elle ira avec Bonnie — rien que toutes les deux — à Disneyland. C'est une bonne idée, non ?

— Mais quand est-ce que Lacey va revenir ? murmura Bonnie.

— Bientôt, répondit Kit avec conviction.

— Elle sera là pour mon anniversaire ? » Il y avait une note d'espoir dans la voix de la petite fille.

Bonnie aurait cinq ans le 1er mars.

« Oui, elle sera là pour ton anniversaire, promit Jay. Maintenant, descends à la cuisine, ma chérie. Jane voudrait que tu l'aides à faire un gâteau au chocolat.

— Mon anniversaire n'est pas dans longtemps », dit Bonnie, rassérénée, s'éloignant en sautillant de la coiffeuse de Kit.

Kit attendit d'entendre les pas de Bonnie dans l'escalier. « Jay, comment peux-tu... ?

— Kit, je sais que c'était une erreur de ma part, mais je devais trouver quelque chose pour la consoler. Nous ne pouvons arriver en retard à ce dîner. Je me suis échiné à obtenir cette commande pour le casino de Jimmy Landi. Pendant longtemps, leurs portes me sont restées fermées. En réalité, je n'étais pas suffisamment concurrentiel. Maintenant que j'ai refait surface chez eux, je ne peux pas me permettre le moindre impair. »

Il enfila sa veste. « Et n'oublie pas, Kit, que Jimmy vient d'être informé par un détective privé que Lacey est ma belle-sœur. D'après Alex, c'est précisément pour cette raison que Landi lui a demandé d'organiser ce dîner.

— Pourquoi Alex ?

— Parce qu'il a appris également qu'Alex était l'ami de ta mère.

— Que sait-il d'autre sur nous ? demanda sèche-

ment Kit. Sait-il que ma sœur aurait pu être assassinée si elle était entrée dans cet appartement cinq
minutes plus tôt ? Sait-il que notre enfant se remet
d'une blessure par balle et suit un traitement pour
une dépression ? »

Jay Taylor passa son bras autour des épaules de sa
femme. « Kit, je t'en prie ! Tout va s'arranger, je te
le promets. Mais nous devons partir maintenant.
N'oublie pas qu'il faut passer prendre ta mère. »

Mona Farrell avait tiré le téléphone près de la
fenêtre et regardait dehors lorsque la voiture s'arrêta. « Les voilà, Lacey, dit-elle. Je vais devoir partir. »

Elles avaient parlé pendant presque quarante
minutes. Lacey savait que son ange gardien Svenson
allait s'impatienter, mais elle avait du mal à interrompre la conversation ce soir. La journée lui avait
paru horriblement longue, et le week-end s'annonçait interminable.

Vendredi dernier à la même heure, elle se réjouissait à l'idée de sortir avec Tom Lynch. Elle n'avait
rien ni personne à attendre, ce soir.

Quand elle avait demandé des nouvelles de Bonnie, elle avait deviné à travers les réponses exagéré-
ment rassurantes de sa mère que la fillette ne se
rétablissait que très lentement.

Et d'apprendre que Jay, Kit et sa mère dînaient
ce soir avec Jimmy Landi au restaurant d'Alex Carbine n'était pas fait non plus pour la rassurer. Au
moment de quitter sa mère, Lacey la mit en garde :

« Maman, pour l'amour du ciel, fais attention de ne pas dire où je me trouve. A personne. Jure-le-moi…

— Lacey, crois-tu que je ne comprenne pas le danger que je te ferais courir ? Ne t'inquiète pas. Personne n'apprendra rien de moi.

— Je te demande pardon, maman, c'est simplement…

— Ne te tracasse pas, mon petit. A présent, je dois vraiment m'en aller. Je ne peux pas les faire attendre. Que fais-tu ce soir ?

— Je me suis inscrite dans un nouveau gymnase. Ils ont un superbe court de squash. Je vais en profiter.

— Oh, je sais que tu adores jouer au squash. » Réconfortée, Mona Farrell murmura : « Je t'aime, et tu me manques, ma chérie. A bientôt. »

Elle se hâta vers la voiture. Au moins pourrait-elle raconter à Kit, à Jay et à Alex que Lacey jouait au squash pour se distraire.

40

LE vendredi, Tom Lynch avait projeté d'inviter Kate à prendre un verre après le spectacle. C'était la dernière représentation de la pièce à Minneapolis, et il voulait dire au revoir à sa cousine. Il espérait par la même occasion qu'elle lui remonterait le moral.

Depuis qu'Alice Carroll lui avait dit qu'il y avait un autre homme dans sa vie, il broyait du noir, et en conséquence tout semblait aller de travers. Le producteur de son émission avait dû lui signaler à plusieurs reprises de prendre un ton plus dynamique, et lui-même était conscient de son manque d'entrain dans ses interviews.

Samedi soir débutait *Show Boat* à l'Orpheum et Tom mourait d'envie de composer le numéro d'Alice et de l'inviter à voir la pièce avec lui. Il se surprit même à répéter ce qu'il lui dirait : « Cette fois-ci, vous pourrez manger la dernière tranche de pizza. »

Le vendredi soir, il décida d'aller au gymnase pour faire un peu d'exercice. Il ne devait pas retrouver Kate avant onze heures, et il tournait en rond en attendant.

Il devait aussi admettre qu'il entretenait le secret espoir de rencontrer Alice au club, de bavarder avec elle et de l'entendre avouer que le soi-disant homme de sa vie n'était peut-être pas le bon.

En sortant du vestiaire, Tom regarda autour de lui, mais il était clair qu'Alice Carroll n'était pas là, et d'ailleurs il savait déjà qu'elle n'était pas venue de toute la semaine.

A travers la cloison vitrée du bureau de la direction, il aperçut Ruth Wilcox en conversation avec un homme aux cheveux gris. Il vit Ruth secouer la tête plusieurs fois, et crut déceler sur son visage quelque chose qui ressemblait à de l'aversion.

Que lui demande-t-il, un rabais ? Tom savait qu'il aurait dû commencer son jogging, mais il voulait savoir si Ruth avait des nouvelles d'Alice.

« J'ai une nouvelle qui va vous intéresser, Tom, lui confia Ruth. Fermez la porte. Je ne veux pas que ça tombe dans des oreilles indiscrètes. »

Tom comprit instantanément que la nouvelle concernait Alice et l'homme aux cheveux gris qui venait de sortir.

« Ce type cherche Alice, lui confia Ruth, la voix vibrante d'excitation. C'est son père.

— Son père ! C'est insensé. Alice m'a dit que son père était mort il y a des années.

— C'est peut-être ce qu'elle vous a dit, en tout cas cet homme est son père. Du moins le prétend-il. Il m'a même montré sa photo, et m'a demandé si je l'avais vue. »

Tom sentit se réveiller son instinct de reporter. « Que lui avez-vous dit ? demanda-t-il prudemment.

— Rien du tout. Comment savoir s'il ne s'agit pas

d'un huissier ou je ne sais quoi? Ensuite il m'a raconté que sa femme et sa fille avaient eu un terrible différend. Il sait que sa fille est venue s'installer à Minneapolis il y a quatre mois. Sa femme est très malade et elle voudrait se réconcilier avec elle avant de mourir.

— C'est une histoire à dormir debout, dit Tom d'un ton catégorique. J'espère que vous ne lui avez fourni aucune information.

— Bien sûr que non. Je lui ai seulement dit de laisser son nom, que si cette personne faisait partie de nos clients je lui demanderais d'appeler sa famille.

— Et il ne vous a pas donné son nom, pas plus qu'il ne vous a indiqué où il logeait, n'est-ce pas?

— Non.

— Vous ne trouvez pas ça bizarre?

— Il m'a expressément demandé de ne pas avertir sa fille qu'il la recherchait. Il ne veut pas la voir disparaître encore une fois. Il m'a fait pitié. Il avait les larmes aux yeux. »

S'il est une chose dont je suis sûr à propos d'Alice Carroll, pensa Tom, c'est que malgré l'importance de la brouille, elle ne refuserait jamais d'aller voir sa mère mourante.

Une autre idée lui vint alors à l'esprit, beaucoup plus attrayante. Si elle cachait la vérité sur son passé, l'homme auquel elle prétendait être attachée n'existait peut-être pas. Tom se sentit immédiatement de bien meilleure humeur.

41

ED Sloane travaillait généralement de huit heures à seize heures, mais à dix-sept heures trente ce jour-là, il était encore dans son bureau du 19e district, le dossier de Rick Parker étalé sur son bureau. Dieu soit loué, on était vendredi. Les fédéraux lui ficheraient peut-être la paix pendant le week-end.

Les deux journées précédentes avaient été épuisantes. Depuis mardi, quand Rick ne s'était pas présenté au rendez-vous, les relations déjà tendues entre le département de police de New York et le bureau du procureur général étaient devenues franchement hostiles.

Ce qui rendait Sloane fou de rage, c'était d'avoir dû attendre que deux agents fédéraux débarquent ici, à la recherche de Rick Parker, pour apprendre que Gary Baldwin détenait un témoin qui avait vu Rick dans un hôtel de Stowe l'après-midi où Heather Landi était morte.

Baldwin ne nous a pas transmis l'information, songea Sloane, mais quand il a appris que je mettais la pression sur Rick Parker, il a eu le culot de se plaindre auprès du procureur de la République.

Heureusement, le procureur m'a soutenu, se rappela-t-il avec un sourire amer. Confronté à Baldwin, il lui avait signifié que le département de police avait sur les bras un homicide encore non élucidé, commis dans le 19e district, et qu'il avait l'intention de découvrir le coupable. Il avait également souligné que si les agents fédéraux désiraient coopérer et les faire bénéficier de leurs informations, ils en tireraient probablement avantage, mais que c'était la police de New York qui était chargée de l'affaire, pas les fédéraux.

Le fait que le procureur de la République l'ait soutenu, même après avoir entendu Baldwin lui rappeler que des pièces essentielles avaient disparu de l'armoire de Sloane, avait donné à ce dernier l'envie féroce d'être l'homme qui mettrait la main sur Rick Parker.

A moins qu'il ne soit déjà mort, se dit-il, ce qui était une hypothèse à envisager.

En tout cas, la disparition de Rick était le signe qu'ils étaient sur la bonne piste. On comprenait mieux ainsi qu'il n'ait jamais pu expliquer comment le meurtrier d'Isabelle Waring s'était si aisément fait passer pour un avocat d'un célèbre cabinet qui était *justement* un client important de Parker et Parker.

Maintenant, on savait que Parker se trouvait dans l'hôtel de Stowe, et que Heather avait été terrifiée en le voyant, à peine quelques heures avant sa mort.

Durant les quatre mois qui avaient suivi l'assassinat d'Isabelle Waring, Sloane avait reconstitué un curriculum vitae complet de Rick Parker. J'en sais plus à son sujet que lui-même, se dit-il en parcourant une fois encore l'épais dossier.

Richard J. Parker junior. Fils unique. Trente et un ans. Renvoyé de deux écoles privées renommées pour possession de drogue. Soupçonné, sans que la preuve en ait été établie, de vente de drogue — témoin probablement payé pour se rétracter. A mis six ans pour terminer ses études, à l'âge de vingt-trois ans. Le père a payé les dégâts causés à la résidence universitaire lors d'une soirée très agitée.

Bourré d'argent de poche en classe, cabriolet Mercedes pour son dix-septième anniversaire, appartement sur Central Park West à la remise de son diplôme universitaire.

Premier et unique emploi chez Parker et Parker. Cinq ans au bureau de la 67ᵉ Rue Ouest, trois ans à l'agence principale de la 62ᵉ Rue Est.

Sloane n'avait eu aucun mal à apprendre que ses collègues du West Side n'avaient que mépris pour Rick. Un ancien employé de Parker et Parker lui avait confié : « Rick sortait toutes les nuits, se ramenait le matin avec la gueule de bois ou défoncé à la cocaïne, et se mettait à rouler des mécaniques à l'agence. »

Cinq ans auparavant, son père avait préféré régler moyennant finance une plainte pour agression sexuelle déposée par une jeune secrétaire plutôt que de risquer un scandale public. A la suite de quoi, Parker senior avait coupé les vivres à son fils.

Les revenus du fonds de pension de Rick avaient

été gelés et il avait été payé sur les mêmes bases de salaire et d'intéressement que les autres employés.

Papa a dû prendre des cours d'amour vache, pensa Sloane avec un sourire sarcastique. Pourtant, le scénario ne collait pas totalement ; l'amour vache ne subvient pas aux besoins d'un toxicomane. Sloane relut le dossier. D'où Rick sortait-il le fric pour payer sa drogue, et, s'il était encore en vie, qui le payait pour se cacher ?

Sloane tira une autre cigarette de son éternel paquet niché dans la poche de sa veste.

Les informations concernant la vie de Richard J. Parker junior révélaient un schéma constant. En dépit de ses accès de rage et de ses coups de poing sur son bureau, Parker senior finissait toujours par venir à la rescousse lorsque son fils était dans le pétrin.

Comme aujourd'hui.

Ed Sloane se leva en grommelant. En théorie, il avait congé durant le week-end et sa femme avait projeté de lui faire nettoyer le garage. Un grand projet qui devrait être remis à plus tard ; le garage attendrait. Sloane allait se rendre à Greenwich, dans le Connecticut, afin d'avoir une petite conversation avec R.J. Parker senior. Oui, il était temps pour lui de visiter la royale propriété où Rick Parker avait grandi, et eu à sa disposition tout ce que l'argent peut vous procurer.

42

Le vendredi en fin de journée, la circulation entre le New Jersey et New York était aussi dense dans un sens que dans l'autre. C'était le soir où les gens sortaient, et Kit nota l'expression tendue de son mari tandis qu'ils roulaient au pas sur le pont George Washington. Par chance, cependant, il n'avait pas fait remarquer à sa belle-mère qu'ils auraient dû partir plus tôt.

Lacey lui avait demandé un jour : « Comment peux-tu supporter de l'entendre râler à propos de tout et de rien ? »

Je lui ai répondu que je n'y attachais pas d'importance, se souvint Kit. Je le comprends. Jay est un anxieux de naissance et c'est sa façon de s'exprimer. Elle le regarda à nouveau. En cette minute même, il s'inquiète parce que nous allons arriver en retard à ce dîner avec un client important. Je sais qu'il se fait un sang d'encre pour Bonnie, et il regrette maintenant de lui avoir fait une promesse qu'il ne pourra pas tenir.

Jay poussa un profond soupir quand ils quittèrent enfin le pont pour prendre la bretelle du West Side

Drive. Kit vit avec soulagement que la circulation devant eux était fluide.

Elle posa une main apaisante sur le bras de son mari, puis se retourna vers sa mère. Comme toujours après un appel de Lacey, Mona Farrell avait eu du mal à contenir ses larmes. En montant dans la voiture, elle avait dit : « Allons-y. » Puis elle était restée silencieuse.

« Comment ça va, maman ? » demanda Kit au bout d'un moment.

Mona Farrell s'efforça de sourire. « Tout va bien, ma chérie.

— As-tu expliqué à Lacey pourquoi je n'ai pas pu lui parler au téléphone, ce soir ?

— Je lui ai dit que nous allions à New York et que tu voulais faire dîner Bonnie avant de partir. Elle a sûrement compris.

— Lui as-tu raconté que nous allions rencontrer Jimmy Landi ?

— Oui.

— Comment a-t-elle réagi ?

— Elle a dit... » Mona Farrell faillit laisser échapper que Lacey lui avait recommandé de ne pas dire où elle vivait. Kit et Jay ignoraient qu'elle le savait.

« Elle s'est montrée surprise », se reprit-elle gauchement, dissimulant son embarras.

« Ainsi, te voilà donc maître d'hôtel, Carlos ? » Jimmy Landi accueillit par ces mots son ancien employé qui les installait à la table réservée à leur nom à l'Alex's Place.

249

« C'est exact, monsieur Landi, répondit Carlos avec un large sourire.

— Si tu avais attendu, Carlos, Jimmy t'aurait donné du galon, dit Steve Abbott.

— Pas sûr, fit sèchement Jimmy.

— En tout cas, là n'est plus la question, intervint Alex Carbine. Jimmy, c'est la première fois que vous venez ici. Dites-moi franchement ce que vous pensez de l'endroit ? »

Jimmy Landi regarda autour de lui, examinant la belle salle à manger avec ses murs vert sombre éclairés de tableaux aux couleurs vives dans leurs cadres dorés.

« Il semble que vous vous soyez inspiré du Russian Tea Room, fit-il remarquer.

— Vous avez raison, admit Alex avec un sourire. Tout comme vous avez rendu hommage à la Côte Basque quand vous avez ouvert votre restaurant. Maintenant, que voulez-vous boire ? J'aimerais vous faire goûter mon vin. »

Jimmy Landi n'est pas le genre d'homme auquel je m'attendais, songea Kit en savourant son verre de chardonnay. Jay était affolé à l'idée de le faire attendre, pourtant nos quelques minutes de retard n'ont pas paru l'ennuyer outre mesure. A vrai dire, Landi avait coupé court à ses excuses : « Dans mon restaurant, je ne déteste pas que les gens soient en retard. Ceux qui attendent boivent un verre de plus. Cela fait grimper l'addition. »

En dépit de sa jovialité et de son apparente bonne humeur, Jimmy Landi paraissait tendu. Il avait les traits tirés, un teint anormalement pâle. Peut-être tout simplement les marques du chagrin, raisonna Kit. Lacey leur avait dit que la mère de Heather Landi avait eu le cœur brisé par la mort de sa fille. Il était normal que son père ait eu la même réaction.

Au moment des présentations, Mona avait dit à Jimmy : «Je sais tout ce que vous avez enduré. Ma fille... »

Alex l'avait interrompue, levant la main. « Nous parlerons de tout ça un peu plus tard, ma chérie », avait-il dit négligemment.

Kit avait tout de suite éprouvé de la sympathie pour l'associé de Jimmy, Steve Abbott. Alex leur avait expliqué que Jimmy le considérait en quelque sorte comme son fils adoptif, et qu'ils étaient très proches. Pas dans leur apparence, cependant. Abbott est réellement très beau garçon.

Au cours du dîner, Kit s'aperçut que Steve et Alex évitaient délibérément tout sujet de conversation concernant Lacey ou Isabelle Waring, convenant tacitement de pousser Landi à raconter des histoires amusantes sur certains de ses célèbres clients.

Landi était un conteur-né, un trait qui, ajouté à une apparence solide et dénuée de sophistication, lui donnait aux yeux de Kit un charme particulier. Il montrait un intérêt chaleureux et sincère à leur égard.

Par contre, remarquant l'attitude excédée d'un serveur envers une cliente qui hésitait à faire son choix parmi les entrées, son visage s'assombrit.

« Virez-le, Alex, dit-il d'un ton cassant. Il ne vaut rien. Il ne vaudra jamais rien. »

Ouille ! pensa Kit. Ce n'est pas un tendre ! Pas étonnant que Jay ait peur de le contrarier.

Au bout du compte, ce fut Jimmy qui entreprit brusquement de parler de Lacey et d'Isabelle Waring. Une fois le café servi, il dit : « Madame Farrell, j'ai rencontré votre fille une seule fois. Elle voulait tenir la promesse qu'elle avait faite à mon ex-femme en me remettant le journal de ma fille.

— Je sais, fit doucement Mona.

— Je ne me suis pas montré très aimable envers elle. Elle m'avait apporté une copie du journal au lieu de l'original et j'ai alors pensé qu'elle avait une certaine audace de décider de donner l'original à la police.

— Le pensez-vous toujours ? » demanda Mona ; puis, sans attendre la réponse : « Monsieur Landi, ma fille a été menacée de poursuites pour détention de pièces à conviction uniquement parce qu'elle a voulu tenir une promesse faite à une mourante. »

Mon Dieu, se dit Kit, voilà maman prête à laisser exploser sa colère.

« J'en ai été informé il y a deux jours à peine, rétorqua Landi. J'ai finalement pris l'initiative d'engager un détective privé lorsque j'ai compris que la police m'avait mené en bateau. C'est lui qui a découvert que leur histoire de cambrioleur professionnel tuant Isabelle involontairement était de la pure foutaise. »

Kit regarda Landi devenir rouge brique à mesure qu'il parlait.

Steve Abbott s'en était aperçu lui aussi. « Calmez-vous, Jimmy, l'exhorta-t-il. Vous serez le pire des malades si vous avez une attaque. »

Jimmy lui lança un regard noir, puis revint à Mona. « C'est exactement ce que disait ma fille », fit-il remarquer. Il termina son café. « Je sais que votre fille bénéficie du programme de protection des témoins, dit-il. Ce n'est pas très gai, ni pour elle ni pour vous tous, j'imagine.

— Pas vraiment, répondit Mona avec un sourire triste.

— Comment maintenez-vous le contact avec elle ?

— Elle appelle une fois par semaine. Et si nous sommes arrivés en retard, c'est parce que j'étais en train de lui parler en attendant que Jay et Kit passent me prendre.

— Vous ne pouvez pas lui téléphoner ? demanda Jimmy.

— Non. Je ne saurais pas où la joindre.

— Il faut que je lui parle, dit brusquement Jimmy. Dites-le-lui. D'après l'enquêteur que j'ai engagé, elle a beaucoup vu Isabelle avant sa mort. J'ai quantité de questions à lui poser.

— Monsieur Landi, cette demande doit passer par le bureau du procureur général, dit Jay, intervenant dans la discussion. Ils se sont mis d'accord avec nous avant que Lacey ne soit prise en charge par le programme.

— Vous voulez dire qu'ils vont probablement m'envoyer balader, grommela Jimmy. Très bien, agissons autrement. Demandez-lui s'il y avait deux pages manuscrites sur papier non ligné à la fin du journal de Heather.

— Pourquoi est-ce tellement important, Jimmy ? demanda Alex Carbine.

— Parce que, si elles s'y trouvaient, cela signifie qu'aucune pièce à conviction déposée dans ce commissariat n'est en sûreté ; elle sera falsifiée ou disparaîtra. Et je dois trouver un moyen de l'empêcher. »

D'un geste agacé, il renvoya Carlos qui se tenait derrière lui, prêt à lui servir du café. Puis il se leva, tendit la main à Mona. « Bon, nous n'y pouvons rien, je suppose. Je suis désolé pour vous, madame Farrell. Je suis désolé pour votre fille. D'après ce qu'on m'a dit, elle s'est montrée très gentille avec Isabelle, et elle a essayé de m'aider. Je lui dois des excuses. Comment va-t-elle ?

— Lacey a beaucoup de courage, dit Mona. Elle ne se plaint jamais. A dire vrai, c'est elle qui s'efforce de me remonter le moral. » Elle se tourna vers Kit et Jay. « J'ai oublié de vous dire tout à l'heure que Lacey venait de s'inscrire dans un nouveau gymnase, un club flambant neuf avec un court de squash de premier ordre. » Elle se tourna à nouveau vers Landi. « C'est une fanatique de l'exercice physique. »

43

UNE fois terminée sa conversation téléphonique avec sa mère, Lacey retrouva George
Svenson dans le hall de l'hôtel et marcha
avec lui sans mot dire jusqu'à la voiture.

Elle se demanda ce qu'elle allait faire de son
temps jusqu'à la tombée de la nuit. Une chose était
certaine — pas question de rester confinée seule
dans son appartement. Mais à quoi pouvait-elle s'occuper? Elle n'avait pas particulièrement faim, et la
perspective d'un dîner en solitaire au restaurant ne
l'enchantait guère. Après son expérience au cinéma
l'autre soir, l'idée de se trouver seule dans une salle
obscure lui faisait horreur.

En un sens, elle aurait aimé assister à la dernière
représentation du *Roi et moi*, si elle avait pu obtenir
un billet, pourtant, elle savait que dès les premières
mesures de l'ouverture, l'émotion la submergerait.
Elle gardait en mémoire l'image de son père dans
la fosse d'orchestre.

Tu me manques tellement, papa, pensa-t-elle en montant dans la voiture de Svenson.

Une voix au fond d'elle-même lui répondit.

Sois honnête, Lacey. Ce n'est pas à cause de moi que tu es triste en ce moment, ma petite. Ne te cache pas la vérité — tu as rencontré un homme qui te plaît, et tu substitues mon image à la sienne. Mieux vaut l'admettre. Ce n'est pas mon visage qui te poursuit, et ce n'est pas mon image que tu voudrais chasser de ton esprit.

Svenson resta silencieux pendant tout le trajet, la laissant plongée dans ses pensées. Au bout d'un moment, Lacey lui demanda s'il avait eu d'autres nouvelles de Gary Baldwin.

« Non, aucune nouvelle, Alice », répondit-il.

Que le seul être humain avec lequel elle avait des relations franches ne l'appelle pas par son vrai nom était une chose qui l'exaspérait.

« Alors, soyez gentil de dire au grand chef que je veux savoir ce qui se passe. Je lui ai communiqué une information importante mardi soir. Par simple courtoisie, il pourrait au moins me tenir au courant. Je ne supporterai pas cette vie beaucoup plus longtemps. »

Lacey se mordit la lèvre et se renfonça dans son siège. Comme toujours lorsqu'elle passait sa colère sur Svenson, elle se sentit honteuse et puérile. Elle était certaine qu'il avait envie d'être chez lui avec sa femme et ses trois filles, au lieu de la traîner de motel en motel pour y passer des coups de fil.

« J'ai fait verser de l'argent sur votre compte, Alice. Vous pourrez vous inscrire dans ce nouveau club dès demain matin. »

C'était sa façon de lui dire qu'il comprenait ce qu'elle ressentait.

« Merci », murmura-t-elle, se retenant pour ne pas

s'écrier : *Je vous en prie, juste une fois, appelez-moi Lacey ! Mon nom est Lacey Farrell !*

Quand ils arrivèrent devant son immeuble, elle entra dans le hall, sans savoir davantage ce qu'elle allait faire. Elle resta un long moment indécise devant l'ascenseur, puis fit brusquement demi-tour. Au lieu de monter chez elle, elle ressortit, mais cette fois s'engouffra dans sa propre voiture. Elle roula sans but pendant quelque temps, finit par prendre la direction de Wayzata, le faubourg de Minneapolis où elle avait assisté à la soirée donnée pour la première du *Roi et moi*. Arrivée à destination, elle chercha un petit restaurant qu'elle avait repéré ce soir-là, et se sentit le cœur plus léger en constatant qu'en dépit de son piètre sens de l'orientation, elle était parvenue à le retrouver sans mal. Peut-être suis-je en train de m'habituer un peu à ce coin, se dit-elle. Si je dois y travailler dans l'immobilier pendant un certain temps, cela vaut mieux pour moi.

Le restaurant qu'elle avait choisi aurait pu se trouver dans la 4ᵉ Rue Ouest de Greenwich Village. Dès qu'elle ouvrit la porte, elle sentit lui monter aux narines des effluves odorants de pain à l'ail. Il y avait une vingtaine de tables, recouvertes de nappes à carreaux, chacune éclairée d'une bougie.

Lacey regarda autour d'elle. La salle semblait pleine. «Je crains que vous n'ayez plus une seule place, dit-elle à l'hôtesse.

— Vous avez de la chance, des clients viennent d'annuler leur réservation. » L'hôtesse la conduisit à une table d'angle invisible depuis l'entrée.

En attendant d'être servie, Lacey grignota un petit pain chaud et croustillant et but un verre de vin. Autour d'elle, les gens mangeaient et bavardaient, manifestement heureux d'être ensemble. Elle était la seule convive solitaire.

Qu'y avait-il de différent dans cet endroit? se demanda-t-elle. Pourquoi se sentait-elle mieux ici qu'ailleurs?

Avec un sursaut, Lacey réalisa qu'elle venait de mettre le doigt sur quelque chose qu'elle avait refusé d'admettre ou n'avait pas compris. Ici, dans ce petit restaurant où elle pouvait voir les gens entrer et sortir sans que personne la repère, c'était la première fois qu'elle se sentait en sécurité depuis le début de la semaine.

Pourquoi éprouvait-elle ce sentiment constant d'inquiétude?

Parce que j'ai dit à maman où je me trouvais, s'avoua-t-elle tristement.

Les mises en garde qu'elle avait reçues pendant son entraînement revinrent comme un écho dans sa tête. *Il est évident que les membres de votre famille ne vous trahiraient pas sciemment. C'est une remarque involontaire de leur part qui pourrait compromettre votre sécurité.*

Son père disait toujours en riant que si maman écrivait ses Mémoires, il faudrait les intituler *Strictement confidentiel*. Elle était incapable de garder le moindre secret.

Puis elle se rappela le ton profondément choqué de sa mère quand elle lui avait expressément demandé de ne faire aucune allusion devant Jimmy Landi à l'endroit où elle vivait. Allons, tout se passera bien, essaya-t-elle de se persuader, priant pour que sa mère ait pris son avertissement au sérieux.

La salade était craquante à souhait et parfaitement assaisonnée, les pâtes aux fruits de mer délicieuses, mais l'impression de confiance fut de courte durée, et lorsque Lacey quitta le restaurant pour rentrer chez elle, elle avait la sensation obscure que quelque chose ou quelqu'un se rapprochait d'elle.

Tom Lynch avait laissé un message. « Alice, il faut absolument que je vous voie demain. Soyez gentille de me rappeler. » Il avait laissé son numéro.

Si seulement je pouvais le faire, pensa Lacey.

Ruth Wilcox avait également téléphoné. « Alice, vous nous manquez. Venez nous voir pendant le week-end. Je voudrais vous parler d'un homme qui m'a posé des questions sur vous. »

Voilà Ruth qui joue encore les entremetteuses, pensa Lacey avec un petit rire ironique.

Elle se coucha et parvint à s'endormir, mais son sommeil fut bientôt troublé par un cauchemar. Elle était agenouillée à côté du corps d'Isabelle. Une main lui touchait l'épaule... Elle levait la tête et voyait le meurtrier d'Isabelle, ses yeux bleu clair baissés vers elle, un pistolet à la main qu'il pointait sur sa tempe.

Lacey se redressa en sursaut, la bouche ouverte en un cri muet. Ensuite, malgré ses efforts, elle fut incapable de fermer l'œil de la nuit.

Tôt dans la matinée du lendemain, elle s'obligea à sortir faire son jogging, mais ne put s'empêcher de jeter fréquemment un regard par-dessus son épaule pour s'assurer que personne ne la suivait.

Je deviens complètement parano, dut-elle admettre quand elle fut rentrée dans son appartement et eut poussé le verrou.

Il n'était que neuf heures du matin et elle n'avait aucun projet pour le reste de la journée. Millicent Royce lui avait dit qu'elle faisait parfois visiter des maisons pendant le week-end et que Lacey serait la bienvenue si elle désirait l'accompagner. Malheureusement, il n'y avait pas un seul rendez-vous de prévu ce samedi.

Je vais prendre mon petit déjeuner et me rendre à ce nouveau club, décida Lacey. Ce sera déjà une occupation.

Elle arriva au club sportif d'Edina à dix heures et quart et l'hôtesse lui indiqua un siège dans le bureau de la réception. Elle fouilla dans son sac pour y prendre le formulaire d'inscription qu'elle avait déjà rempli, tandis que la directrice de l'établissement concluait une conversation téléphonique sur ces mots : « Certainement, monsieur. Nos installations sont entièrement nouvelles et nous avons un superbe court de squash. Vous pouvez venir sur place vous renseigner. »

44

LE samedi matin, l'inspecteur Sloane quitta son appartement du quartier de Riverdale dans le Bronx pour se rendre à l'entrevue qu'il avait imposée à Robert J. Parker senior à Greenwich, Connecticut. En route, il nota que la neige encore immaculée quelques jours auparavant se transformait déjà en tas boueux et noirâtres. Le ciel était couvert et on annonçait de la pluie, qui selon la météo se transformerait en neige fondue avec la chute de la température.

Encore une de ces journées pourries d'hiver, de celles qui transforment les veinards fortunés en oiseaux migrateurs s'envolant vers le Sud, grommela Sloane en lui-même.

Ou vers Hawaï. Le voyage de rêve pour lequel il économisait. Il projetait d'y emmener Marge pour leur trentième anniversaire de mariage, dans deux ans.

Si seulement ils avaient pu partir dès demain. Voire aujourd'hui même.

Mais étant donné ce qui se passait au commissariat, il savait que c'était hors de question. Il était hanté par la disparition de pièces à conviction peut-être essentielles pour élucider le meurtre d'Isabelle Waring. C'était déjà regrettable que Lacey Farrell ait subtilisé l'original du journal sur les lieux du crime. Pire encore qu'un individu — très probablement un « flic pourri » — ait pu voler le journal dans le propre casier de Sloane. Et probablement dérobé des pages supplémentaires appartenant à l'exemplaire que Jimmy Landi leur avait remis.

La pensée que lui-même travaillait, mangeait et buvait avec un flic capable de jouer ce double jeu lui donnait la nausée.

En quittant le Merritt Parkway à la sortie 31, Ed pensa au piège qu'il avait tendu au sein même du commissariat dans le but de démasquer celui qui avait dérobé ces documents. Il avait ostensiblement ôté les clés de la poche de sa veste pour les enfermer dans son bureau.

« Que je sois pendu si quelque chose disparaît de mon casier », avait-il annoncé de façon à être entendu de tous ceux qui étaient présents dans la salle. Aidé du chef de poste, il avait fait courir le bruit qu'une des pièces qu'il y avait déposées *pourrait* être la preuve maîtresse dans le meurtre d'Isabelle Waring. Il était resté intentionnellement vague quant à la description de la preuve en question.

Une caméra dissimulée dans le plafond était dirigée vers son bureau. La semaine suivante, il reprendrait sa vieille habitude de laisser ses clés dans sa veste suspendue au dos de son fauteuil. Grâce à la fausse information qu'il avait répandue, il y avait de bonnes chances que sa proie se trahisse enfin. Il était à peu près certain que l'auteur du meurtre d'Isabelle Waring n'était pas étranger aux vols commis dans le commissariat et qu'il s'inquiéterait de l'existence d'une nouvelle preuve. Sloane doutait cependant qu'un Sandy Savarano soit coupable de ces vols. Il n'était qu'un porte-flingue. Non, à l'origine de toute cette affaire il y avait certainement quelqu'un de riche et de puissant. Et si l'existence d'une nouvelle pièce à conviction lui revenait aux oreilles, il donnerait l'ordre de la détruire.

Ce que redoutait Ed Sloane, quel que soit son désir de démasquer un flic pourri, c'était d'avoir affaire à un de ses gars, un type qui durant les trente dernières années l'avait peut-être, à un moment ou à un autre, sorti d'un mauvais pas. Ce genre de situation n'était jamais facile.

La propriété des Parker était située au bord de Long Island Sound. Flanquée de deux tourelles, la magnifique maison de brique rose aux murs patinés par le temps se dressait dans toute sa splendeur au milieu des plaques de neige qui recouvraient encore le vaste terrain alentour.

Sloane franchit la grille de l'entrée et se gara sur le côté de l'allée en demi-cercle qui bordait la façade, songeant que peu de Saturn aussi vieilles que la sienne avaient dû s'arrêter là.

Tout en remontant l'allée dallée, il inspecta chaque fenêtre l'une après l'autre, dans l'espoir inavoué d'y surprendre Rick Parker en train de le regarder.

Une jeune et séduisante camériste le fit entrer, attendit qu'il eût donné son nom et lui annonça qu'il était attendu. « M. Parker va vous recevoir dans son bureau. » Il y avait une nuance de familiarité dans la manière dont elle s'exprimait. Ed eut l'impression qu'elle venait de quitter ledit bureau.

En la suivant à travers le spacieux vestibule réchauffé d'un tapis, il se remémora ce qu'il savait de Parker senior. Il connaissait sa réputation de don Juan, et se demanda en regardant la jeune femme qui le précédait si Parker était assez fou pour se laisser aller à ses penchants dans sa propre maison.

Oui, il était sans doute assez fou pour ça, constata Sloane quelques minutes plus tard, trouvant Parker assis dans un canapé de cuir, en train de boire un café ; il y avait une autre tasse à côté de la sienne, à moitié pleine.

Parker ne se leva pas pour l'accueillir, pas plus qu'il ne lui offrit de café. « Asseyez-vous, inspecteur. » C'était plus un ordre qu'une invitation.

Sloane savait ce qu'il allait entendre ensuite : Parker était très occupé et n'avait que quelques minutes à lui consacrer.

Il ne s'était pas trompé.

Remarquant que la femme de chambre n'avait pas quitté la pièce, Sloane se tourna vers elle. « Vous pourrez revenir dès que je m'en irai, mademoiselle », dit-il sèchement.

Richard Parker sursauta, l'air indigné. « Pour qui vous prenez-vous... »

Sloane le coupa. « Monsieur Parker, vous devriez comprendre que je ne suis pas un de vos valets. Il ne s'agit pas aujourd'hui de traiter une transaction immobilière ou une affaire que vous menez à votre guise. Je suis ici pour votre fils. Il risque d'être inculpé non pas d'un, mais de deux meurtres. »

Il se pencha en avant et frappa du poing sur la table basse. « Isabelle Waring était persuadée que la mort de sa fille n'était pas accidentelle. Les circonstances semblent indiquer que Mme Waring a été assassinée par un tueur professionnel, connu de nos services, et connu également pour avoir été employé par un réseau de trafiquants de drogue. Ce dernier point, soit dit en passant, n'est pas de notoriété publique, pas encore, mais je vous mets au courant. Vous n'ignorez pas que c'est votre fils qui a permis à l'assassin d'avoir accès à l'appartement d'Isabelle Waring. Cela seul en fait un complice par instigation. Un mandat d'arrêt va être lancé contre lui.

« Mais il y a une autre information concernant votre fils que vous devriez connaître, à moins que vous ne la connaissiez déjà. Rick se trouvait à Stowe le jour même où Heather Landi est morte, et nous avons un témoin pouvant certifier qu'elle a paru effrayée et s'est enfuie de l'hôtel à sa vue. » Sloane se tut et dévisagea l'homme assis devant lui dans le canapé, l'air crispé.

Des taches rouges sur son visage trahissaient son agitation, mais sa voix garda un ton calme et glacé. « Est-ce tout ce que vous avez à me dire, inspecteur ?

— Pas tout à fait. Votre bien-aimé rejeton, Richard J. Parker junior, est un toxicomane. Apparemment, vous avez cessé de payer la note, mais ça ne l'empêche pas de se débrouiller pour se procurer de la drogue. Ce qui signifie probablement qu'il a de grosses dettes. Une situation qui peut devenir extrêmement dangereuse. Si j'étais à votre place, j'engagerais un avocat pour assurer sa défense et lui conseiller de se constituer prisonnier. Sinon vous risquez d'être vous-même poursuivi.

— J'ignore où il est. » Parker lui cracha littéralement les mots à la figure.

Sloane se leva. «Je pense le contraire. Je vous avertis : il court un grand danger. Il ne serait pas le premier à s'être mis dans le pétrin jusqu'au cou et à en payer le prix en disparaissant. Définitivement.

— Mon fils est dans une clinique de désintoxication à Hartford», dit Priscilla Parker.

L'inspecteur Sloane pivota sur lui-même, stupéfait par cette voix inattendue.

Mme Parker se tenait dans l'embrasure de la porte. «Je l'y ai conduit mercredi dernier, continua-t-elle. Mon mari dit la vérité en affirmant qu'il ne sait pas où se trouve son fils. Rick est venu me demander de l'aider. Son père était occupé ce jour-là. » Ses yeux s'arrêtèrent sur la deuxième tasse de café, puis elle regarda son mari, le visage plein de mépris et de dégoût.

45

APRÈS avoir rempli le formulaire d'inscription, Lacey se rendit directement sur le court de squash du club sportif d'Edina, et commença à taper des balles. Elle s'aperçut rapidement qu'une nuit blanche, suivie de son jogging matinal, l'avait épuisée. Elle passa son temps à rater les balles les plus faciles et finit par tomber, se tordant douloureusement la cheville en voulant rattraper un coup impossible. C'était l'image exacte de sa vie actuelle.

Dégoûtée d'elle-même, au bord des larmes, elle sortit du court en boitillant et partit chercher son manteau et son sac de sport dans son casier.

La directrice avait laissé sa porte entrebâillée. Elle s'entretenait avec un jeune couple assis devant son bureau, et un homme aux cheveux gris attendait visiblement de lui parler.

Lacey sentait déjà sa cheville gonfler. Elle s'arrêta un instant devant la porte, hésitant à demander à la directrice s'il y avait des bandes élastiques dans la pharmacie du club. Puis elle décida finalement de

267

rentrer directement chez elle et de mettre de la glace sur sa cheville.

Autant elle avait eu envie de quitter son appartement ce matin, autant elle avait hâte à présent de s'y réfugier, bien à l'abri derrière la porte verrouillée.

Plus tôt dans la matinée, lorsque Lacey était sortie faire son jogging, quelques nuages ponctuaient le ciel. Ils s'étaient épaissis soudain, s'amassaient en une nappe continue. En regagnant Minneapolis, Lacey pressentit que la neige ne tarderait pas à tomber.

Elle avait un emplacement de parking réservé derrière son immeuble. Elle se gara, coupa le moteur et resta assise un moment sans bouger. Sa vie était un vrai gâchis ! Elle était là, à des centaines de kilomètres de sa famille, vivant une existence qui n'en était pas une, isolée, solitaire. Elle était enfermée dans un mensonge, obligée de se faire passer pour quelqu'un qu'elle n'était pas — et tout ça pour quelle raison ? Pourquoi ? Simplement parce qu'elle avait été témoin d'un crime. Il lui arrivait de regretter que le tueur ne l'ait pas vue dans la penderie. Elle n'avait aucun désir de mourir, mais cela aurait été plus facile que de mener cette existence, pensait-elle, désespérée. *Je ne peux pas rester comme ça.*

Elle sortit de la voiture, attentive à ménager sa cheville. Au moment où elle tournait la clé dans la serrure de la portière, elle sentit une main se poser sur son épaule.

Elle se figea, saisie de ce même effroi qui s'emparait d'elle dans son cauchemar, avec l'impression que tout se déroulait au ralenti tandis qu'elle s'efforçait de hurler sans qu'aucun son sorte de sa bouche. Elle plongea en avant, voulant s'échapper, poussa un cri étouffé et trébucha, la cheville traversée d'une douleur aussi vive qu'une brûlure au fer rouge.

Un bras l'entoura, l'aida à retrouver son équilibre. Une voix familière disait d'un ton contrit : « Alice, je suis navré. Je ne voulais pas vous effrayer. Pardonnez-moi. »

C'était Tom Lynch.

Les jambes en coton sous le coup du soulagement, Lacey se laissa aller contre lui. « Oh, Tom... oh, mon Dieu... Je... Ce n'est rien... c'est seulement... Vous m'avez surprise. »

Elle se mit à pleurer. C'était si bon de se sentir entourée, protégée par son bras. Elle prolongea le moment, sans bouger, sentant peu à peu le réconfort l'envahir. Puis elle se redressa et se tourna vers lui. Elle ne pouvait pas se comporter ainsi — ni envers lui ni envers elle. « Je suis désolée que vous ayez pris la peine de venir, Tom. Maintenant, je vais monter chez moi. » Elle se força à respirer normalement, séchant ses larmes.

« Je vous accompagne, lui dit-il. Nous devons parler.

— Nous n'avons rien à nous dire.

— Oh, que si ! A commencer par le fait que votre père vous cherche dans tout Minneapolis parce que votre mère est mourante et veut se réconcilier avec vous.

— Qu'est-ce... que... vous dites ? » Soudain, elle se

sentit la bouche sèche, la gorge serrée au point que les mots sortaient difficilement.

« Je dis que Ruth Wilcox m'a averti hier après-midi qu'un homme s'était présenté au gymnase avec votre photo, il vous cherchait et prétendait être votre père. »

Il est à Minneapolis ! pensa-t-elle. *Il va me trouver !*

« Alice, regardez-moi ! Est-ce vrai ? Etait-ce vraiment votre père qui vous cherchait ? »

Elle secoua la tête, souhaitant désespérément qu'il la laisse. « Tom, je vous en prie. Partez.

— Je ne partirai pas. » Il prit son visage dans ses mains, la forçant à lever les yeux vers lui.

Une fois encore, la voix de Jack Farrell résonna dans sa tête. *Tu mets mon visage à la place de celui que tu aimerais y voir, avoue-le.*

Je l'avoue, pensa-t-elle, contemplant la mâchoire énergique de Tom, les rides d'inquiétude qui creusaient son front — l'expression de ses yeux.

Le regard que l'on a pour un être qui vous est cher, se dit-elle. Eh bien justement, je ne veux pas qu'il lui arrive malheur à cause de ça. Si l'assassin d'Isabelle Waring était parvenu à obtenir de Ruth Wilcox qu'elle lui communique mon adresse, je ne serais probablement plus en vie en cette minute même. Jusque-là, donc, pas de panique. Mais où allait-il encore montrer sa photo ?

« Alice, je sais que vous avez des ennuis, et peu importe de quelle nature, je suis à vos côtés. Mais je ne peux plus rester sans savoir. » La voix de Tom la pressait. « Vous me comprenez, n'est-ce pas ? »

Elle le regarda. C'était une sensation si étrange de voir cet homme, devant elle, qui éprouvait visiblement un sentiment particulier pour elle — de l'amour ? Peut-être. Et il était l'image même de celui qu'elle avait espéré rencontrer un jour. Mais pas maintenant ! Pas ici ! Pas dans cette situation. *Je ne peux pas lui faire ça.*

Une voiture s'engagea dans le parking. Instinctivement, Lacey attira Tom derrière la sienne. Il faut que je me sauve, pensa-t-elle. Et il faut que j'éloigne Tom de moi.

Comme la voiture arrivait en vue, elle reconnut derrière le volant une femme qui habitait l'immeuble.

Mais qui conduirait la prochaine voiture qu'elle verrait entrer dans le parking ? Ce serait peut-être *lui.*

Les premiers flocons de neige tombaient.

«Tom, je vous en prie, partez, supplia-t-elle. Il faut que je téléphone chez moi, que je parle avec ma mère.

— Cette histoire est donc vraie ? »

Elle hocha la tête, prenant soin de ne pas le regarder. «Je dois lui parler. Mettre certaines choses au point. Pouvez-vous m'appeler plus tard ? » Elle parvint enfin à lever les yeux vers lui.

Inquiet et interrogateur, le regard de Tom s'attarda sur elle.

«Alice, me téléphonerez-vous ?

— Je vous le promets.

— Si je peux vous aider, vous savez...

— Pas maintenant, l'interrompit-elle.

— Pouvez-vous honnêtement me dire juste une chose ?

— Bien sûr.

— Y a-t-il un autre homme dans votre vie ? »

Elle le regarda dans les yeux. « Non, il n'y en a pas. »

Il hocha la tête. « C'est tout ce que j'avais besoin de savoir. »

Une autre voiture entrait dans le parking. *Eloignez-vous de moi*, supplia-t-elle intérieurement. « Tom, il faut que je téléphone chez moi.

— Laissez-moi au moins vous accompagner à votre porte. » Il la prit par le bras. Au bout de quelques pas, il s'écria : « Mais vous boitez !

— Ce n'est rien. Je me suis tordu la cheville en trébuchant. » Lacey pria le ciel que son visage ne trahisse pas la douleur qui l'élançait quand elle marchait.

Tom lui ouvrit la porte du hall de l'immeuble. « Quand aurai-je de vos nouvelles ?

— Dans une heure environ. » Elle le regarda à nouveau, se forçant à sourire.

Il effleura sa joue d'un baiser. « Je me fais du souci pour vous. Vous m'inquiétez. » Il prit ses deux mains et la regarda intensément dans les yeux. « Mais j'attendrai votre appel. Vous m'avez donné une bonne nouvelle. Et une raison d'espérer. »

Lacey attendit de voir partir sa BMW bleue avant de se précipiter dans l'ascenseur.

Sans prendre le temps d'ôter son manteau, elle composa le numéro du club d'Edina. La voix chaleureuse de la directrice se fit entendre. « Club sportif d'Edina. Veuillez ne pas quitter. »

Une minute passa, suivie d'une autre minute.

Qu'elle aille au diable ! Lacey raccrocha brutalement.

On était samedi. Elle avait une chance de trouver sa mère à la maison. Pour la première fois en presque cinq mois, Lacey composa directement le numéro de téléphone familial.

Sa mère décrocha dès la première sonnerie.

Lacey savait qu'elle n'avait pas une minute à perdre. « Maman, à qui as-tu dit que j'étais ici ?

— Lacey ? Je ne l'ai dit à personne. Pourquoi ? » La voix de sa mère monta d'un ton.

Elle ne l'a pas dit *délibérément*, pensa Lacey. « Maman, à ce dîner l'autre soir. Qui était présent ?

— Alex, Kit, Jay, Jimmy Landi et son associé, Steve Abbott, et moi. Lacey, pourquoi ?

— As-tu dit quelque chose me concernant ?

— Rien d'important. Seulement que tu t'étais inscrite dans un nouveau club de gymnastique qui comportait un court de squash. C'était sans importance, n'est-ce pas ? »

Mon Dieu !

« Lacey, M. Landi désire te parler. Il voudrait savoir si les dernières pages du journal de sa fille étaient écrites sur du papier uni.

— Pourquoi cette question ? L'exemplaire photocopié que je lui ai donné était complet.

— Si c'est le cas, il dit que quelqu'un a volé ces pages de son exemplaire au commissariat de police, ainsi que la totalité de l'original. Lacey, celui qui a essayé de te tuer serait-il au courant de ta présence à Minneapolis ?

— Maman, je ne peux pas te parler. Je te rappellerai. »

Lacey raccrocha. Elle essaya à nouveau de joindre le club d'Edina. Cette fois, elle ne laissa pas à la directrice le temps de la mettre en attente. « Ici Alice Carroll, l'interrompit-elle. Ne...

— Oh, Alice. » La directrice prit un ton préoccupé. « Votre père est passé, il vous cherchait. Je lui ai indiqué le court de squash. Je pensais que vous y étiez encore. Je ne vous avais pas vue partir. Quelqu'un nous a dit que vous aviez fait une mauvaise chute. Votre père paraissait si inquiet. Je lui ai donné votre adresse. J'ai bien fait, n'est-ce pas ? Il est parti il y a deux minutes. »

Lacey prit à peine le temps de fourrer le journal de Heather dans son sac de sport, courut en boitillant jusqu'à sa voiture et prit le chemin de l'aéroport. Un vent violent plaquait la neige contre le pare-brise. Il ne se doutera pas immédiatement que je suis partie, se dit-elle. Cela me laisse un peu de temps.

Il y avait un avion en partance pour Chicago dans douze minutes lorsqu'elle arriva au guichet des billets. Elle réussit à le prendre à la seconde où s'achevait l'embarquement.

Elle resta ensuite trois heures dans l'avion bloqué sur la piste, attendant qu'on leur accorde l'autorisation de décoller.

46

SANDY Savarano était assis au volant de sa voiture de location, le plan de la ville déplié devant lui, l'excitation de la poursuite montant en lui.

Il sentit son pouls s'accélérer. Il en aurait bientôt terminé avec elle.

Il avait trouvé le 540 Hennepin Avenue sur la carte. C'était à dix minutes seulement du Radisson Plaza où il avait pris une chambre. Il enclencha le changement de vitesse et appuya sur l'accélérateur.

Il secoua la tête, encore irrité de l'avoir ratée de si peu au club de gymnastique. Si elle n'était pas tombée en jouant au squash, elle se serait trouvée sur place quand il était arrivé, prise au piège, une cible facile.

Il sentit l'adrénaline parcourir ses veines, accélérant les battements de son cœur, précipitant sa respiration. Il approchait du but. Le moment qu'il préférait entre tous.

Le portier avait remarqué que Farrell boitait quand elle avait quitté le club. Si elle s'était blessée au point de boiter, il y avait des chances pour qu'elle soit rentrée directement chez elle.

Alice Carroll était son nom d'emprunt — il le savait maintenant. Il n'aurait aucun mal à trouver le numéro de son appartement — il serait sans doute inscrit sur sa boîte aux lettres dans le hall.

La dernière fois, elle lui avait claqué la porte au nez, se souvint-il, dépité. Cette fois-ci, il ne lui en laisserait pas le temps.

La neige tombait plus dru. Savarano se rembrunit. Il n'avait pas envie de se retrouver coincé par le mauvais temps. Il avait laissé sa valise ouverte dans sa chambre d'hôtel. Dès qu'il en aurait fini avec Lacey Farrell, il avait l'intention de faire ses bagages et de régler sa note en dix minutes. Un client qui ne demandait pas sa facture et abandonnait ses effets derrière lui éveillait les soupçons. Mais si l'aéroport fermait et que les routes devenaient impraticables, il serait fait comme un rat, au cas naturellement où un incident surviendrait.

Aucun incident ne se produirait, se persuada-t-il.

Il jeta un coup d'œil sur le panneau de signalisation. Il se trouvait dans Hennepin Avenue, à la hauteur des numéros 400.

L'autre extrémité touchait Nicolet Mall avec ses boutiques de luxe. C'était un quartier d'hôtels et de bureaux récents. Il y avait peu d'immeubles d'habitation, remarqua-t-il.

Il trouva le 540. Un bâtiment d'angle sans rien de particulier, haut de sept étages, de dimension modeste, ce qui était préférable pour lui. L'immeuble était certainement peu équipé en matière de sécurité.

Il en fit le tour et engagea sa voiture dans le parking. Il y avait des emplacements numérotés pour les résidents, et quelques autres à l'écart à l'intention des visiteurs. Ces derniers étaient tous occupés. N'ayant aucunement le désir de se faire remarquer en empruntant une place réservée, il préféra ressortir, se rangea de l'autre côté de la rue, et alla à pied jusqu'à l'entrée de l'immeuble. La porte du petit vestibule n'était pas fermée. Les noms et les numéros d'appartement des habitants étaient indiqués au-dessus des boîtes aux lettres. Alice Carroll occupait l'appartement 4 F. Comme dans la plupart de ces immeubles, il fallait, pour gagner le hall, soit posséder une clé, soit demander par l'interphone qu'on vous ouvre la porte intérieure.

Savarano attendit impatiemment que quelqu'un s'avance dans l'allée. C'était une femme d'un certain âge. Au moment où elle ouvrait la porte extérieure, il laissa tomber un trousseau de clés sur le sol et se pencha pour le ramasser.

Lorsque la femme inséra sa clé dans la serrure de la deuxième porte, il se releva, la laissa aimablement passer et lui emboîta le pas à l'intérieur.

Elle lui adressa un sourire de remerciement. Il la suivit jusqu'à l'ascenseur, attendit qu'elle eût appuyé sur le bouton du septième étage avant de presser sur celui du quatrième. Une précaution nécessaire, le souci du détail qui expliquait l'efficacité et la réussite de Savarano. Il préférait éviter de descendre de l'ascenseur en même temps que quelqu'un qui aurait habité sur le même palier que Farrell. Moins on le remarquait, mieux c'était.

Au quatrième étage, il s'engagea dans le couloir désert et peu éclairé. Parfait, pensa-t-il. Le 4 F était le dernier appartement sur la gauche. Tenant sa main droite enfoncée dans sa poche, les doigts refermés sur le pistolet, il sonna à la porte de la main gauche. Il avait une explication toute prête au cas où Lacey lui demanderait de décliner son identité avant d'ouvrir. «Les services d'urgence, je viens vérifier une fuite de gaz», dirait-il. Ça marchait à chaque fois.

Il n'obtint pas de réponse.

Il sonna à nouveau.

La serrure était neuve, mais aucun dispositif de fermeture ne lui avait jamais résisté. Il gardait les outils nécessaires dans une sacoche attachée à sa ceinture. Pas plus visible qu'un porte-billets. C'était amusant de penser que pour pénétrer dans l'appartement d'Isabelle Waring, il n'avait eu qu'à utiliser la clé qu'elle avait laissée sur la table de l'entrée.

Il lui fallut moins de quatre minutes pour forcer la serrure du 4 F et pénétrer à l'intérieur, non sans avoir éliminé toute trace d'effraction. Il l'attendrait ici. C'était la meilleure solution. Quelque chose lui disait qu'elle n'allait pas tarder à arriver. Et quelle ne serait pas sa surprise !

Peut-être était-elle allée se faire faire une radio de la cheville, réfléchit-il.

Il plia et déplia ses doigts ; ils étaient revêtus de gants chirurgicaux. Il s'était montré inhabituellement peu vigilant le soir où il s'était rendu dans l'appartement de Lacey à New York et avait laissé une empreinte sur la porte. Il n'avait pas remarqué que l'index du gant de la main droite était fendu. Il ne commettrait pas cette erreur une seconde fois.

On lui avait dit d'aller fouiller l'appartement de

Lacey Farrell et de s'assurer qu'elle n'avait pas gardé une photocopie du journal de Heather. Il se dirigea vers le bureau pour entamer ses recherches.

Tout à coup le téléphone sonna. Il traversa rapidement la pièce, s'approcha de l'appareil, constatant avec satisfaction que le répondeur était branché.

La voix de Lacey sur l'enregistrement était basse et réservée. «Vous êtes bien au 555-1247. Soyez aimable de laisser un message.» C'était tout.

La personne qui appelait était un homme. La voix était pressante et autoritaire. «Alice, ici George Svenson. Nous arrivons. Votre mère vient d'appeler notre numéro à New York, pour dire que vous aviez des ennuis. Ne sortez pas. Verrouillez la porte. Ne faites entrer personne avant mon arrivée.»

Savarano se figea. *Ils arrivaient!* S'il ne filait pas sur-le-champ, c'est lui qui serait fait comme un rat. En quelques secondes, il sortit de l'appartement, s'élança dans le couloir, atteignit l'escalier de secours.

Enfin en sécurité dans sa voiture, il se mêlait au flot modéré de la circulation sur Hennepin Avenue quand des voitures de police, gyrophares en action, le croisèrent en rugissant.

C'était le coup manqué le plus flagrant de sa carrière. Pendant un moment il roula sans but, s'efforçant de se calmer, de réfléchir à tête reposée.

Où Lacey Farrell était-elle partie? se demanda-t-il. Se cachait-elle chez un ami? Se terrait-elle dans un motel quelque part?

Où qu'elle fût, elle n'avait certainement pas plus d'une demi-heure d'avance sur lui.

Il devait essayer d'imaginer ce qu'elle pensait. Que ferait-il s'il était à sa place, s'il était un témoin mis sous protection soudain conscient qu'il était repéré ?

Je ne ferais plus confiance aux agents fédéraux. Je n'irais pas me planquer dans une autre ville de leur choix, attendant d'être à nouveau découvert.

En général, les gens qui abandonnaient volontairement le programme de protection agissaient ainsi parce qu'ils ne pouvaient plus vivre loin de leur famille et de leurs amis. Ils rentraient chez eux.

Lacey Farrell n'avait pas appelé les fédéraux lorsqu'elle s'était rendu compte qu'on avait retrouvé sa trace. Non, elle avait appelé sa mère.

Voilà quelle était sa destination, décida-t-il. Elle était en route vers l'aéroport, vers New York. Il en aurait donné sa main à couper.

C'était donc là qu'il irait lui aussi.

Elle devait être terrorisée. Elle ne faisait plus confiance aux flics. Elle avait toujours son appartement à New York. Sa mère et sa sœur vivaient dans le New Jersey. Il n'aurait aucun mal à la retrouver.

D'autres lui avaient échappé pendant un certain temps, mais aucun ne s'en était tiré. Au bout du compte, il avait toujours trouvé sa proie. La chasse était certes excitante, mais rien ne valait la mise à mort.

Il se rendit d'abord au comptoir de la Northwest Airlines. A en juger par le nombre d'employés, c'était visiblement la compagnie la plus active à Minneapolis. On lui annonça que pour le moment tous les départs étaient suspendus à cause de la neige. «Dans ce cas, j'ai peut-être une chance de pouvoir rejoindre ma femme, dit-il. Elle est partie il y a une quarantaine de minutes. Sa mère a eu un accident à New York et j'imagine qu'elle a pris le premier vol disponible. Son nom est Alice Carroll.»

L'employée se montra aimable et complaisante. «Aucun vol direct pour New York n'est parti depuis une heure. Elle a pu prendre une correspondance à Chicago. Laissez-moi vérifier sur l'ordinateur.»

Elle pianota sur le clavier. «Nous y voilà. Votre femme s'est embarquée sur le vol 62 pour Chicago, départ onze heures quarante-huit.» Elle soupira. «En vérité, ils ont seulement passé la porte d'embarquement. L'avion est bloqué sur la piste. Je crains que nous ne puissions vous y faire monter, mais désirez-vous la retrouver à Chicago? Il y a un embarquement sur un autre avion en ce moment même. Il est probable qu'ils atterriront l'un derrière l'autre.»

47

Ed Sloane et Priscilla Parker attendaient ensemble l'arrivée de Rick. La salle d'attente de Harding Manor était exceptionnellement confortable. La propriété, une ancienne maison particulière, était un centre de désintoxication créé grâce à la donation d'un couple dont le fils unique était mort d'une overdose.

Les fauteuils et le canapé recouverts de chintz bleu et blanc, les murs et la moquette bleu Wedgwood étaient à l'évidence d'origine, et il était tout aussi évident que ceux qui venaient ici guérir de leurs habitudes devaient payer une fortune.

Pendant le trajet depuis Greenwich, cependant, Mme Parker avait indiqué à Sloane qu'une bonne moitié des résidents étaient soignés gratuitement.

A présent, elle expliquait nerveusement : «Je devine ce que vous pensez de mon fils. Mais vous ignorez tout ce qu'il y a de bon et de prometteur en lui. Rick peut encore réussir sa vie. Je sais qu'il en est capable. Son père l'a toujours gâté, l'a incité à croire qu'il n'avait à se plier à aucune forme de discipline, ni même de simple décence. Le jour où

Rick a commencé à avoir des problèmes de drogue au collège, j'ai supplié mon mari de le laisser assumer les conséquences de ses actes. Au lieu de quoi, il a préféré payer. Rick aurait dû réussir ses études. Il est intelligent, mais il n'a jamais pris le temps de s'y consacrer réellement. Dites-moi en quoi un garçon de dix-sept ans peut avoir besoin d'un cabriolet Mercedes? Quel garçon de cet âge a besoin de dépenser sans compter? Quel jeune homme peut apprendre à se comporter décemment alors que son père déguise sa maîtresse en femme de chambre et l'introduit sous son propre toit? »

Sloane fixa la cheminée de marbre italien, admirant les sculptures délicates qui l'ornaient. «Il semble que vous ayez beaucoup enduré et depuis longtemps, madame Parker. Peut-être plus qu'il n'était nécessaire.

— Je n'avais guère le choix. Si j'étais partie, j'aurais perdu Rick. En restant, je pense avoir accompli une chose positive. Le fait qu'il soit ici et accepte de vous parler me donne raison.

— Pourquoi votre mari a-t-il changé d'avis à propos de Rick? interrogea Sloane. Nous savons qu'il y a environ cinq ans, il a supprimé les versements provenant de son fonds de pension. Quelle était la cause de cette décision?

— Rick vous l'expliquera.» Elle pencha la tête, prêtant l'oreille. «J'entends sa voix. Le voilà. Monsieur Sloane, il risque de très gros ennuis, n'est-ce pas?

— Pas s'il est innocent, madame Parker. Et pas s'il coopère... C'est à lui de décider.»

Sloane répéta ces mêmes paroles à Rick Parker en lui donnant à signer la notification de ses droits. L'apparence du jeune Parker le stupéfia. Depuis la dernière fois qu'il l'avait rencontré, dix jours plus tôt, il avait radicalement changé. Son visage était pâle et tiré, des cercles sombres cernaient ses yeux. Une cure de désintoxication n'est certes pas une partie de plaisir, se dit Sloane, mais je pense que ce n'est pas la seule explication.

Parker lui rendit le document signé. «Très bien, inspecteur, que désirez-vous savoir?» Il était assis à côté de sa mère sur le canapé. Sloane vit Mme Parker tendre la main et la poser sur la sienne.

«Pourquoi avez-vous envoyé Curtis Caldwell — nous l'appellerons ainsi puisque c'est le nom qu'il utilisait — chez Isabelle Waring?»

Des gouttelettes de transpiration apparurent sur le front de Rick pendant qu'il répondait. «Dans notre agence...» Il s'arrêta, jeta un regard vers sa mère. «Ou, plutôt, dans l'agence de mon père, il est d'usage de ne pas faire visiter un appartement sans s'être renseigné au préalable sur l'acquéreur potentiel. Même ainsi, on ne peut éviter les curieux, mais au moins correspondent-ils à la catégorie qui nous intéresse.

— Vous voulez dire qu'ils ont les moyens d'acheter l'appartement que vous leur montrez?»

Rick Parker hocha la tête. «Vous connaissez la raison de ma présence ici. Je suis un drogué. C'est une habitude très coûteuse. Et je n'avais pas des moyens suffisants. Je me suis mis à acheter à crédit. De plus en plus. Au début du mois d'octobre, j'ai reçu un appel de mon dealer, celui à qui je devais de l'argent, qui m'informait que quelqu'un désirait visiter l'appartement. Il m'a également prévenu que le visiteur en question n'aurait peut-être pas le style de notre clientèle habituelle, mais que si l'appartement lui plaisait, les choses pourraient s'arranger pour moi.

— Vous a-t-on menacé en cas de refus de votre part ? » demanda Sloane.

Parker se frotta le front. « Ecoutez, tout ce que je puis vous dire, c'est qu'il n'y avait pas à tergiverser. Il était clair que l'on ne me demandait pas une faveur ; on me disait ce que je devais faire. J'ai donc monté toute une histoire. A l'agence, nous venions de vendre plusieurs appartements en copropriété à des avocats que le cabinet Keller, Roland et Smythe avait mutés à Manhattan, j'ai alors inventé le nom de Curtis Caldwell et dit qu'il appartenait à ce cabinet. Personne n'a cherché plus loin. C'est tout ce que j'ai fait ! s'écria-t-il. Rien d'autre. J'ai imaginé qu'il s'agissait d'un type un peu louche, mais j'ignorais complètement qu'il pouvait être aussi dangereux. Lorsque Lacey Farrell m'a dit qu'il avait tué la mère de Heather, je n'ai plus su quoi faire. »

Sloane nota immédiatement le ton familier avec lequel Rick évoquait Heather Landi.

« Bon. Maintenant, que s'était-il passé entre Heather Landi et vous ? »

Sloane vit la main de Priscilla Parker presser celle de son fils. « Tu dois le dire, Rick », fit-elle doucement.

Parker regarda franchement Ed Sloane. Le désarroi qui se lisait dans ses yeux n'était pas feint. « J'ai rencontré Heather il y a presque cinq ans à l'agence ; elle était à la recherche d'un appartement dans le West Side. J'ai commencé à sortir avec elle. Elle était... elle était jolie, vive, drôle.

— Vous saviez que Jimmy Landi était son père ? l'interrompit Sloane.

— Oui, et j'étais ravi de cette situation. Jimmy m'avait interdit la porte de son restaurant un soir, parce que j'étais ivre. Je lui en voulais énormément. Je n'étais pas accoutumé à ce que l'on me refuse quelque chose. Si bien que le jour où Heather a voulu résilier le contrat qu'elle avait signé pour un appartement dans la 77e Rue Ouest, j'ai vu là l'occasion de m'amuser un peu, indirectement, aux dépens de Jimmy Landi.

— Elle avait signé un contrat ?

— Un contrat en bonne et due forme. Puis elle est revenue me voir, prise de panique. Elle venait d'apprendre que son père avait déjà acheté un appartement dans la 70e Rue Est. Elle m'a supplié de déchirer le contrat.

— Que s'est-il passé ? »

Rick resta un instant silencieux, contemplant ses mains. « Je lui ai dit que je le déchirerais si j'étais payé en nature. »

Le salaud, pensa Sloane ; ce n'était qu'une gosse, fraîchement débarquée à New York, et il lui a fait ce coup-là.

« Voyez-vous », continua Rick, et il sembla à Sloane qu'il parlait pour lui-même, « je n'étais même pas assez malin pour prendre conscience des sentiments que j'éprouvais vraiment pour Heather. Il suffisait que je claque des doigts, et les filles accouraient. Heather avait ignoré mes tentatives de séduction. J'ai vu dans cette histoire une chance d'obtenir ce que je voulais et l'occasion de régler mes comptes avec son père. Mais le soir où elle est venue chez moi, elle était visiblement terrifiée, et j'ai décidé de ne pas insister. C'était vraiment une gosse adorable, dont j'aurais pu tomber amoureux. D'ailleurs, c'est sans doute ce qui m'est arrivé. Je sais que je me suis senti brusquement très gêné en la voyant. Je l'ai taquinée, et elle s'est mise à pleurer. Alors je lui ai dit de partir, qu'elle avait besoin de grandir et que j'étais trop vieux pour les bébés. Je suis parvenu à l'humilier suffisamment pour l'éloigner définitivement de moi. Par la suite, j'ai tenté de la rappeler, de la revoir, mais elle n'a jamais rien voulu savoir. »

Rick se leva et se dirigea vers la cheminée, comme s'il avait besoin de sentir la chaleur des flammes. « Ce soir-là, après sa venue, je suis sorti me saouler. Alors que je sortais d'un bar de la 10ᵉ Rue dans le Village, j'ai été soudain attiré dans une voiture. Deux types m'ont passé sérieusement à tabac. Ils m'ont dit que si je ne déchirais pas ce contrat et ne laissais pas Heather tranquille, je ne vivrais pas assez longtemps pour fêter mon prochain anniversaire. J'ai eu trois côtes brisées.

— Avez-vous déchiré le contrat?

— Oh, pour ça, oui, monsieur Sloane, je l'ai déchiré. Mais pas avant que mon père n'ait eu vent de l'affaire et ne me force à tout lui raconter. Notre agence principale avait vendu l'appartement de l'East Side à Jimmy Landi, pour Heather, mais c'était une broutille, comparé à une autre transaction qui était en cours. A ce même moment, mon père servait d'intermédiaire dans la vente du terrain d'Atlantic City à Landi. Si ce dernier avait appris comment je m'étais comporté avec Heather, mon père aurait risqué de perdre des millions. C'est alors qu'il m'a dit d'arranger l'affaire ou de disparaître. Quand il s'agit de business, mon père se soucie peu que je sois son fils, ne l'oubliez pas. Si je dérange ses projets, à moi d'en subir les conséquences.

— Nous avons un témoin selon lequel Heather s'est enfuie de son hôtel à Stowe en vous voyant, quelques heures avant sa mort, lui dit Sloane.

— Je ne l'ai pas rencontrée ce jour-là », dit Rick en secouant la tête. Il semblait sincère. « Les rares fois où nous nous étions croisés, elle avait effectivement eu cette réaction : me fuir comme la peste. Malheureusement, rien n'aurait pu la faire changer de comportement.

— Heather, apparemment, se confiait à quelqu'un, qui a donné l'ordre de vous passer à tabac. Etait-ce son père ?

— Impossible ! » Rick eut un semblant de rire. « Pour lui dire qu'elle avait signé ce contrat ? Vous plaisantez ! Elle n'aurait jamais osé.

— Qui alors ? »

Rick Parker échangea un regard avec sa mère. « Dis-le, Rick, le pressa-t-elle, lui tapotant la main.

— Mon père était un habitué du restaurant de Landi depuis trente ans. Il s'était toujours montré aux petits soins pour Heather. Je pense que c'est lui qui m'a envoyé ses sbires. »

48

QUAND finalement son avion décolla, à trois heures de l'après-midi, Lacey ne se mêla pas aux applaudissements des autres passagers. Elle se renfonça dans son siège et ferma les yeux, sentant la terreur qui l'étreignait se dissiper peu à peu. Elle était assise en milieu de rangée, coincée entre un vieux monsieur qui avait sommeillé — et ronflé — pendant presque toute la durée de leur attente et un jeune yuppie extrêmement agité qui avait passé son temps à pianoter sur son ordinateur portable, non sans tenter d'engager la conversation avec elle.

Pendant trois heures, elle avait redouté que le vol ne soit annulé, effrayée à la pensée de voir l'avion quitter la piste pour regagner la porte d'embarquement, et de se retrouver face à Caldwell venu l'attendre.

Enfin, ils étaient partis ! Pendant l'heure qui suivrait — jusqu'à l'atterrissage à Chicago —, elle serait en sécurité.

Elle portait encore le survêtement et les sneakers qu'elle avait enfilés plus tôt dans la matinée pour se rendre au club d'Edina. Elle avait desserré au maximum sa chaussure droite, sans pourtant l'ôter complètement, de peur de ne plus pouvoir la remettre. Sa cheville avait horriblement gonflé, et des élancements douloureux remontaient dans sa jambe jusqu'au genou.

N'y pensons pas, se dit-elle. Tu as de la chance d'être en vie et de pouvoir te rendre compte que tu as mal. Maintenant, il s'agit d'établir un plan.

A Chicago, elle prendrait le premier vol pour New York. *Mais que ferai-je une fois là-bas ? Où aller ? Certainement pas à mon appartement. Et certainement pas chez maman ou chez Kit — je les mettrais en danger.*

Alors où ?

Elle avait déjà pris un billet plein tarif avec sa carte de crédit au nom d'Alice Carroll. A présent, elle allait devoir en prendre un autre pour New York. Sa carte comportait un plafond de trois mille dollars, et il ne resterait peut-être pas de quoi couvrir des frais d'hôtel à New York. Par ailleurs, il était vraisemblable qu'en apprenant sa disparition, le bureau du procureur général tenterait de la localiser au moyen de sa carte. Si elle descendait dans un hôtel, les agents de Gary Baldwin y viendraient dès le milieu de la matinée. Il pouvait la faire arrêter comme témoin en fuite.

Non, elle devait trouver un endroit où séjourner, un endroit où elle ne mettrait personne en danger, et où personne n'aurait l'idée de la chercher.

Tandis que l'avion survolait le Middle West enneigé, Lacey soupesa les choix qui s'offraient à elle. Elle pouvait appeler Gary Baldwin et accepter de réintégrer le programme de protection. Les agents la feraient disparaître à nouveau, elle resterait cachée pendant quelques semaines avant d'être envoyée dans une autre ville inconnue, où elle apparaîtrait sous une nouvelle identité.

Pas question, se jura-t-elle. Plutôt mourir.

Lacey récapitula en esprit le concours de circonstances qui l'avait menée là. Si seulement Isabelle Waring ne lui avait pas confié l'exclusivité de la vente de l'appartement de Heather Landi. Si seulement elle avait décroché son téléphone le soir où Isabelle l'avait appelée avant d'être assassinée... Si je lui avais parlé, elle m'aurait peut-être donné un nom. Elle aurait pu me dire ce qu'elle avait découvert dans le journal de sa fille. *Man...*, ce fut son dernier mot. Qu'est-ce que cela signifiait? En tout cas, je ne suis plus très loin de celui ou de ceux qui sont derrière toute l'affaire. C'est clair. Il y a deux possibilités. Soit maman a laissé échapper une indication, soit quelqu'un obtient de la police des renseignements à mon sujet. Svenson a peut-être dû demander à New York l'autorisation de débourser les quinze cents dollars de mon inscription au club d'Edina. S'il y a eu une fuite au niveau du bureau du procureur, cette information a pu parvenir à quelqu'un. Le scénario ne paraissait guère crédible, cependant. Quantité de gens bénéficiaient du programme de protection : les responsables étaient certainement choisis avec soin et étroitement contrôlés.

Et sa mère? Maman a dîné hier au restaurant d'Alex Carbine, se souvint Lacey. J'aime beaucoup Alex. Il s'est montré vraiment merveilleux le soir où Bonnie a été blessée. Mais que savons-nous réellement de lui ? La première fois que je l'ai rencontré, au dîner donné par Jay et Kit, il nous a dit qu'il avait rencontré Heather.

Jay aussi a pu connaître Heather, susurra une voix à son oreille. *Il l'a nié. Mais pour une raison inconnue, lorsque son nom a été mentionné, il a paru bouleversé et a cherché à changer de sujet.*

Ne commence pas à t'imaginer que le mari de Kit est impliqué dans cette histoire, se reprit Lacey. Jay a peut-être des défauts, mais c'est fondamentalement un homme droit et bon.

Et Jimmy Landi ? Non, ce ne pouvait être lui. Le chagrin était trop visible dans ses yeux le jour où il avait pris le journal qu'elle lui tendait.

Que penser des flics ? Le manuscrit original a disparu après que je le leur ai remis, se rappela Lacey. Maintenant, Jimmy Landi veut savoir s'il y avait des entrées rédigées sur papier uni à la fin du journal. Je me souviens de ces pages. Elles étaient éclaboussées de sang. Si les copies ont disparu pendant qu'elles étaient entre les mains de la police, cela prouve qu'elles contenaient quelque chose d'important.

Son exemplaire se trouvait dans son sac de sport, placé sous le siège en face d'elle. Lacey fut tentée de le prendre et d'y jeter un coup d'œil mais elle n'en fit rien, préférant l'étudier sans être dérangée. Le type à sa droite, avec l'ordinateur, semblait du genre à faire des commentaires, et elle n'avait pas l'intention de dire un seul mot de tout ça. A personne. Pas même à des étrangers. Surtout pas à des étrangers !

« Nous entamons notre descente... »

Chicago, pensa-t-elle. Ensuite New York. *Chez moi !*

L'hôtesse termina son annonce, fit les habituelles recommandations avant d'ajouter : « Northwest regrette ce retard dû aux conditions atmosphériques. Vous serez peut-être contents de savoir que, la visibilité ayant encore diminué après notre décollage, nous avons été le dernier avion à quitter l'aérodrome avant que les vols ne reprennent, il y a seulement quelques minutes. »

J'ai donc au moins une heure d'avance sur quelqu'un qui se serait lancé à ma poursuite, se dit Lacey.

Le réconfort que lui apporta cette pensée fut de courte durée, chassé par une autre hypothèse. Si quelqu'un la suivait et supposait qu'elle se rendait à New York, ne trouverait-il pas plus astucieux de prendre un vol direct pour New York et de l'attendre là-bas ?

49

Tout son être lui criait de ne pas laisser Alice seule. Tom Lynch parcourut huit kilomètres en direction de Saint Paul, où il habitait, avant de faire demi-tour et de repartir en sens inverse. Il lui ferait comprendre qu'il n'avait pas l'intention de se mêler de ce qui ne le regardait pas ni d'écouter sa conversation avec sa mère ou avec les autres membres de sa famille impliqués dans leur différend. Il resterait simplement dans le hall de son immeuble ou même dans sa voiture, en attendant qu'elle lui dise de monter la rejoindre. *Elle a des ennuis, c'est clair, et je veux être auprès d'elle.*

Sa décision prise, Tom s'impatienta de la prudence exagérée des conducteurs qui avançaient comme des escargots à cause de la neige.

Le premier signe inquiétant fut la présence de voitures de police parquées devant et sur le côté de l'immeuble d'Alice, leurs gyrophares clignotant. Un agent dirigeait la circulation, obligeant avec fermeté les conducteurs trop curieux à passer leur chemin.

Saisi d'un affreux pressentiment, Tom comprit que la police se trouvait là pour Alice. Il parvint à se garer une rue plus loin et revint en courant vers le bâtiment. Un policier l'arrêta à l'entrée de l'immeuble.

« Laissez-moi passer, dit Tom. Mon amie habite ici, et je veux m'assurer qu'il ne lui est rien arrivé.

— Qui est votre amie ?

— Alice Carroll, au 4 F. »

Le changement d'attitude de l'agent confirma à Tom qu'il était arrivé quelque chose à Alice. « Suivez-moi. Je vais vous accompagner à son appartement. »

Dans l'ascenseur, Tom se força à poser la question qu'il redoutait : « Que s'est-il passé ?

— Vous le demanderez au type qui s'en occupe. »

La porte de l'appartement d'Alice était ouverte. A l'intérieur, trois flics en uniforme écoutaient les instructions d'un homme plus âgé que Tom reconnut. C'était lui qui avait reconduit Alice l'autre soir.

Tom l'interrompit : « Qu'est-il arrivé à Alice ? Où est-elle ? »

L'air surpris de son interlocuteur lui indiqua qu'il n'était pas un inconnu pour lui, mais l'homme ne perdit pas de temps à le saluer. « Comment connaissez-vous Alice, monsieur Lynch ? demanda George Svenson.

— Ecoutez, dit Tom, je ne répondrai pas à vos questions avant que vous n'ayez répondu aux miennes. Où est Alice ? Qu'est-ce que vous fichez ici ? Qui êtes-vous ? »

Svenson répondit succinctement : « Je suis un agent fédéral. Nous ignorons où se trouve Mlle Carroll. Nous savons par contre qu'elle a fait l'objet de menaces.

295

— L'individu qui s'est présenté hier au gymnase en prétendant être son père était donc un imposteur, dit Tom farouchement. C'est bien ce que je pensais, mais lorsque j'en ai parlé à Alice elle n'a rien répondu, elle est partie en disant qu'elle devait téléphoner à sa mère.

— Quel individu ? demanda Svenson. Dites-moi tout ce que vous savez sur lui, monsieur Lynch. Vos informations pourraient sauver la vie d'Alice Carroll. »

Lorsque Tom regagna enfin son appartement, il était quatre heures et demie passées. Le clignotant de son répondeur indiquait qu'il avait reçu quatre messages. Comme il s'y attendait, aucun n'émanait d'Alice.

Sans prendre la peine d'ôter sa veste, il s'assit à sa table près du téléphone, la tête dans les mains. En tout et pour tout, Svenson lui avait dit que Mlle Carroll avait reçu des menaces par téléphone et s'était mise en rapport avec son service. Elle avait apparemment eu très peur ce matin, ce qui expliquait leur présence sur place. «Il est possible qu'elle soit allée chez des amis », avait ajouté Svenson, d'un ton peu convaincant.

Ou qu'elle ait été enlevée, pensa Tom. Un enfant aurait vu qu'on ne lui disait pas exactement de quoi il retournait. La police cherchait à joindre Ruth Wilcox au Twin Cities Gym, mais elle était partie pour le week-end. Ils espéraient obtenir d'elle une description plus précise de l'homme qui prétendait être le père d'Alice.

Tom avait dit à Svenson qu'Alice avait promis de l'appeler. « Si vous avez de ses nouvelles, dites-lui de me contacter — immédiatement », lui enjoignit Svenson.

En esprit, Tom revoyait Alice, détendue et si jolie à la réception donnée par ce banquier à Wayzata, à peine une semaine auparavant. *Pourquoi ne pas m'avoir fait confiance ?* enrageait-il en son for intérieur. *Elle avait hâte de se débarrasser de moi ce matin !*

La police ne lui avait communiqué qu'un vague indice. Une voisine avait rapporté qu'elle croyait avoir vu Alice monter dans sa voiture aux environs de onze heures. *Je l'ai quittée à onze heures moins le quart,* se rappela Tom. *Si cette femme ne se trompe pas, Alice est partie à peine dix minutes après moi.*

Pour aller où ?

Bon Dieu, qui était-elle ?

Tom contempla le vieux téléphone noir à cadran rotatif. *Téléphonez-moi, Alice,* implora-t-il en silence. Mais les heures passèrent, les premières lueurs du jour apparurent, la neige continua à tomber régulièrement, et la sonnerie du téléphone resta muette.

50

LACEY arriva à Chicago à seize heures trente. De là, elle prit un avion à dix-sept heures quinze pour Boston. Une fois encore elle se servit de sa carte de crédit, mais elle avait l'intention de payer en liquide la navette de la Delta Airlines entre Boston et New York. L'avion atterrissait au Marine Terminal, à un kilomètre et demi du bâtiment principal de l'aéroport de La Guardia. Si quelqu'un l'avait suivie jusqu'à New York, ce ne serait pas là qu'il l'attendrait, et en n'utilisant pas sa carte de crédit, elle amènerait peut-être les gens de Baldwin à croire qu'elle était restée dans la région de Boston.

Avant de monter à bord de l'avion au départ de Chicago, elle acheta un numéro du *New York Times*. En vol, elle jeta un coup d'œil sur la première partie du journal. Consciente qu'elle n'enregistrait rien de ce qu'elle lisait, elle s'apprêta à le replier. Soudain elle retint un cri. Le visage de Rick Parker venait de surgir sous ses yeux, à la première page de la section B.

Elle lut et relut l'article, s'efforçant d'y trouver un sens. Il s'agissait de nouvelles précisions apportées à un article précédent concernant Rick. Vu pour la dernière fois le mercredi après-midi, jour où il avait emmené un client visiter l'appartement d'Isabelle Waring, Richard J.Parker junior était tenu pour suspect dans l'assassinat d'Isabelle Waring et recherché par la police.

Où se cachait-il ? se demanda Lacey. Etait-il mort ? Le renseignement qu'elle avait transmis à Gary Baldwin le mardi soir était-il lié à sa disparition ? Elle se rappela qu'en apprenant la présence de Rick à Stowe quelques heures avant la mort de Heather Landi, Baldwin n'avait manifesté aucune réaction. Et aujourd'hui la police soupçonnait Rick dans le meurtre d'Isabelle. Il *devait* y avoir un rapport, se dit-elle.

Ce fut seulement au moment où l'avion atterrissait à Boston que Lacey sut qu'elle avait enfin trouvé l'endroit où elle pourrait séjourner à New York, où personne n'aurait l'idée de la chercher.

Il était huit heures cinq, heure locale, quand elle débarqua à l'aéroport de Logan. Priant le ciel qu'il soit chez lui, elle téléphona à Tim Powers, l'intendant de l'immeuble d'Isabelle Waring.

Quatre ans plus tôt, au moment où elle quittait le 3, 70ᵉ Rue Est, un terrible accident avait été évité grâce à Lacey, un accident dont Tim Powers eût été tenu pour responsable. Tout s'était passé très vite. Un enfant avait échappé à sa nurse et traversé la rue en courant, par la faute de Tim qui avait laissé la porte d'entrée de l'immeuble ouverte pendant qu'il la nettoyait. Lacey avait réagi assez rapidement pour empêcher l'enfant de se faire renverser par un camion de livraison.

Tim, bouleversé à la pensée du drame qui avait été évité de justesse, avait juré : «Lacey, on ne me l'aurait jamais pardonné. Si vous avez un jour besoin de *quoi que ce soit* — n'importe quoi —, vous pouvez compter sur moi. »

J'ai besoin de vous aujourd'hui, Tim, pensa-t-elle, attendant qu'il décroche le téléphone.

Tim parut stupéfait de l'entendre. «Lacey Farrell ! Je croyais que vous aviez disparu de la surface de la terre. »

C'est tout comme, pensa Lacey. «Tim, dit-elle, j'ai besoin de votre aide. Un jour, vous m'avez promis... »

Il la coupa. «Tout ce que vous voulez, Lacey.

— Il faut que je trouve un endroit où loger », dit-elle dans un murmure à peine distinct. Bien qu'elle fût seule dans la rangée de cabines, elle regarda autour d'elle, craignant d'être entendue.

«Tim, continua-t-elle d'un ton pressé, quelqu'un me suit. Je crois qu'il s'agit du meurtrier d'Isabelle Waring. Je ne veux pas vous faire courir de danger, mais je ne peux aller ni chez moi ni dans ma famille. Je voudrais m'installer, du moins pour cette nuit, dans l'appartement d'Isabelle Waring. Et je vous en supplie, Tim, c'est très important, ne dites rien à personne. Faites comme si nous ne nous étions jamais parlé. »

51

La journée était loin d'être finie pour Ed Sloane. Après avoir quitté Rick Parker au centre de désintoxication de Hartford, il était revenu avec Priscilla Parker jusqu'à la propriété de Greenwich, où il avait repris sa propre voiture.

En route vers Manhattan, il téléphona au commissariat. Il voulait savoir s'il y avait du nouveau. Nick Mars était à son bureau. «Baldwin vous a appelé pratiquement toutes les minutes, dit-il à Sloane. Il désire vous voir immédiatement. Il n'est pas parvenu à vous joindre au téléphone dans votre voiture.

— Ça ne m'étonne pas, dit Sloane. J'étais difficile à contacter.» Je me demande quelle serait sa réaction s'il savait que je me trimbalais cet après-midi dans une limousine avec chauffeur, pensa-t-il. «Qu'est-ce qu'il veut, maintenant?

— C'est la panique à bord, répondit Mars. Lacey Farrell a failli se faire choper à Minneapolis, où les fédéraux l'avaient planquée. Elle a disparu, et Baldwin est persuadé qu'elle se dirige vers New York. Il veut se concerter avec nous pour la retrouver avant qu'elle ne se fasse prendre. Il veut l'arrêter en tant que témoin de fait. » Puis il ajouta : « Comment ça s'est passé, Ed ? Vous avez pu retrouver Parker ?

— Ouais. Appelle Baldwin et organise un rendez-vous. Je te rejoins à son bureau. Je pourrai y être vers sept heures.

— Il y a une meilleure solution. Il est en ville. Il nous verra ici, au commissariat. »

En arrivant au poste du 19e district, Ed s'arrêta une minute à son bureau et ôta sa veste. Ensuite, suivi de Mars, il alla retrouver Gary Baldwin qui les attendait dans la salle des interrogatoires.

Baldwin était encore furieux que Lacey ait disparu, mais il fit taire sa mauvaise humeur et félicita Sloane d'avoir retrouvé Rick Parker. « Que vous a-t-il dit ? »

Se reportant une ou deux fois à ses notes, Sloane lui fit un rapport détaillé.

« Le croyez-vous ?

— Oui, je pense qu'il dit la vérité, répondit Sloane. Je connais le dealer qui l'approvisionne. Si c'est lui qui a dit à Rick d'arranger le rendez-vous de Savarano chez Isabelle Waring, il n'a rien organisé de son propre chef. Ce n'était qu'un second couteau. Quelqu'un lui en a donné l'ordre.

— En clair, nous n'aurons pas le gros gibier par l'intermédiaire de Parker.

— Exact. Parker est un paumé, mais ce n'est pas un criminel.

— Croyez-vous que ce soit son père qui l'ait fait

302

passer à tabac à cause de cette histoire avec Heather Landi ?

— C'est possible, dit Sloane. Si Heather Landi est allée se plaindre de Rick auprès de Parker senior, c'est même probable. Néanmoins, ce n'est pas très vraisemblable, car je ne suis pas certain qu'elle lui aurait fait confiance. Je pense qu'elle aurait eu peur qu'il mette son père au courant.

— Bon. On va mettre la main sur le fournisseur de Rick Parker et le faire parler, mais je suis de votre avis. Il n'est sans doute qu'un maillon de la chaîne, pas un acteur principal. Et il faudra faire en sorte que Rick Parker ne quitte pas le centre de désintoxication sans un ange gardien à ses côtés. Maintenant, au tour de Lacey Farrell. »

Sloane mit la main dans sa poche pour y prendre une cigarette et fit une moue. « Elles sont dans ma veste. Nick, peux-tu aller les chercher ?

— Bien sûr, Ed. »

Mars revint au bout d'une minute. Il posa le paquet à moitié vide et un cendrier sale sur la table devant Sloane.

« Avez-vous jamais envisagé d'arrêter de fumer ? demanda Baldwin, contemplant les cigarettes et le cendrier avec dégoût.

— Très souvent, répondit Sloane. Quelles sont les dernières nouvelles concernant Farrell ? »

Dès les premiers mots, il apparut clairement que Baldwin était en rage contre Lacey. « Sa mère savait que Lacey vivait à Minneapolis, mais elle jure qu'elle ne l'a dit à personne. Bien entendu, je n'en crois pas un mot.

— Peut-être y a-t-il eu une fuite provenant de quelqu'un d'autre, suggéra Sloane.

— Il n'y a eu aucune fuite, ni dans mon service ni chez les agents fédéraux, répliqua Baldwin d'un ton glacial. Nous observons les règles de sécurité. Contrairement à ce qui se passe chez vous », ajouta-t-il.

Un point pour lui, reconnut Sloane en lui-même. « Quel est votre plan d'action, monsieur ? » demanda-t-il. Il éprouva une satisfaction fugitive, sachant que Baldwin se demandait s'il y avait une intention sarcastique ou respectueuse dans le fait qu'il l'appelât « monsieur ».

« Nous surveillons tous les mouvements de sa carte de crédit. Nous savons qu'elle l'a utilisée pour prendre l'avion à destination de Chicago, puis de Boston. Elle est certainement en route pour New York à l'heure qu'il est.

« Nous avons mis sur écoute le téléphone de son appartement, encore que je ne la croie pas assez stupide pour s'y réfugier, poursuivit Baldwin. Son immeuble est sous surveillance. La ligne de sa mère est également sur écoute, ainsi que celle de sa sœur, et dès lundi le bureau du beau-frère le sera aussi. Nous faisons suivre chaque membre de la famille, au cas où ils tenteraient de la rencontrer. »

Baldwin se tut et lança à Sloane un regard scrutateur. « J'ai aussi pensé que Lacey Farrell tenterait de vous appeler directement, dit-il. Qu'en pensez-vous ?

— J'en doute. Je ne l'ai pas exactement traitée avec ménagement.

— Elle ne mérite pas qu'on prenne des gants

304

avec elle, déclara Baldwin sans ambages. Elle a dissimulé une preuve dans une affaire criminelle. Elle a révélé l'endroit où elle habitait alors que nous assurions sa protection. Et à présent, la voilà qui se fourre dans une situation extrêmement dangereuse. Nous avons investi un maximum de temps et d'argent pour sauvegarder la vie de Mlle Farrell, et en retour nous n'avons obtenu de sa part que réclamations et manque de coopération. Même si elle n'a pas un gramme de bon sens, on aurait pu au moins espérer qu'elle se montrerait reconnaissante.

— Je suis certain qu'elle vous en sera éternellement reconnaissante, dit Sloane en se levant. Et je suis sûr également que, même sans votre coûteuse protection, elle aimerait rester en vie. »

52

COMME convenu, Lacey appela Tim depuis le Marine Terminal. «Je vais prendre un taxi, lui dit-elle. Ça devrait bien rouler à cette heure, je pense être là dans vingt à trente minutes au maximum. Surveillez mon arrivée, s'il vous plaît, Tim. Personne, absolument personne, ne doit me voir entrer.

— Je dirai au portier d'aller prendre un café, lui promit Tim, et je vous donnerai tout de suite la clé.»

C'est tellement étrange d'être de retour à New York, songea Lacey tandis que le taxi franchissait à toute allure le pont de Triborough en direction de Manhattan. Au moment où l'avion avait effectué son approche finale avant d'atterrir, elle avait collé son visage contre le hublot, s'imprégnant de la vue, ressentant jusqu'au fond d'elle-même combien sa ville lui avait manqué.

Si seulement je pouvais rentrer chez moi, dans mon appartement! Je remplirais le jacuzzi, je me ferais livrer quelque chose à manger, je téléphonerais à maman et à Kit. Et à Tom.

Que devait penser Tom?

La circulation était effectivement fluide, et il leur fallut à peine quelques minutes pour s'engager sur le FDR Drive vers le sud. Lacey se raidit. Pourvu que Tim soit là, pria-t-elle. Je ne veux pas que Patrick me voie. Mais il y avait toutes les chances que Patrick ne soit pas dans les parages. La dernière fois qu'elle avait vu le portier, il lui avait annoncé qu'il comptait prendre sa retraite le 1ᵉʳ janvier.

Le chauffeur sortit du FDR Drive à la 73ᵉ Rue et prit la direction de la Cinquième Avenue. Il tourna à gauche dans l'avenue, encore à gauche dans la 70ᵉ et s'arrêta. Devant l'immeuble, Tim Power surveillait son arrivée. Il ouvrit la portière du taxi et salua Lacey d'un sourire et d'un aimable «Bonsoir, mademoiselle», sans montrer qu'il la reconnaissait. Lacey paya le chauffeur et sortit en boitant du taxi, soulagée à la pensée de pouvoir enfin se reposer. Ce n'était pas trop tôt, car elle ne pouvait plus dissimuler la douleur qui lui déchirait la cheville.

Tim lui ouvrit la porte du hall tout en lui glissant dans la main la clé de l'appartement d'Isabelle Waring. Il l'aida à atteindre l'ascenseur, actionna la commande de la cabine, appuya sur le numéro 10.

«Je l'ai programmé pour vous amener directement à l'étage, lui dit-il. Ainsi, vous ne courez aucun risque de rencontrer quelqu'un de connaissance.

— Et Dieu sait que je n'en ai pas envie, Tim. Je ne vous dirai jamais assez combien...»

Il la coupa : «Lacey, montez vite et enfermez-vous à double tour dans l'appartement. Vous trouverez de quoi vous nourrir dans le réfrigérateur.»

Sa première impression fut que l'appartement avait été impeccablement entretenu. Puis son regard s'arrêta sur la penderie dans laquelle elle s'était cachée le soir où Isabelle Waring était morte. Il lui sembla que, si elle l'ouvrait, elle y trouverait sa serviette encore posée à la même place, avec les pages tachées de sang serrées à l'intérieur.

Elle ferma le verrou, et se souvint alors que Curtis Caldwell avait volé la clé qu'Isabelle gardait toujours sur la table de l'entrée. La serrure avait-elle été changée ? Elle mit la chaîne de sûreté, sachant qu'une chaîne est sans efficacité devant quelqu'un qui est vraiment décidé à entrer quelque part.

Tim avait tiré tous les rideaux et allumé les lampes à son intention, ce qui était peut-être une erreur, pensa Lacey, si les rideaux n'étaient pas fermés d'habitude. Quelqu'un qui surveillerait l'appartement, depuis la Cinquième Avenue ou la 70e Rue, se rendrait compte qu'il était habité.

D'autre part, si les rideaux étaient restés habituellement tirés, les ouvrir aurait éveillé l'attention. Oh, mon Dieu, il n'y avait donc aucun moyen d'être totalement en sécurité !

Les photos de Heather disposées un peu partout dans le salon étaient restées à la même place. En fait, l'appartement semblait plus ou moins dans l'état où Isabelle l'avait laissé. Lacey fut parcourue d'un frisson. Elle s'attendait presque à voir Isabelle descendre l'escalier.

Elle se rendit compte qu'elle n'avait pas encore ôté sa veste. Le négligé de sa tenue de jogging ressemblait si peu à sa façon de s'habiller lorsqu'elle venait rendre visite à Isabelle dans cet appartement que son dépaysement n'en fut que plus aigu. En déboutonnant sa veste, Lacey frissonna à nouveau. Elle avait l'impression d'être une intruse, de se déplacer au milieu de fantômes.

Tôt ou tard, il lui faudrait monter à l'étage et pénétrer dans la chambre. Elle eût de beaucoup préféré s'en tenir éloignée, mais elle savait qu'elle devait la voir de ses propres yeux pour chasser le sentiment que le corps d'Isabelle s'y trouvait toujours.

Il y avait un canapé transformable dans la bibliothèque, et à côté un cabinet de toilette. C'était là qu'elle s'installerait pour la nuit. Il était hors de question qu'elle dorme dans le lit où Isabelle avait été assassinée.

Tim lui avait dit qu'elle trouverait de quoi manger dans le réfrigérateur. En accrochant sa veste dans la penderie de l'entrée, Lacey se remémora l'instant où elle avait vu Caldwell passer en trombe devant elle.

Il faut que j'avale quelque chose, se dit-elle. J'ai faim et ça me rend encore plus nerveuse.

Tim s'était arrangé pour lui préparer un vrai repas. Du poulet rôti, de la salade verte, du pain, une tranche de chester et des fruits. Un bocal à moitié vide de café instantané était posé sur un rayon. Lacey se souvint qu'Isabelle et elle avaient souvent pris une tasse de ce même café.

« Monte, dit-elle à voix haute. Vas-y et n'en parlons plus. » Elle se dirigea vers l'escalier en claudiquant, commença à gravir les marches en se tenant à la rampe de fer forgé.

Elle traversa le petit salon, alla jusqu'à la chambre et jeta un coup d'œil à l'intérieur. Les rideaux étaient également tirés, la pièce plongée dans l'obscurité. Elle alluma.

Rien n'avait changé depuis la dernière fois qu'elle était venue ici en compagnie de Curtis Caldwell. Elle le revoyait encore, parcourant les lieux du regard, l'air songeur. Elle avait attendu sans rien dire, croyant qu'il réfléchissait avant de faire ou non une offre d'achat.

Ce qu'il faisait en réalité, elle le comprenait aujourd'hui, c'était s'assurer qu'Isabelle ne pourrait pas lui échapper quand il l'attaquerait.

Où était Caldwell en ce moment? se demanda-t-elle soudain, envahie d'une sensation d'effroi mêlée de résignation. L'avait-il suivie à New York?

Lacey tourna les yeux vers le lit et revit en esprit la main ensanglantée d'Isabelle qui essayait de tirer les pages du journal de dessous l'oreiller. Il lui sembla entendre l'écho implorant de ses derniers mots.

Lacey… donnez le journal… de Heather… à son père… A lui seulement… jurez…

Avec une netteté atroce, elle entendait encore les râles qui étouffaient sa voix entre chacun des mots qu'elle avait si péniblement prononcés.

Vous… le lirez… montrez-lui… où… Isabelle avait alors fait un dernier effort. Elle était morte en exhalant, dans un murmure : … *man…*

Lacey fit demi-tour, traversa à nouveau le petit salon et descendit avec précaution l'escalier. Je vais manger quelque chose, prendre une douche et me coucher, décida-t-elle. Il faut que je me calme. Que cela me plaise ou non, je suis condamnée à rester ici. Je n'ai nulle part ailleurs où aller.

Quarante minutes plus tard, elle était assise, enveloppée d'une couverture, sur le divan de la bibliothèque. Son exemplaire du journal de Heather était posé sur le bureau, les trois pages rédigées sur papier uni disposées côte à côte. Dans la faible clarté qui provenait de l'entrée, les traces de sang qui avaient maculé l'original ressemblaient aux taches d'encre d'un test de Rorschach. Qu'est-ce que nous signifions pour toi ? semblaient-elles demander.

Qu'est-ce que j'y vois ? s'interrogea Lacey. Elle avait beau être épuisée, elle savait qu'elle mettrait longtemps à s'endormir. Elle alluma la lumière et prit les trois pages isolées. Les taches de sang en rendaient la lecture difficile.

Une pensée la traversa. Serait-ce possible qu'Isabelle ait fait un effort particulier pour poser ses doigts sur ces feuillets dans les derniers instants de sa vie ?

Pour la énième fois, elle entreprit de les relire, cherchant en quoi elles étaient à ce point importantes qu'un inconnu en eût volé les seules autres photocopies existantes. Il n'y avait aucun doute, c'étaient ces pages qui avaient incité Caldwell à tuer, mais *pourquoi* ? Quel secret renfermaient-elles ?

C'était dans ces pages que Heather disait être prise entre le marteau et l'enclume, ne plus savoir quoi faire.

La dernière note écrite sur un mode joyeux se situait au début de la première page, Heather y indiquait qu'elle s'apprêtait à aller déjeuner avec M. ou Max ou Mac Hufner — le nom était presque illisible. Elle avait ajouté : «J'ai hâte de le revoir. Il dit qu'il est devenu vieux et que je suis devenue grande. »

On dirait qu'elle allait retrouver un vieil ami, pensa Lacey. La police a-t-elle interrogé cet homme pour savoir si Heather lui aurait confié quelque chose de significatif? A moins qu'elle n'ait déjeuné avec lui avant que les choses ne tournent au drame?

L'original du journal avait été volé à la police. Avaient-ils dressé une liste des gens qui y étaient cités avant qu'il ne disparaisse?

Elle regarda autour d'elle dans la pièce, puis secoua la tête. Si seulement j'avais quelqu'un à qui me confier, quelqu'un avec qui échanger des hypothèses. Mais non, il n'y a personne, bien sûr. Tu es complètement seule, il faut en prendre ton parti.

A nouveau elle contempla les pages étalées devant elle. Jimmy Landi et la police ne sont plus en possession de ces trois feuillets désormais. Je suis la seule à en détenir un exemplaire.

Existe-t-il un moyen de découvrir qui est cet homme dont parle Heather? Je pourrais chercher dans l'annuaire du téléphone, passer quelques coups de fil. Ou téléphoner à Jimmy Landi en personne.

Elle réfléchit. Elle devait tenter d'éclaircir le secret que cachaient ces trois pages. Si quelqu'un devait l'élucider, il était évident que c'était elle. Mais y parviendrait-elle à temps pour sauver sa propre vie?

53

Ès la reprise du trafic sur l'aérodrome de Minneapolis, Sandy Savarano avait choisi le premier vol direct pour New York. Il supposa que Lacey Farrell avait sauté dans le premier avion en partance, ce qui expliquait qu'elle soit allée à Chicago. De là, elle prendrait certainement une correspondance pour New York. Dans quelle autre ville irait-elle, sinon ?

En attendant l'heure de son départ, il se procura un horaire des vols entre Chicago et New York sur les principales lignes aériennes. Il était presque sûr que Lacey Farrell resterait sur la Northwest Airlines. Il était logique qu'en débarquant elle s'adresse directement à la même compagnie pour effectuer sa correspondance.

Bien qu'il fût prêt à parier qu'elle choisirait cette solution, Sandy préféra quand même vérifier toutes les zones de débarquement que devaient franchir les passagers en provenance de Chicago.

Trouver et éliminer Lacey Farrell était devenu plus qu'un simple job pour lui. A ce point, cela tournait à l'obsession. Les enjeux étaient trop élevés.

Son existence au Costa Rica lui plaisait ; son nouveau visage lui plaisait ; sa jeune femme lui plaisait. La somme qu'on lui donnait pour se débarrasser de Lacey Farrell était considérable, mais pas indispensable à son train de vie.

Ce qu'il ne voulait pas, c'était vivre en sachant qu'il avait loupé sa dernière mission — et pour ça, il lui fallait éliminer quelqu'un qui pouvait le faire condamner à la prison à perpétuité.

Après avoir surveillé les arrivées de tous les vols sur une période de cinq heures, Sandy décida de mettre les pouces. Il craignait de se faire repérer s'il traînait plus longtemps dans les parages. Il prit un taxi jusqu'à l'appartement du petit immeuble de pierre brune dans la 10e Rue Ouest qui avait été loué pour lui. Il attendrait là de plus amples informations concernant Lacey Farrell.

Il ne doutait pas qu'avant la fin de l'après-midi il serait à nouveau sur les traces de sa proie.

54

JIMMY Landi avait l'intention de passer le week-end à Atlantic City; il désirait vérifier par lui-même que tout était prêt pour l'ouverture du casino. Il s'agissait de moments particulièrement exaltants, et il ne voulait pas en être privé. Il n'y avait pas seulement les millions à gagner, mais aussi le plaisir d'accueillir des personnalités importantes, l'animation, le bruit des machines à sous qui crachaient une centaine de dollars en petite monnaie, procurant aux joueurs l'illusion d'être de gros gagnants.

Jimmy savait que les vrais joueurs méprisaient les accros du jackpot. Pas lui. Il ne méprisait que ceux qui jouaient avec l'argent des autres. Ou ceux qui jouaient leur salaire censé payer l'emprunt de la maison ou les études de leur môme.

Quant à ceux qui pouvaient s'offrir le plaisir de jouer, qu'ils dépensent leur fric à volonté chez lui. C'était ainsi qu'il concevait les choses. Ses ambitions à propos de son nouveau casino étaient citées et re-citées dans la presse : «Je vous offrirai de plus belles chambres, un meilleur service, une cuisine plus fine, et plus de distractions que vous n'en trouverez nulle part ailleurs, que ce soit à Atlantic City, à Las Vegas ou même à Monaco. » Les premières semaines affichaient complet. Il savait que certains ne venaient que pour trouver quelque chose à critiquer, pour se plaindre de tout et de rien. Bon, ils changeraient d'avis. Il se l'était juré.

Jimmy était amateur de défis, mais aucun n'avait jamais été aussi crucial pour lui. Steve Abbott s'occupait de la gestion au jour le jour, lui permettant de se consacrer à l'essentiel. Jimmy ne voulait pas savoir qui imprimait les menus ou repassait les serviettes. Il voulait seulement savoir combien ça coûtait et si c'était bien fait.

Pourtant, malgré ses efforts, il n'arrivait pas à se concentrer totalement sur le casino. Depuis qu'il avait récupéré la copie du journal de sa fille, le lundi précédent, il ne cessait d'y penser, passait son temps à le lire et le relire. On eût dit une grille s'ouvrant sur un passé qu'il n'était pas certain de vouloir revisiter. Le plus surprenant, c'était que Heather avait commencé à rédiger ce journal lorsqu'elle était arrivée à New York pour tenter une carrière dans le show-biz, mais qu'elle se référait constamment à des moments du passé vécus avec sa mère ou avec lui. C'était à la fois un journal et un album de souvenirs.

Un point l'avait peiné, c'était d'apprendre que sa fille avait eu peur de lui. En quoi avait-il pu l'effrayer ? Oh, bien sûr, il lui avait passé un savon de temps en temps, comme toujours quand il estimait qu'on sortait du droit chemin, mais ce n'était sûrement pas suffisant pour susciter une telle angoisse. Cette idée lui faisait horreur.

Qu'était-il arrivé de si grave, cinq ans plus tôt, pour qu'elle n'ait jamais osé le lui révéler? Il revenait sans cesse sur cette partie de son journal. La pensée que quelqu'un avait mal agi envers sa fille et s'en était tiré sans dommage le rendait fou. Même si le temps avait passé, il fallait qu'il en ait le cœur net.

Il y avait aussi le problème de ces pages écrites sur papier uni. Il aurait juré les avoir vues. D'accord, il avait à peine parcouru le journal le jour où Lacey Farrell le lui avait apporté, et le lendemain soir, quand il avait effectivement essayé de le lire, il s'était saoulé pour la première fois depuis des années. Malgré tout, il avait l'impression de les avoir vues.

Les flics prétendaient n'avoir jamais été en possession de ces pages. Peut-être est-ce vrai, se dit-il, mais supposons que j'aie raison et que ces pages aient existé, elles n'auraient pas disparu, à moins que quelqu'un n'y ait attaché une importance particulière. Une seule personne dans ce cas pourrait me dire la vérité : Lacey Farrell. En photocopiant le journal à mon intention, elle aura remarqué si les dernières pages étaient différentes des autres.

Elles étaient couvertes de taches — il en avait le vague souvenir. Jimmy décida de prendre les choses en main, d'appeler la mère de Lacey Farrell et de la prier à nouveau de poser à Lacey la question essentielle à ses yeux : *Ces pages existaient-elles, oui ou non ?*

55

LACEY jeta un regard à la pendule. Elle avait dormi environ trois heures. Elle s'était réveillée avec une sensation d'engourdissement semblable à celle qu'elle ressentait toujours chez le dentiste à la suite d'une anesthésie légère. Elle avait l'impression d'avoir mal quelque part, en l'occurrence à la cheville, et en même temps de rester extérieure à la douleur, tout en étant consciente de ce qui se passait. Elle se souvenait vaguement d'avoir entendu les bruits de la rue, une ambulance, une voiture de police ou de pompiers.

C'étaient les bruits familiers de Manhattan qui éveillaient à chaque fois en elle des émotions contradictoires — de la compassion pour les victimes, mêlée au sentiment d'être elle-même en sécurité. Il y aura toujours quelqu'un pour me venir en aide, s'était-elle toujours dit.

Ce n'est plus vrai aujourd'hui, pensa-t-elle, repoussant les couvertures et s'asseyant sur le divan. L'inspecteur Sloane lui en voulait furieusement d'avoir dérobé le journal ; le procureur général avait sans doute piqué une crise en apprenant qu'elle avait révélé à sa mère l'endroit où elle vivait et s'était enfuie pour couronner le tout.

A dire vrai, il l'avait menacée de l'arrêter en tant que témoin de fait au cas où elle ne se conformerait pas aux règles du programme de protection et elle était convaincue qu'il mettrait sa menace à exécution — s'il parvenait à découvrir où elle se cachait. Elle se leva, reposant instinctivement presque tout son poids sur son pied gauche, se mordant la lèvre sous l'effet de la douleur qui lui traversait la cheville droite.

Elle se retint des deux mains au bureau. Les trois pages du journal qu'elle y avait posées la veille attirèrent d'emblée son attention. Elle relut à nouveau la première ligne de la première page. « Déjeuner avec M. » — à moins que ce fût Max ou Mac ? — « Hufner. J'ai hâte de le revoir. Il dit qu'il est devenu vieux et que je suis devenue grande. »

Heather semblait faire allusion à un homme qu'elle avait connu dans son enfance. *Auprès de qui pourrais-je me renseigner ?* Il n'y avait qu'une réponse : auprès du père de Heather.

Il était la clé de toute l'histoire, décida Lacey.

Elle devait s'habiller, manger quelque chose. Et effacer toute trace de son passage. On était dimanche. Tim Powers avait promis de la prévenir si un vendeur de l'agence avait l'intention de faire visiter l'appartement, mais elle craignait de voir quelqu'un se présenter sans être annoncé. Elle regarda autour d'elle, passa tout en revue. Les provisions dans le réfrigérateur trahiraient immédiatement la présence de quelqu'un. Ainsi que la serviette et le gant de toilette mouillés.

Une douche rapide l'aiderait à se réveiller. Elle voulait s'habiller, ôter cette chemise de nuit qui avait appartenu à Heather Landi. Mais quoi mettre ? se demanda-t-elle, répugnant à fouiller une fois encore dans la penderie de la jeune fille.

Peu après son arrivée, elle s'était douchée et enveloppée dans un drap de bain avant de remonter à l'étage, afin d'y trouver quelque chose à se mettre sur le dos pour la nuit. Un frisson macabre l'avait parcourue quand elle avait ouvert les portes de la grande penderie adjacente à la chambre. Elle cherchait uniquement un vêtement de nuit, pourtant elle n'avait pu s'empêcher de remarquer que les vêtements suspendus aux cintres étaient de deux styles différents. Isabelle s'habillait de manière classique, avec un goût très sûr. Ses tailleurs et ses robes étaient aisément reconnaissables. Le reste de la penderie et des rayonnages contenaient une collection de jupes longues et courtes, des chemises funky, des robes anciennes dénichées aux puces, des tenues de cocktail confectionnées dans un minimum de tissu, des pulls trop larges, et une bonne douzaine de jeans, le tout appartenant manifestement à Heather.

Lacey avait pris une chemise de nuit trop grande à rayures rouges et blanches.

Si je dois sortir, je ne pourrai pas remettre mon jogging et ma veste, réfléchit-elle. Je les portais hier, on me repérerait trop facilement.

Elle se prépara du café et un toast, et prit sa douche. Les sous-vêtements qu'elle avait lavés avant de se coucher étaient secs, mais ses grosses chaussettes étaient encore mouillées. Une fois de plus, elle dut se rabattre sur les effets personnels des deux mortes.

A huit heures, Tim Powers l'appela à l'interphone. «J'ai préféré ne pas utiliser le téléphone, dit-il. Il vaut mieux que ni les enfants ni même Carrie ne soient au courant de votre présence. Puis-je monter?»

Ils burent un café dans la bibliothèque. «Comment puis-je vous aider, Lacey? demanda Tim.

— Vous avez déjà beaucoup fait, répliqua-t-elle avec un sourire de gratitude. Parker et Parker sont-ils toujours chargés de la vente de l'appartement?

— Autant que je sache, oui. Savez-vous que Parker junior a disparu?

— Je l'ai lu en effet. Y a-t-il eu d'autres visites de l'appartement?

— Non. Jimmy Landi a téléphoné l'autre jour et a posé la même question. Il commence à s'énerver contre Parker. Il veut que l'appartement soit vendu, et vite. Je lui ai dit carrément que ce serait plus facile s'il était vide.

— Avez-vous son numéro personnel, Tim?

— J'ai sa ligne directe au bureau, je crois. J'étais sorti quand il a appelé et j'ai dû le rappeler. C'est lui en personne qui a décroché.

— Tim, voulez-vous me le donner?

— Bien sûr. Vous savez que le téléphone est toujours en service. Ils n'ont pas pris la peine de le faire couper. J'en ai parlé à Parker à plusieurs reprises en voyant la facture arriver, mais je présume qu'il a préféré le garder au cas où il aurait eu besoin de passer un coup de fil. Il lui arrivait de venir ici de temps à autre.

— Ce qui signifie qu'il pourrait encore le faire », dit-elle. Si l'on découvrait qu'elle occupait les lieux, Tim perdrait sa place ; elle ne pouvait courir le risque d'y rester plus longtemps. Cependant, il lui restait encore autre chose à lui demander. « Tim, je dois faire savoir à ma mère que je vais bien. Je suis sûre que sa ligne est sur écoute et qu'ils retrouveront l'origine de mon appel si je lui téléphone. Pourriez-vous l'appeler d'une cabine ? Ne dites pas qui vous êtes, et ne restez en ligne que quelques secondes, sinon ils pourront repérer d'où vous appelez. Si jamais ils y parviennent malgré tout, au moins ne remonteront-ils pas jusqu'ici. Dites-lui seulement que je vais bien, que je suis en sûreté et que je l'appellerai dès que possible.

— Comptez sur moi », promit Tim en se levant. Il jeta un coup d'œil aux pages étalées sur le bureau, et eut soudain l'air stupéfait. « Est-ce une copie du journal de Heather ? »

Lacey le regarda, étonnée. « Oui. Comment le savez-vous, Tim ?

— La veille du jour où Mme Waring est morte, j'étais monté chez elle pour changer les filtres des radiateurs. Vous savez qu'on les change toujours aux environs du 1er octobre, au moment de passer de l'air conditionné au chauffage. Elle lisait le journal. Je pense qu'elle venait juste de le trouver, car elle a semblé très émue, bouleversée même, surtout en lisant les deux dernières pages. »

Lacey eut l'intuition qu'elle allait apprendre

quelque chose d'important. « Vous en a-t-elle parlé, Tim ?

— Pas vraiment. Elle est allée droit au téléphone, mais la personne qu'elle voulait joindre était sur liste rouge.

— Vous ne savez pas de qui il s'agissait ?

— Non, mais je crois avoir vu Mme Waring entourer le nom d'un trait au moment où elle l'a lu. Je me souviens que c'était vers la fin du journal. Lacey, je dois m'en aller. Donnez-moi le numéro de votre mère. Je vous appellerai à l'interphone pour vous donner celui de Landi. »

Tim parti, Lacey revint vers le bureau, prit la première des pages volantes et l'apporta près de la fenêtre. En dépit des taches qui la barbouillaient, elle distingua un cercle autour du nom de Hufner.

Qui était cet homme ? Comment le savoir ?

Elle devait absolument parler à Jimmy Landi. C'était le seul moyen.

Par l'interphone, Tim Powers communiqua à Lacey le numéro de Jimmy Landi, et partit ensuite à pied à la recherche d'une cabine téléphonique. Il avait un stock de pièces sur lui.

Cinq blocs plus loin, dans Madison Avenue, il trouva une cabine en état de marche.

A trente-cinq kilomètres de là, à Wyckoff dans le New Jersey, Mona Farrell sursauta en entendant la sonnerie du téléphone. *Faites que ce soit Lacey*, implora-t-elle.

Une voix d'homme directe et chaleureuse dit :

« Madame Farrell, je vous appelle de la part de Lacey. Elle ne peut pas vous parler mais veut que vous sachiez qu'elle va bien et se mettra en rapport avec vous dès qu'elle le pourra.

— Où est-elle ? demanda Mona. Pourquoi ne peut-elle pas me parler elle-même ? »

Tim savait qu'il devait interrompre la conversation, mais la mère de Lacey paraissait si désemparée qu'il ne pouvait lui raccrocher au nez. Impuissant, il la laissa manifester son anxiété, se contentant de lui répéter : « Elle va bien, madame Farrell, croyez-moi, elle va bien. »

Lacey lui avait recommandé de ne pas s'attarder au téléphone. A regret, il reposa le récepteur, pendant que la voix de Mona Farrell le suppliait d'en dire davantage. Il décida de rentrer chez lui en remontant la Cinquième Avenue. C'est ainsi qu'il ne vit pas une voiture de police banalisée arriver en trombe et s'arrêter devant la cabine qu'il venait d'utiliser. Et qu'il ne sut pas que ses empreintes digitales étaient immédiatement relevées sur l'appareil.

Plus je m'éternise ici à tourner en rond, plus se rapproche le risque que Caldwell me retrouve ou que Baldwin m'arrête. Lacey se sentait prise dans une toile d'araignée.

Si seulement elle avait pu parler à Kit. Kit avait la tête sur les épaules. Lacey alla jusqu'à la fenêtre et tira légèrement les rideaux, suffisamment pour regarder dans la rue.

Central Park grouillait de joggeurs, de patineurs,

de couples qui se promenaient ou poussaient des voitures d'enfant.

Bien sûr, se dit-elle. On était dimanche. Dix heures, un dimanche matin. Kit et Jay étaient probablement à l'église en ce moment. Ils assistaient toujours à la messe de dix heures.

Ils assistaient toujours à la messe de dix heures.

«Voilà où je vais pouvoir la joindre!» s'écria Lacey tout haut. Kit et Jay faisaient partie de la paroisse Sainte-Elizabeth depuis des années. Tout le monde les connaissait. Ragaillardie, Lacey appela les renseignements du New Jersey et obtint le numéro du presbytère.

Faites qu'il y ait quelqu'un, pria-t-elle intérieurement, mais seul lui répondit le déclic d'un répondeur. Il ne lui restait qu'à laisser un message et à espérer que Kit en aurait connaissance avant de quitter l'église. Laisser son numéro, même au presbytère, eût été trop risqué.

Elle parla lentement et distinctement. «Je dois contacter d'urgence Kit Taylor. Je pense qu'elle assiste à la messe de dix heures. Je la rappellerai à ce même numéro à onze heures quinze. S'il vous plaît, tâchez de la trouver.»

Lacey raccrocha, se sentant impuissante et coincée. Avec une autre heure à tuer.

Elle composa le numéro de Jimmy Landi que lui avait communiqué Tim. Elle n'eut pas davantage de succès, mais préféra ne pas laisser de message sur le répondeur.

Ce qu'elle ignorait, c'était qu'elle avait malgré elle laissé une trace de son appel. L'appareil de

Jimmy Landi enregistrait le numéro de l'abonné qui avait appelé, ainsi que son nom et son adresse.

Le message sur le répondeur indiquait que son correspondant avait appelé depuis le 555-2437, numéro enregistré au nom de Heather Landi, 3, 70e Rue Est.

56

E D Sloane n'avait pas prévu d'aller travailler, ce dimanche. Il n'était pas de service et sa femme, Betty, tenait à ce qu'il nettoie ce maudit garage. Mais lorsque le sergent de garde lui annonça au téléphone qu'un ami de Lacey Farrell avait appelé sa mère d'une cabine, au coin de la 74e Rue et de Madison, rien n'aurait pu le retenir à la maison.

Quand il arriva au commissariat, le sergent indiqua d'un signe de tête le bureau du commissaire principal. « Le patron veut vous parler », dit-il.

Les joues de Frank Deleo étaient écarlates, signe habituel d'un accès de colère. Aujourd'hui pourtant, remarqua immédiatement Sloane, son regard était à la fois préoccupé et abattu.

Il en comprit la signification. Le piège avait fonctionné. Ils avaient découvert l'identité du policier qui les avait trahis.

« Les types du labo nous ont fait parvenir la bande tard dans la soirée d'hier, lui annonça Deleo. Ça ne va pas vous faire plaisir. »

Qui ? se demanda Ed, tandis que défilaient dans

son esprit les visages de ses collègues de longue date. Tony... Leo... Adam... Jack... Jim W... Jim M...

Il leva les yeux vers l'écran de télévision. Deleo mit l'appareil en marche.

Ed Sloane se pencha en avant. Il voyait son propre bureau, avec sa surface rayée, encombrée de papiers. Sa veste était sur le dossier de la chaise où il l'avait laissée, les clés dépassant de la poche, dans le but d'appâter le voleur qui subtilisait les pièces à conviction dans son casier.

Dans l'angle supérieur gauche de l'écran, il distingua sa propre silhouette de dos dans la salle des interrogatoires. « Le film a été pris hier soir ! s'exclama-t-il.

— Je sais. Vous allez voir la suite. »

Sloane observa attentivement Nick Mars qui sortait furtivement de la salle des interrogatoires et regardait autour de lui. Il n'y avait que deux autres inspecteurs dans la salle de police. L'un était au téléphone, le dos tourné à Nick, l'autre somnolait.

C'est alors que l'image montra Mars plongeant la main dans la poche de la veste de Sloane pour en tirer son trousseau de clés, qu'il cacha au creux de sa paume. Ils le virent se diriger vers l'armoire renfermant les casiers individuels, puis se retourner prestement, remettre les clés à leur place. Il finit par tirer un paquet de cigarettes de la poche de poitrine de la veste de Sloane.

« C'est à cet instant que je suis arrivé à l'improviste, fit Deleo d'un ton sec. Il a regagné la salle des interrogatoires. »

Ed Sloane était consterné. « Son père était policier ; son grand-père aussi ; on lui a donné toutes ses chances. Pourquoi ?

— Pourquoi y a-t-il de mauvais flics ? lui rétorqua Deleo. Ed, ceci doit rester entre vous et moi pour l'instant. Cette vidéo ne suffit pas à le confondre. Vous faites équipe avec lui. Il pourrait prétendre qu'il était seulement en train de vérifier vos poches parce que vous deveniez négligent et qu'il craignait de vous voir blâmer au cas où une autre disparition se produirait. Avec ses yeux bleu porcelaine, on le croirait probablement.

— Il faut faire quelque chose. Je ne veux pas rester assis en face de lui à cette table et travailler à la même enquête, dit Sloane d'un ton sans réplique.

— C'est pourtant ce que vous allez faire. Baldwin a de nouveau décidé de nous rendre visite. Il est en route. Selon lui, Lacey Farrell n'est pas loin d'ici. Rien ne me plairait plus que d'élucider cette affaire et de la coller ensuite sous le nez de Baldwin. Votre boulot, vous le savez comme moi, c'est de vous assurer que Nick n'aura plus l'occasion de faire disparaître ou de détruire d'autres pièces à conviction.

— A condition d'avoir votre promesse que vous me laisserez dix minutes en tête à tête avec ce fumier une fois que nous l'aurons épinglé. »

Son supérieur se leva. « Allons-y, Ed. Baldwin va arriver. »

C'est décidément un jour où l'on met tout sur la table, songea amèrement Ed Sloane, regardant un substitut du procureur qui s'apprêtait à leur repas-

329

ser l'enregistrement de la conversation entre la mère de Lacey et un inconnu.

Lorsque la bande commença à se dérouler, le haussement de sourcils de Sloane fut la seule manifestation de son étonnement. Il connaissait cette voix pour s'être rendu plusieurs fois dans l'immeuble du 3, 70ᵉ Rue Est. C'était Tim Powers, l'intendant. C'était lui qui était au téléphone.

Et il planque Lacey Farrell dans cet immeuble !

Sans prononcer un mot, les autres écoutaient avec attention la conversation enregistrée. Baldwin avait l'air du chat qui vient d'avaler une souris. Il croit nous démontrer à quoi ressemble du travail de police bien fait, pensa Sloane avec irritation. Nick Mars était assis, les mains croisées sur les genoux, les sourcils froncés — le portrait de Dick Tracy [1], grommela Sloane en lui-même. Qui ce salaud allait-il renseigner s'il apprenait que Powers était l'ange gardien de Farrell ?

Pour le moment, décida Sloane, une seule personne hormis Tim Powers saurait où était cachée Lacey Farrell.

Lui-même.

---

1. Dick Tracy : célèbre détective de bande dessinée. *(N.d.T.)*

57

TIM Powers frappa légèrement à la porte de l'appartement à dix heures trente, puis ouvrit avec son passe-partout et entra. « Mission accomplie, annonça-t-il en souriant, mais Lacey vit immédiatement que quelque chose le tracassait.

— Qu'y a-t-il, Tim ?

— Je viens de recevoir un coup de fil d'une femme de l'agence Douglaston et Minor. Jimmy leur a confié la vente de l'appartement, et il l'a chargée de liquider au plus vite tous les meubles et effets personnels. Elle a prévu de venir à onze heures trente avec quelqu'un.

— C'est dans une heure à peine !

— Lacey, je suis désolé...

— Vous ne pouvez pas me garder ici. Nous le savons aussi bien l'un que l'autre. Prenez un carton et videz le réfrigérateur. Je mettrai les serviettes dans une taie d'oreiller que vous emporterez chez vous. Les rideaux doivent-ils être ouverts ou fermés ?

— Ouverts.

— Je m'en occupe. Tim, comment était ma mère ?

— Un peu secouée. J'ai fait ce que j'ai pu pour la réconforter. »

Lacey fut envahie de la même appréhension qui l'avait saisie après avoir révélé à sa mère qu'elle vivait à Minneapolis. « Vous ne vous êtes pas attardé au téléphone, j'espère ? » demanda-t-elle.

Il eut beau la rassurer, elle était convaincue qu'en cette minute même la police fouillait tout le quartier à sa recherche.

Une fois Tim parti, emportant les preuves de sa présence dans l'appartement, Lacey rangea les pages du journal et les enfouit dans son sac de sport. Elle allait une seconde fois tenter de joindre Kit au presbytère, et ensuite il lui faudrait filer. Elle consulta sa montre. Elle avait juste le temps de composer le numéro de Jimmy Landi.

Cette fois-ci, il répondit à la quatrième sonnerie. Lacey savait qu'elle n'avait pas de temps à perdre. « Monsieur Landi, ici Lacey Farrell. Je suis contente de pouvoir enfin vous contacter. J'ai déjà essayé il y a quelques instants.

— J'étais en bas, répondit Jimmy.

— Je sais qu'il y a beaucoup de choses à expliquer, monsieur Landi, mais je n'en ai pas le temps, aussi ne m'interrompez pas. Je connais la question que vous vouliez me poser. La réponse est oui, il y avait trois pages rédigées sur du papier uni à la fin du journal de votre fille. Ces pages décrivent principalement ses craintes de vous faire de la peine. Heather répète qu'elle est "prise entre le marteau et l'enclume". La seule note joyeuse se trouve au début, elle y parle d'un déjeuner avec un homme qui semble être un vieil ami. D'après ce qu'elle écrit, il lui aurait dit qu'elle grandissait à mesure qu'il vieillissait.

— Quel est son nom ? demanda Jimmy.

— On dirait Max ou Mac Hufner.

— Je ne sais pas qui est cet homme. Peut-être sa mère le connaissait-elle ? Le deuxième mari d'Isabelle était plus âgé qu'elle. » Il hésita. «Vous êtes dans une situation difficile, n'est-ce pas, mademoiselle Farrell ?

— En effet.

— Que comptez-vous faire ?

— Je n'en sais rien.

— Où vous trouvez-vous en ce moment ?

— Je ne peux pas vous le dire.

— Et vous affirmez que le journal comportait bien ces pages écrites sur du papier uni ? J'avais l'impression de les avoir vues dans l'exemplaire que vous m'avez remis, mais je ne pouvais pas le certifier.

— Elles y étaient, j'en suis sûre et certaine. J'avais fait une copie du journal pour moi, et ces pages y figurent. Monsieur Landi, je suis persuadée qu'Isabelle était sur le point de découvrir quelque chose et que c'est pour cette raison qu'elle a été assassinée. Je regrette. Il faut que je parte. »

Jimmy Landi entendit le déclic de l'appareil au moment où Lacey raccrochait. Il reposait le récepteur quand Steve Abbott entra dans son bureau. «Que se passe-t-il ? Ils ont fermé à Atlantic City ou quoi ? Vous rentrez plus tôt que d'habitude.

— Je viens d'arriver, dit Abbott. C'était calme là-bas. Qui était au téléphone ?

— Lacey Farrell. Sa mère a dû lui transmettre mon message.

— Lacey Farrell ! Je croyais qu'ils l'avaient collée dans leur programme de protection des témoins.

— Elle y était, mais plus maintenant, apparemment.

— Où est-elle alors ? »

Jimmy regarda son appareil. « Elle ne me l'a pas dit, et je n'avais pas branché le truc qui permet de repérer l'origine des appels. Steve, avons-nous jamais eu un dénommé Hufner au restaurant ? »

Steve Abbott réfléchit un moment, puis secoua la tête. « Je ne crois pas, Jimmy, à moins qu'il ne s'agisse d'un aide-cuisinier. Vous savez comment ils vont et viennent.

— Ouais, je sais. » Il jeta un coup d'œil par la porte ouverte qui donnait sur la petite salle d'attente. Quelqu'un y faisait les cent pas. « Qui est ce type là-bas ?

— Carlos. Il voudrait revenir. Il dit que ça manque d'animation chez Alex.

— Sortez-moi ce zéro. Je n'aime pas qu'on vienne fouiner chez moi. »

Jimmy se leva et se posta à la fenêtre, le regard perdu au loin, ignorant la présence de Steve. « Entre le marteau et l'enclume, hein ? Et tu ne pouvais pas venir voir ton Baba, non ? »

Steve comprit qu'il se parlait à lui-même.

58

A ONZE heures dix, Lacey téléphona au presbytère de Sainte-Elizabeth à Wyckoff. La réponse ne tarda pas. « Père Edward, dit une voix.

— Bonjour, mon père, dit Lacey. J'ai appelé il y a une heure, et laissé un message demandant que Kit Taylor... »

Elle n'eut pas le temps de poursuivre. « Elle est à côté. Un instant. »

Cela faisait deux semaines que Lacey n'avait pas parlé à Kit, et presque cinq mois qu'elle ne l'avait pas vue. « Kit, dit-elle, puis elle s'arrêta, la gorge contractée par l'émotion.

— Lacey, tu nous manques. Nous sommes tellement inquiets pour toi. Où es-tu ? »

Lacey parvint à émettre un petit rire. « Crois-moi, il vaut mieux que tu l'ignores. Mais je peux te dire que je dois décamper d'ici cinq minutes. Kit, est-ce que Jay est avec toi ?

— Oui, bien sûr.

— Passe-le-moi, veux-tu ? »

Les premiers mots de Jay furent pour lui déclarer

fermement : «Lacey, ça ne peut plus durer. Je vais engager un garde du corps vingt-quatre heures sur vingt-quatre pour te protéger, mais il faut que cesse cette fuite perpétuelle et que tu nous laisses t'aider. »

En un autre temps, elle aurait pensé que Jay était d'une humeur de cochon, mais ce matin elle décelait une inquiétude sincère dans sa voix. Tom Lynch lui avait parlé sur le même ton dans le parking. Hier seulement ? Cela semblait si loin.

«Jay, je dois m'en aller d'ici, et je ne peux pas t'appeler à la maison. Je suis certaine que votre ligne est sur écoute. Je ne veux plus rester dans ce fichu programme de protection, et le procureur général veut me boucler comme témoin de fait. Je suis certaine à présent que le seul moyen de démêler toute cette terrible affaire est de découvrir l'auteur du meurtre de Heather Landi. Car, comme sa mère, je suis convaincue qu'elle a été assassinée, et les indices permettant de savoir par qui se trouvent certainement dans son journal. Dieu merci, j'en ai gardé une copie, et je n'ai cessé de le lire et de le relire. Il faut que je trouve ce qui a tellement bouleversé Heather pendant les derniers jours de sa vie. Les indices sont là, dans les dernières pages du journal. Si seulement je pouvais les trouver ! Je pense qu'Isabelle Waring a essayé de savoir ce qui s'était passé, et qu'on l'a tuée pour cette raison.

— Lacey...

— Laisse-moi finir, Jay. Il y a un nom qui me semble important. Environ une semaine avant sa mort, Heather avait déjeuné avec un homme plus âgé qu'elle connaissait apparemment depuis longtemps. Mon espoir est que cet homme a peut-être un lien avec la restauration et que tu pourrais le connaître ou du moins te renseigner à son sujet.

— Comment s'appelle-t-il ?

— C'est presque illisible. On dirait M. ou Mac, ou bien Max Hufner. »

Comme elle prononçait le nom de « Hufner », elle entendit le carillon de la porte du presbytère sonner bruyamment.

« Est-ce que tu m'as entendue, Jay : M. ou Mac ou Max Huf…

— Max Hoffman ? demanda Jay. Bien sûr que je le connaissais. Il a travaillé pour Jimmy Landi pendant des années.

— Je n'ai pas dit Hoffman, dit Lacey. Mais… oh, mon Dieu, c'est ça… »

Les derniers mots d'Isabelle… « lisez-le… montrez-lui… » puis ce grand hoquet « … man. »

Isabelle est morte en essayant de me révéler son nom, comprit brusquement Lacey. Et elle a tenté de séparer ces pages des autres. Elle voulait que Jimmy Landi les voie.

Puis Lacey se rappela ce que Jay venait de dire ; un frisson la parcourut. « Jay, tu as bien dit que tu le *connaissais* ?

— Lacey, Max est mort il y a plus d'un an, écrasé par un chauffard, près de chez lui, à Great Neck. Je suis allé à son enterrement.

— Il y a combien de temps exactement ? Ce dernier point est peut-être essentiel.

— Voyons, laisse-moi réfléchir. C'était à peu près à l'époque où nous avons fait une offre au Red Roof

Inn à Southampton, c'est-à-dire il y a quatorze mois. Dans la première semaine de décembre.

— La première semaine de décembre — il y a quatorze mois ! C'est à ce moment que Heather Landi est morte ! s'exclama Lacey. Deux accidents de voiture à deux jours d'intervalle...

— Lacey, tu ne penses pas que... », commença Jay.

La sonnerie de l'interphone bourdonnait avec insistance. Tim Powers lui indiquait qu'elle devait partir. « Jay, je dois m'en aller. Ne bouge pas. Je vais te rappeler. Dis-moi juste une chose : Max Hoffman était-il marié ?

— Depuis quarante-cinq ans.

— Jay, trouve-moi l'adresse de sa femme. Il me la faut. »

Lacey saisit son sac et le manteau noir à capuche qu'elle avait pris dans la penderie d'Isabelle. Clopin-clopant, elle quitta l'appartement et se dirigea vers l'ascenseur. Le tableau indicateur signalait que la cabine était au neuvième étage et qu'elle montait. Lacey atteignit l'escalier de secours à temps pour éviter d'être vue.

Tim Powers l'accueillit au rez-de-chaussée. Il lui fourra dans la main une liasse de billets et glissa un téléphone portable dans la poche de sa veste. « Avec ça, il leur faudra un bout de temps avant de repérer vos appels.

— Tim, je ne sais comment vous remercier. » Elle sentait son cœur cogner dans sa poitrine. Le filet se resserrait. Elle le savait.

« Un taxi vous attend devant l'immeuble, lui dit Tim. N'ôtez pas votre capuchon. » Il lui serra la main. « Les gens du 6 G donnent un de leurs brunchs familiaux. Tout le monde arrive en même temps. Personne ne vous remarquera. Allez-y. »

Le chauffeur était visiblement irrité d'avoir attendu. La voiture démarra brutalement, plaquant Lacey au fond de son siège. « Où est-ce qu'on va, m'dame ? demanda-t-il.

— Great Neck, Long Island », répondit Lacey.

59

« J'ESPÈRE que maman va arriver avant que Lacey ne rappelle », dit Kit nerveusement.

Ils prenaient un café en compagnie du pasteur dans le bureau du presbytère. Kit gardait le téléphone à portée de la main.

« Elle devrait être là dans une dizaine de minutes, répondit Jay d'un ton rassurant. Elle avait rendez-vous avec Alex à New York pour un brunch et s'apprêtait à quitter la maison.

— Maman a les nerfs en pelote avec toute cette histoire, expliqua Kit au pasteur. Elle a appris que les services du procureur général l'accusaient d'avoir parlé, ce qui est grotesque. Elle n'a dit à personne où se trouvait Lacey, pas même à moi. Elle serait désespérée si elle manquait l'appel de Lacey maintenant.

— Si Lacey rappelle, intervint Jay. Elle n'en aura peut-être pas la possibilité. »

Etait-elle suivie ? Elle n'en était pas certaine. Il y avait une Toyota noire qui semblait garder la même distance derrière le taxi.

Peut-être pas, pensa-t-elle avec un soupir de soulagement. La voiture avait quitté la voie rapide à la première sortie après qu'ils eurent émergé du Midtown Tunnel.

Tim avait scotché au dos de l'appareil le numéro du portable qu'il lui avait prêté. Lacey savait que Kit et Jay attendaient son appel au presbytère, mais si elle pouvait obtenir l'information qu'elle recherchait par un autre moyen, tant mieux. Il lui fallait trouver l'adresse où avait vécu Max Hoffman et où, plaise à Dieu, vivait encore sa femme. Il fallait qu'elle aille lui parler, qu'elle recueille tout ce qu'elle savait de la conversation que son mari avait eue avec Heather Landi.

Lacey essaya d'abord les renseignements. Elle composa le numéro et on lui demanda le nom de l'abonné.

« Max Hoffman, Great Neck. Je ne connais pas l'adresse. »

Il y eut une pause. « Ce numéro est sur liste rouge, nous ne sommes pas autorisés à le communiquer. »

La circulation était peu dense, et Lacey s'aperçut qu'ils approchaient de Little Neck. Great Neck était la ville suivante. Que ferait-elle en y arrivant si elle n'avait pas d'adresse à indiquer au chauffeur ? Dès le départ, il s'était montré réticent à l'idée de la conduire aussi loin de Manhattan. Et si elle finissait par trouver l'endroit où habitait réellement Mme Hoffman et que cette dernière n'était pas chez elle ou refusait de lui ouvrir sa porte, que ferait-elle alors ?

Et si elle était suivie ?

Elle appela le presbytère à nouveau. Kit répondit

341

immédiatement. « Maman vient d'arriver, Lacey. Elle veut absolument te parler.

— Kit, s'il te plaît… »

Sa mère était à l'appareil. « Lacey, je n'ai dit à personne où tu te trouvais ! »

Elle est tellement bouleversée ! pensa Lacey. C'est si dur pour elle, mais je ne peux vraiment pas lui donner d'explication pour l'instant.

Heureusement sa mère ajouta : « Jay veut te parler. »

Ils entraient dans Great Neck. « Quelle adresse ? demanda le chauffeur.

— Arrêtez-vous une minute, lui dit Lacey.

— Ma petite dame, je n'ai pas envie de passer mon dimanche ici. »

Elle sentit un frisson glacé la parcourir. Une Toyota noire avait ralenti et s'arrêtait dans un parking. Cette fois-ci, on la suivait vraiment ! Son corps se couvrit de sueur. Puis elle poussa un soupir de soulagement en voyant sortir de la voiture un homme jeune, accompagné d'un enfant.

« Lacey ? disait Jay, d'un ton interrogateur.

— Jay, as-tu trouvé l'adresse de Hoffman à Great Neck ?

— Lacey, je ne sais pas où la chercher. Il faudrait que j'aille au bureau et que je téléphone à diverses personnes pour voir si quelqu'un la connaît. Mais j'ai appelé Alex. Il connaissait très bien Max. Il dit qu'il a gardé l'adresse dans un album de cartes de vœux quelque part. Il est en train de chercher. »

Pour la première fois depuis le début de son long calvaire, Lacey se sentit complètement désespérée. Elle était arrivée si près de l'information qu'elle recherchait, qui était vitale pour elle, et elle ne pouvait pas aller plus loin. Puis elle entendit Jay demander : « Que pouvez-vous faire, mon père ? Non, je ne sais pas quelle maison funéraire. »

Le père Edward prit les choses en main. Pendant que Lacey parlait de nouveau avec sa mère, il appela deux funérariums de Great Neck. Utilisant un petit subterfuge, il prétendit que l'un de ses paroissiens désirait envoyer un avis de messe pour un certain M. Max Hoffman qui était décédé en décembre de l'année précédente.

Le deuxième établissement confirma qu'il s'était occupé des funérailles de M. Hoffman. Ils fournirent sans difficulté l'adresse de Mme Hoffman au père Edward.

Jay la transmit à Lacey. « Je vous rappellerai tous plus tard, dit-elle. Pour l'amour du ciel, ne dites à personne où je vais. »

Du moins, j'espère que je vous rappellerai, se dit-elle, comme le taxi se dirigeait vers une station-service pour y demander le chemin du 10 Adams Place.

60

L A pensée de rester assis à côté de Nick Mars, de se comporter avec lui comme si de rien n'était lui soulevait le cœur. « Nous sommes tous frères », dit le cantique, pensa-t-il avec un sourire sarcastique.

Sloane savait qu'il devait se garder de montrer le moindre signe d'hostilité pouvant éveiller la méfiance de Mars, mais il lui dirait tout ce qu'il avait sur le cœur le jour où l'histoire éclaterait en pleine lumière. Il se l'était juré.

Ils commencèrent leur surveillance du 3, 70e Rue Est vers onze heures quinze, dès que fut terminée la réunion avec Baldwin.

Nick, bien entendu, ne comprit pas. En garant la voiture à mi-hauteur du bloc, il grogna : « Ed, nous perdons notre temps. Vous ne croyez quand même pas que Lacey Farrell a repris son ancien job dans l'immobilier, non ? »

Très drôle, Junior, marmonna Sloane en lui-même. « Appelle ça le pressentiment d'un vieux limier, OK, Nick ? » Il espérait avoir un ton enjoué.

Ils attendaient depuis quelques minutes seulement lorsqu'une femme en long manteau à capuchon sortit de l'immeuble et monta dans un taxi en stationnement. Sloane ne vit pas son visage. Le manteau était un de ces amples vêtements du genre houppelande qui dissimulait entièrement sa silhouette, mais en la voyant marcher il perçut quelque chose de familier dans son maintien qui piqua son attention.

Et elle ménageait sa jambe droite, remarqua-t-il. Le rapport du Minnesota mentionnait que Lacey Farrell s'était tordu la cheville au gymnase, la veille.

« Allons-y, dit Sloane à Mars. C'est elle qui est montée dans ce taxi.

— Vous plaisantez ! Vous avez perdu la boule, Ed, ou vous me cachez quelque chose ?

— Juste une intuition. L'appel téléphonique à l'adresse de sa mère provenait d'une cabine à cinq rues d'ici. Peut-être a-t-elle un jules dans cet immeuble. Elle y venait assez souvent.

— J'abandonne, je rentre chez moi.

— Pas encore, pas question. »

Ils suivirent le taxi dans le Midtown Tunnel et gagnèrent la voie express de Long Island. « Nick, tu es le meilleur pour la filature en voiture », dit Sloane. (Il avait failli dire « pour la filouterie ».)

C'était vrai. Nick savait manœuvrer une voiture dans toutes les conditions de circulation ; il ne se faisait jamais remarquer, restait toujours à une distance raisonnable, dépassait de temps à autre, ou revenait sur une voie moins rapide et laissait l'autre le doubler. C'était un véritable talent et un atout formidable pour un bon policier. Et pour un ripou aussi, se dit Sloane avec amertume.

« Où va-t-elle, à votre avis ? demanda Nick.

— Je n'en sais pas plus que toi. » Sloane décida alors de jouer cartes sur table. « Tu sais, j'ai toujours pensé que Lacey Farrell pouvait avoir photocopié le journal de Heather Landi pour son compte. Dans ce cas, elle serait la seule à détenir un exemplaire complet du journal. Peut-être y a-t-il quelque chose d'important dans ces trois pages dont Jimmy Landi prétend qu'elles ont disparu. Qu'en penses-tu, Nick ? »

Nick glissa vers lui un regard méfiant. Prends garde, se dit Sloane, ne lui mets pas la puce à l'oreille.

Ce fut au tour de Nick de répondre : « Je n'en sais pas plus que vous. »

A Great Neck, le taxi s'arrêta le long du trottoir. Lacey Farrell allait-elle en sortir ? Ed s'apprêta à la suivre à pied si nécessaire.

Mais elle resta dans le taxi. Au bout de quelques minutes, celui-ci démarra et s'arrêta à nouveau dans une station-service, où le chauffeur se fit indiquer son chemin.

Ils le suivirent à travers la ville, passèrent devant quelques luxueuses maisons. « Laquelle choisiriez-vous ? » demanda Nick.

Sloane se retint de lui dire : « C'est donc ça qui t'intéresse ? Le salaire d'un flic ne te suffit pas ? Tout ce que tu avais à faire dans ce cas, c'était de te tirer, fiston. Tu aurais pu changer de boulot. Tu n'avais pas besoin de virer de bord. »

Peu à peu, les quartiers qu'ils traversaient prirent une autre apparence. Les maisons étaient plus modestes, plus rapprochées, mais bien entretenues, le genre d'environnement qui plaisait à Ed Sloane. «Ralentis, recommanda-t-il à Nick. Il cherche un numéro.»

Ils se trouvaient dans Adams Place. Le taxi s'arrêta devant le numéro 10. Il y avait un emplacement de stationnement un peu plus loin, de l'autre côté de la rue, derrière un 4×4. Parfait, jugea Sloane.

Il vit Lacey Farrell sortir du taxi. Elle parut discuter avec le chauffeur, passa la main par la fenêtre, tendit de l'argent. L'homme secoua obstinément la tête. Puis il remonta sa vitre et démarra.

Lacey le regarda s'en aller et disparaître. Pour la première fois, Sloane vit distinctement son visage. Elle avait l'air très jeune, vulnérable et apeurée. Elle se retourna et monta l'allée en boitant. Puis elle sonna.

La femme qui entrebâilla la porte semblait hésiter à la faire entrer. Lacey Farrell montra à plusieurs reprises sa cheville.

J'ai mal au pied; je vous en prie, laissez-moi entrer, ma brave dame, que je puisse vous agresser, mima Nick.

Sloane se tourna vers son adjoint. Comment avait-il pu le trouver drôle? Il lui tardait de faire son rapport. Il était satisfait d'avoir mis la main sur Lacey Farrell, même s'il regrettait de devoir la livrer à Baldwin.

Il ne savait pas que Sandy Savarano, tout aussi amusé et satisfait, l'observait depuis la chambre du premier étage du 10 Adams Place, où il était resté patiemment à attendre l'arrivée de Lacey Farrell.

61

MONA Farrell rentra chez elle avec Kit et Jay. « Je ne peux pas aller à New York dans l'état d'angoisse où je suis, dit-elle. Je vais téléphoner à Alex et lui demander plutôt de venir ici. »

Les deux garçons de Kit, Todd et Andy, étaient partis skier à Hunter avec des amis. Une jeune fille gardait Bonnie, qui avait attrapé un rhume.

Bonnie se précipita vers la porte quand elle les entendit arriver.

« Elle m'a raconté qu'elle irait visiter Disneyworld avec sa tante Lacey pour son anniversaire, dit la baby-sitter.

— Et c'est bientôt mon anniversaire, déclara Bonnie. Le mois prochain.

— Je lui ai dit que février était le mois le plus court de l'année, expliqua la baby-sitter en enfilant son manteau, se préparant à partir. Elle a paru très contente.

— Viens avec moi pendant que je donne un coup de téléphone, dit Mona à Bonnie. Tu diras bonjour à l'oncle Alex. »

Elle souleva sa petite-fille de terre et la serra dans

ses bras. «Sais-tu que tu es le portrait de ta tante Lacey quand elle avait *presque* cinq ans?

— J'aime beaucoup l'oncle Alex, dit Bonnie. Tu l'aimes aussi, hein, Nana?

— Je ne sais pas ce que j'aurais fait sans lui durant ces derniers mois. Viens, ma chérie, montons dans ma chambre. »

Jay et Kit échangèrent un regard. «Tu penses la même chose que moi, dit Jay après un moment de silence. Mona a avoué que c'était Alex qui l'avait poussée à demander à Lacey où elle se trouvait. Elle ne lui a peut-être pas précisé exactement dans quelle ville vivait Lacey, mais il y a bien des façons de laisser échapper la vérité. De même qu'elle a annoncé l'autre soir au dîner que Lacey s'était inscrite dans un nouveau club de gym qui possédait un superbe court de squash. Moins de douze heures plus tard, quelqu'un était sur sa piste, avec l'intention probable de la tuer. Difficile de croire qu'il s'agit d'une simple coïncidence.

— Mais, Jay, il est aussi difficile de croire qu'Alex puisse être impliqué dans tout ça, dit Kit.

— J'espère qu'il ne l'est pas, mais je lui ai dit où Lacey comptait se rendre, et maintenant je vais appeler le procureur général pour le tenir au courant. Elle m'en voudra peut-être, mais je préfère la voir arrêtée que morte. »

62

« **P**OURQUOI êtes-vous venue ici ? demanda Lottie Hoffman, après lui avoir ouvert sa porte à contrecœur. Vous ne pouvez pas rester. Je vais appeler un autre taxi. Où voulez-vous aller ? »

Maintenant qu'elle se trouvait en face de la seule personne susceptible de l'aider, Lacey crut que ses nerfs allaient céder. Elle ne savait pas si elle avait été suivie ou non. A ce stade, c'était sans importance. Tout ce dont elle était certaine, c'était qu'elle ne pouvait plus continuer à fuir.

« Madame Hoffman, je ne peux aller nulle part, cria-t-elle presque. Quelqu'un essaie de me tuer, et je pense qu'il est envoyé par la personne qui a donné l'ordre de tuer votre mari, Isabelle Waring et Heather Landi. Il faut arrêter ce cauchemar, et je pense que vous êtes la seule qui puisse y mettre fin. *Je vous en supplie, aidez-moi !* »

Le regard de Lottie Hoffman s'adoucit. Elle remarqua la posture inconfortable de Lacey qui faisait peser tout son poids sur un pied. « Vous souffrez. Entrez. Venez vous asseoir. »

Le living-room était petit mais impeccablement

rangé. Lacey se laissa tomber sur le canapé et retira son lourd manteau. « Il ne m'appartient pas, expliqua-t-elle. Je ne peux pas aller chez moi et prendre de quoi m'habiller dans mon placard. Je ne peux pas voir ma famille. Ma petite nièce a été blessée et elle a failli mourir à cause de moi. Je vais continuer à vivre ainsi pendant le restant de mes jours si celui qui tire les ficelles de toute cette histoire n'est pas identifié et arrêté. Je vous en prie, madame Hoffman, dites-moi : votre mari savait-il qui était derrière tout ça ?

— Je ne peux pas vous parler. » Lottie Hoffman gardait les yeux fixés sur le sol. Elle murmura : « Si Max avait gardé le silence, il serait encore en vie. Heather et sa mère aussi. » Elle finit par relever la tête et regarda Lacey en face. « La vérité vaut-elle tous ces morts ? Je ne le pense pas.

— Chaque matin, vous vous réveillez terrifiée, n'est-ce pas ? » Lacey saisit entre les siennes la main fine et veinée de la vieille dame. « Dites-moi ce que vous savez, s'il vous plaît, madame Hoffman. Qui est derrière tout ça ?

— La vérité est que je l'ignore. Je ne connais même pas son nom. Max le savait. C'était Max qui travaillait pour Jimmy Landi. Max qui connaissait Heather. Si seulement je ne l'avais pas vue ce jour-là à Mohonk. J'en ai parlé à Max, je lui ai décrit l'homme qui l'accompagnait. Il a paru horrifié. Il m'a dit que cet homme était un trafiquant de drogue et un racketteur, mais que personne n'avait le moindre soupçon, tout le monde le prenait pour quelqu'un de respectable, un type très bien. Max a alors organisé ce déjeuner avec Heather pour l'avertir — et deux jours après il était mort. »

Les larmes embuèrent les yeux de Lottie. « Max me manque tellement, et j'ai si peur.

— Je vous comprends, lui dit Lacey avec douceur. Mais fermer votre porte n'est pas la solution. Un jour, cet individu décidera que vous êtes pour lui une menace potentielle. »

Sandy Savarano fixa le silencieux sur son pistolet. S'introduire dans la maison avait été un jeu d'enfant. Il pourrait en repartir de la même façon — par la fenêtre à l'arrière de cette chambre. L'arbre à l'extérieur était un véritable escalier. Sa voiture était garée dans la rue suivante, directement accessible par le jardin des voisins. Il serait à des kilomètres d'ici avant que les flics postés dehors ne se doutent de quelque chose. Il regarda sa montre. C'était le moment.

Il commencerait par la vieille. Ce n'était qu'une emmerdeuse. Ce qu'il voulait surtout, c'était voir la lueur d'effroi dans les yeux de Lacey Farrell quand il pointerait son pistolet sur elle. Il ne lui laisserait pas le temps de crier. Non, en comprenant qu'elle allait mourir, elle pousserait seulement ce gémissement étouffé, cette petite plainte qui l'excitait tellement.

Maintenant.

Sandy posa le pied droit sur la première marche de l'escalier, et sans faire de bruit commença à descendre.

63

ALEX Carbine appela le restaurant de Landi et demanda à parler à Jimmy. Il attendit, puis entendit la voix de Steve Abbott. « Alex, puis-je faire quelque chose pour vous ? Je ne voudrais pas déranger Jimmy. Il est complètement à plat aujourd'hui.

— J'en suis navré mais je dois lui parler, dit Alex. A propos, Steve, Carlos est-il venu vous trouver pour se faire embaucher ?

— Oui. Pourquoi ?

— Parce que s'il est encore là, vous pouvez lui dire qu'il n'est pas question pour lui de remettre les pieds chez moi. Maintenant, passez-moi Jimmy. »

Il attendit encore. Lorsque Jimmy prit l'appareil, le son de sa voix était particulièrement tendu.

« Jimmy, vous n'avez pas l'air bien. Puis-je vous aider ?

— Non, merci quand même.

— Bon, écoutez, je regrette de vous déranger, mais il y a quelque chose dont je veux vous informer. J'ai appris que Carlos cherchait à revenir chez vous. Suivez mon conseil : ne le reprenez pas !

— Je n'en ai pas l'intention, mais pourquoi me dites-vous ça ?

— Parce que ce type n'est pas net. J'ai cru devenir dingue en apprenant que Lacey Farrell avait été repérée par ce tueur jusqu'à Minneapolis où elle était cachée.

— Ah, voilà donc où elle était ! Je ne le savais pas.

— Seule sa mère était au courant. Elle avait supplié Lacey de le lui dire. Et comme c'est moi qui ai poussé Mona à le lui demander, je me sens responsable.

— Pas très malin de votre part.

— Je n'ai jamais prétendu être très malin. Tout ce que je voyais, c'était que Mona était ravagée par l'inquiétude. Bref, le soir où elle a appris que Lacey se trouvait à Minneapolis, elle a acheté un numéro du *Minneapolis Star Tribune*. Elle l'avait avec elle en venant me rejoindre au restaurant. J'ai remarqué qu'elle le rangeait dans un sac plastique quand je suis arrivé à sa table, mais je ne lui ai posé aucune question, et je n'ai pas revu ce journal par la suite. Voici où je veux en venir : à un moment donné, alors que Mona était allée se recoiffer et que j'accueillais un client, Carlos s'est affairé autour de notre table, soi-disant pour arranger la nappe. Je l'ai vu déplacer le sac, et il est très possible qu'il ait regardé à l'intérieur.

— C'est le genre de chose dont il serait capable, répondit Landi. Ce type ne m'a jamais plu.

— Et ensuite, c'est lui qui nous a servis, vendredi soir, lorsque Mona a raconté que Lacey s'était inscrite dans un nouveau gymnase. Qui possédait un court de squash. Par une étrange coïncidence, quelqu'un se présente au club quelques heures plus tard, prétendant être à sa recherche. Cela donne à réfléchir, non?

— Hmmm, fit Jimmy, on dirait que Carlos cherchait plus qu'à se faire un pourboire, ce vendredi-là. Je dois vous quitter, Alex. On se reparle bientôt. »

64

ED Sloane voyait bien que son adjoint n'était pas dans son assiette. Malgré le froid qui régnait à l'intérieur de la voiture, Nick Mars dégageait une odeur âcre de transpiration. Des gouttes de sueur perlaient sur son visage poupin.

Se fiant à son instinct, Sloane comprit que les choses allaient mal tourner. «Je crois qu'il est temps d'entrer et de récupérer Lacey Farrell, dit-il.

— Pourquoi, Ed? demanda Mars, l'air surpris. On la ramassera quand elle sortira.»

Sloane ouvrit la porte de la voiture et sortit son revolver. «Allons-y.»

Lacey n'était pas certaine d'avoir entendu un bruit dans l'escalier. Les vieilles maisons semblent quelquefois avoir une vie propre. Pourtant l'atmosphère de la pièce avait brusquement changé, comme si la température s'était soudain refroidie. Lottie Hoffman éprouva la même sensation; Lacey le vit à son regard.

Plus tard, elle comprit que c'était la présence du

mal, une présence sinistre, insidieuse, si réelle qu'elle en devenait presque tangible.

Le même effroi l'avait saisie en voyant Curtis Caldwell descendre l'escalier après avoir tué Isabelle.

Puis elle l'entendit à nouveau. Un craquement imperceptible, mais bien réel. Non, ce n'était pas un effet de son imagination ! Elle en avait la certitude maintenant, et son cœur se mit à battre plus fort. Il y avait quelqu'un dans l'escalier ! Je vais mourir, pensa-t-elle.

Elle vit la terreur emplir les yeux de Mme Hoffman et mit un doigt sur ses lèvres pour l'inciter à garder le silence. Il descendait tout doucement, comme un chat jouant à la souris avec elles. Lacey parcourut la pièce du regard — il n'y avait qu'une seule porte, et elle donnait à côté de l'escalier. Elle ne vit aucune autre issue. Elles étaient prises au piège !

Ses yeux s'arrêtèrent sur un presse-papier de verre posé sur la table basse. De la taille d'une orange, et d'apparence très lourde. Il lui aurait fallu se lever pour s'en emparer, un risque qu'elle ne voulait pas prendre. Elle effleura la main de Mme Hoffman, lui indiquant l'objet du doigt.

Seule la moitié inférieure de l'escalier était visible depuis le canapé où elles étaient assises. Il était donc là ! A travers les balustres de bois, Lacey aperçut une de ses chaussures bien cirées.

Elle sentit une main frêle et tremblante glisser dans la sienne le presse-papier. Elle se leva, tendit le bras en arrière, et au moment où l'assassin qu'elle connaissait sous le nom de Caldwell apparut complètement à sa vue, elle lança le lourd projectile de toutes ses forces, visant sa poitrine.

La boule de verre le toucha au-dessus de l'estomac au moment où il accélérait le pas pour descendre les dernières marches. Le choc le fit trébucher et lâcher son pistolet. Lacey s'élança, tentant d'un coup de pied de mettre l'arme hors de sa portée, tandis que Mme Hoffman se précipitait vers la porte d'entrée, l'ouvrait et se mettait à hurler.

Passant en trombe devant elle, l'inspecteur Sloane se rua dans la maison. A l'instant où les doigts de Savarano se refermaient sur le pistolet, il leva son pied et l'écrasa sur le poignet de l'homme. Derrière lui, Nick Mars pointa son arme vers la tête de Savarano, prêt à appuyer sur la gâchette.

« *Non !* » cria Lacey.

Sloane pivota sur lui-même, frappa la main de son équipier, déviant la balle vers la jambe de Savarano qui poussa un cri de douleur.

Hébétée, Lacey vit Sloane passer les menottes au meurtrier d'Isabelle Waring, entendit le hurlement des sirènes qui se rapprochait à l'extérieur. Puis elle osa enfin regarder ces yeux qui l'avaient hantée pendant tous ces derniers mois. L'iris bleu pâle, les pupilles d'un noir profond — les yeux d'un tueur. Mais soudain elle y décela autre chose.

La peur.

Tout à coup, le procureur général Gary Baldwin apparut lui aussi, entouré de ses agents. Il regarda Sloane, Lacey, puis Savarano.

« Ainsi, vous nous avez gagnés de vitesse, fit-il, une note d'admiration forcée dans la voix. J'espérais le cueillir avant vous, mais peu importe — c'est du beau travail. Chapeau ! »

Il se pencha sur Savarano. « Salut, Sandy, dit-il doucement. Ça fait longtemps que je te cherchais. Je vais te préparer une cage à ton nom — la plus sombre, la plus petite des cellules de Marion, la plus dure des prisons fédérales du pays. Enfermé vingt-trois heures par jour. A l'isolement, bien entendu. Ça ne sera probablement pas à ton goût, mais on ne sait jamais. Il y a des types qui pètent les plombs assez vite pour que plus rien n'ait d'importance. Imagine, Sandy. Une cage. Juste pour toi. Une petite cage minuscule. Rien que pour toi, tout le restant de tes jours. »

Il se releva et se tourna vers Lacey : « Tout va bien, mademoiselle Farrell ? »

Elle hocha la tête.

« Ce n'est pas comme celui-là. » Sloane s'approcha de Nick Mars, dont le visage était blanc comme de la craie. Il lui prit son revolver, puis ouvrit sa veste et en retira ses menottes. « Subtiliser des pièces à conviction est déjà condamnable. Une tentative de meurtre est bien pire. Tu sais ce qui te reste à faire, Nick. »

Nick plaça ses mains derrière son dos et se retourna. Sloane referma les menottes d'un claquement sec sur ses poignets. « Maintenant, elles t'appartiennent vraiment, Nick », dit-il avec un sourire amer.

65

JIMMY Landi resta enfermé dans son bureau pendant tout l'après-midi. Steve Abbott vint s'enquérir de lui à plusieurs reprises. « Ça va, Jimmy ?

— Jamais été aussi bien, Steve.

— On ne dirait pas. J'aimerais que vous cessiez de lire le journal de Heather. Ça vous fiche le moral en l'air.

— Et moi, j'aimerais que vous cessiez de me répéter toujours la même chose.

— Touché. Je promets de ne plus vous importuner, mais n'oubliez pas, Jimmy, vous pouvez toujours compter sur moi.

— Je sais, Steve. Je sais. »

A cinq heures, Landi reçut un coup de téléphone de l'inspecteur Sloane. « Monsieur Landi, je suis au commissariat. Nous estimons de notre devoir de vous tenir au courant. Le meurtrier de votre ex-femme est sous les verrous. Mlle Farrell l'a identifié. Il est également inculpé de la mort de Max Hoffman. Et nous pourrons sans doute prouver que c'est lui également qui a provoqué l'accident de voiture qui a coûté la vie à votre fille.

— Qui est-ce ? » Sur le coup, Jimmy Landi ne ressentit rien — ni surprise ni colère, pas même du chagrin.

« Il s'appelle Sandy Savarano. C'est un tueur à gages. Nous supposons qu'il acceptera de coopérer dans la suite de l'enquête. La pensée d'aller en prison lui est insupportable.

— Comme à tous ceux de son espèce, dit Jimmy. Il travaillait pour qui ?

— C'est ce que nous espérons apprendre très bientôt. Il suffit d'attendre que Sandy trouve la voie du salut. Par ailleurs, nous tenons un suspect dans le vol du journal de votre fille.

— Un suspect ?

— Oui, au sens juridique, bien qu'il ait avoué. Mais il jure ne pas avoir dérobé les trois pages que vous nous avez accusés d'avoir perdues. Votre associé avait raison. Nous ne les avons jamais eues en notre possession.

— En effet, vous ne les avez jamais eues, admit Jimmy. Je viens de m'en rendre compte. Mon associé semble avoir la réponse à bien des questions.

— Mlle Farrell est dans nos bureaux, elle fait une déposition, monsieur. Elle aimerait vous parler.

— Passez-la-moi.

— Monsieur Landi, dit Lacey, je suis tellement contente que ce cauchemar soit terminé. Je sais combien toute cette histoire a été douloureuse pour vous. Mme Max Hoffman est ici à côté de moi. Elle a quelque chose à vous dire.

— Je l'écoute.

— J'ai vu Heather à Mohonk, monsieur, commença Lottie Hoffman. Elle était avec un homme, et lorsque je l'ai décrit à Max, il a semblé horrifié. Il m'a dit que ce type était un racketteur, un trafiquant de drogue, et que personne ne s'en doutait, Heather moins que quiconque. Elle ne savait pas... »

Lacey avait déjà entendu toute l'histoire, mais elle frissonna d'horreur à la pensée des crimes commis après que Max Hoffman eut averti Heather du danger qu'elle courait en sortant avec cet homme.

Elle écouta Mme Hoffman décrire l'individu qu'elle avait vu à Mohonk. Au moins, ce n'était pas quelqu'un qu'elle connaissait, pensa Lacey, soulagée.

Sloane prit le téléphone des mains de Mme Hoffman. « Est-ce que cet homme vous évoque quelqu'un ? »

Il écouta, puis se tourna vers Lacey et Mme Hoffman. « M. Landi aimerait que vous passiez à son bureau maintenant. »

Pour sa part, Lacey avait surtout envie de rentrer chez elle, de se plonger dans son jacuzzi, d'enfiler des vêtements qui soient à elle et d'aller chez Kit retrouver toute sa famille. Ils avaient prévu de dîner tard, et Bonnie pourrait rester avec les grandes personnes. « Pas plus de quelques minutes, alors.

— C'est entendu, dit Sloane. Ensuite, je reconduirai Mme Hoffman chez elle. » Sloane fut appelé au téléphone au moment où ils quittaient le commissariat. Quand il revint, il fit remarquer : « Nous ne serons pas tout seuls chez Landi. Baldwin est en route. »

La réceptionniste les conduisit à l'étage où Jimmy les attendait. Voyant Lottie Hoffman admirer le mobilier raffiné qui les entourait, Jimmy expliqua : «Le restaurant était jadis plus petit de moitié. Lorsque Heather était un bébé, c'était ici que se trouvait sa chambre.»

Il y avait dans son ton mesuré, presque indifférent, quelque chose qui faisait penser à un océan anormalement calme — lorsqu'un courant sous-marin menace de devenir un raz de marée.

«Voulez-vous me décrire à nouveau l'homme que vous avez vu avec ma fille, madame Hoffman?

— Il était très séduisant, il...

— Attendez. Je voudrais que mon associé vous entende.» Il appuya sur l'interphone. «Steve, avez-vous une minute?»

Steve Abbott entra en souriant. «Enfin sorti de votre cocon, Jimmy. Oh, excusez-moi. Je n'avais pas vu que vous aviez de la compagnie.

— Une compagnie intéressante, Steve. Madame Hoffman, vous ne vous sentez pas bien?»

Soudain devenue livide, Lottie Hoffman désignait Abbott. «C'est vous que j'ai vu avec Heather. C'est vous que Max décrivait comme un racketteur, un trafiquant de drogue et un voleur. C'est à cause de vous que je suis seule et...

— Qu'est-ce que vous racontez?» dit Abbott, fronçant les sourcils, toute sa jovialité ayant déserté son visage. Et brusquement Lacey se représenta sans mal cet homme séduisant et affable sous les traits d'un meurtrier.

Accompagné d'une demi-douzaine d'agents, le procureur général Gary Baldwin faisait son entrée dans la pièce.

« Ce qu'elle raconte, monsieur Abbott, c'est que vous êtes un assassin, que vous avez donné l'ordre d'éliminer son mari parce qu'il en savait trop. Il avait quitté sa place chez Jimmy Landi parce qu'il avait eu connaissance de vos malversations et savait que sa vie n'aurait pas valu un kopeck si jamais vous l'appreniez. Vous avez laissé tomber vos anciens fournisseurs tels que Jay Taylor pour acheter auprès des négociants de la Mafia du matériel la plupart du temps volé. Vous l'avez fait pour le casino, également. Et ce n'est qu'une partie de vos activités.

« Max a été obligé de révéler à Heather qui vous étiez en réalité. Et elle avait le choix entre vous laisser abuser son père ou lui dire ce qu'elle savait à votre sujet.

« Vous n'avez pas voulu courir de risque. Savarano nous a raconté que vous aviez téléphoné à Heather. Vous lui avez dit que Jimmy avait eu une crise cardiaque et qu'elle devait rentrer immédiatement. Savarano l'attendait. Quand Isabelle Waring a obstinément cherché des raisons prouvant que la mort de Heather n'était pas accidentelle, elle est devenue trop dangereuse.

— C'est faux ! hurla Abbott. Jimmy, je n'ai jamais...

— Si, Steve, vous l'avez fait, dit calmement Jimmy. Vous avez tué Max Hoffman, ainsi que la mère de ma fille. Et Heather. Vous l'avez tuée. Quel besoin aviez-vous de la séduire ? Vous aviez toutes les femmes que vous vouliez. » Les yeux de Jimmy jetaient des éclairs de fureur; il referma ses mains en deux énormes poings; un cri d'agonie s'éleva dans la pièce. «Vous avez laissé mon enfant brûler vive, hurla-t-il. Vous... vous...»

Il se jeta en avant et enserra la gorge d'Abbott de ses doigts puissants. Sloane et les agents durent se mettre à plusieurs pour le forcer à lâcher prise.

Les sanglots déchirants de Jimmy retentissaient encore dans l'immeuble tandis que Baldwin procédait à l'arrestation de Steve Abbott.

Sandy Savarano avait finalement accepté de négocier depuis son lit d'hôpital.

A vingt heures, le chauffeur envoyé par Jay à l'appartement de Lacey appela pour prévenir qu'il était en bas. Elle mourait d'impatience de revoir sa famille, mais il y avait un coup de fil qu'elle désirait passer auparavant. Elle avait tant à dire à Tom, tant à lui expliquer. Baldwin, devenu subitement amical, lui avait dit : «Vous êtes tirée d'affaire dorénavant. Nous avons négocié avec Savarano, nous n'avons pas besoin de votre témoignage contre Abbott. Vous voilà enfin tranquille. Mais ne vous manifestez pas trop pendant un certain temps. Pourquoi ne pas prendre des vacances en attendant que les choses se calment?»

Elle avait répondu, mi-sérieuse, mi-ironique : «Vous savez que j'ai un appartement et un job dans le Minnesota. Je pourrais tout simplement y retourner.»

Elle composa le numéro de Tom. La voix familière lui parut tendue, anxieuse. «Allô, fit-il.

— Tom ? »

Un cri de joie. « Alice, où êtes-vous ? Vous allez bien ?

— On ne peut mieux, Tom. Et vous ?

— Malade d'inquiétude ! J'ai cru devenir fou depuis votre disparition.

— C'est une longue histoire. Je vous raconterai. » Elle marqua une pause. « Il y a juste une chose. *Alice n'habite plus ici.* Croyez-vous que vous pourrez vous habituer à m'appeler Lacey ? Je m'appelle Lacey Farrell. »

REMERCIEMENTS

Les gens me demandent souvent : « Où donc trouvez-vous vos idées ? »

La réponse dans le cas présent est très particulière. J'avais plusieurs scénarios en tête, dont aucun ne parvenait à exciter vraiment mon imagination. Un soir, je dînais au Bar and Grill de Rao, un célèbre restaurant new-yorkais ; à la fin du repas, Frank Pellegrino, l'un des propriétaires, chanteur de surcroît, prit le micro et commença à entonner un air que Jerry Vale avait rendu populaire bien des années auparavant, « Pretend You Don't See Her ». En l'écoutant, une idée me traversa : une jeune femme est témoin d'un meurtre et pour sauver sa vie bénéficie du programme de protection des témoins, un système organisé par la police.

Grazie, Frank !

Des millions de mercis à mes éditeurs, Michael Korda et Chuck Adams. Etudiante, je donnais toujours le meilleur de moi-même lorsque les délais étaient impossibles. Rien n'a changé. Michael et Chuck, Gypsy da Silva, ma précieuse correctrice, Rebecca Head et Carol Bowie, mes fidèles assistantes, vous êtes les meilleurs et les plus grands. Que vos noms soient inscrits dans le Livre des Saints.

Des couronnes pour Lisl Cade, mon attachée de presse, et Gene Winick, mon agent littéraire, chers et précieux amis.

Les recherches qu'effectue un auteur prennent une dimension différente lorsqu'elles sont renforcées par l'opinion des experts. Je remercie l'ancien directeur du FBI, lui-même écrivain, Robert Ressler, qui m'a renseignée sur le programme de protection des témoins ; Alan Lippel, avocat, qui a clarifié pour moi les ramifications juridiques de mon scénario ; l'ancien inspecteur Jack Rafferty, qui m'a informée sur les procédures adoptées par la police ; et Jeffrey Snyder, qui a bénéficié en personne du programme de protection. Merci à tous d'avoir partagé votre savoir et votre expérience avec moi.

Bravo à l'expert en informatique Nelson Kina, de l'hôtel Four Seasons, à Maui, pour avoir su récupérer des chapitres essentiels que je croyais avoir perdus.

Et merci encore une fois à Carol Higgins Clark, ma fille et consœur, au jugement sans faille.

Mon souvenir amical à mon cher Jim Smith de Minneapolis, qui m'a fourni les informations dont j'avais besoin sur la ville des lacs.

Ma gratitude à mes supporters habituels, mes enfants et petits-enfants. Même les tout petits demandaient : « Tu as fini ton livre, Mimi ? »

Et enfin, une mention spéciale à mon mari, John Conheeny, qui a épousé un auteur obsédé par un délai de remise impératif et est parvenu à survivre, avec patience et bonne humeur.

Soyez tous bénis. Et pour citer cette fois encore un moine du Moyen Age : « Le livre est terminé. Que l'auteur aille jouer. »

Du même auteur
aux Éditions Albin Michel

LA NUIT DU RENARD
Grand prix de littérature policière 1980

LA CLINIQUE DU DOCTEUR H.

UN CRI DANS LA NUIT

LA MAISON DU GUET

LE DÉMON DU PASSÉ

NE PLEURE PAS, MA BELLE

DORS MA JOLIE

LE FANTÔME DE LADY MARGARET

RECHERCHE JEUNE FEMME
AIMANT DANSER

NOUS N'IRONS PLUS AU BOIS

UN JOUR TU VERRAS...

SOUVIENS-TOI

CE QUE VIVENT LES ROSES

DOUCE NUIT

LA MAISON DU CLAIR DE LUNE

JOYEUX NOËL, MERRY CHRISTMAS

« SPÉCIAL SUSPENSE »

MATT ALEXANDER
Requiem pour les artistes

RICHARD BACHMAN
La peau sur les os
Chantier
Rage

CLIVE BARKER
Le Jeu de la Damnation

GILES BLUNT
Le Témoin privilégié

GÉRALD A. BROWNE
19 Purchase Street
Stone 588
Adieu Sibérie

ROBERT BUCHARD
Parole d'homme
Meurtres à Missoula

JOHN CAMP
Trajectoire de fou

JEAN-FRANÇOIS COATMEUR
Yesterday
Narcose
La Danse des masques
Des feux sous la cendre

CAROLINE B. COONEY
Une femme traquée

HUBERT CORBIN
Week-end sauvage
Nécropsie

PHILIPPE COUSIN
Le Pacte Prétorius

JAMES CRUMLEY
La Danse de l'ours

JACK CURTIS
Le Parlement des corbeaux

ROBERT DALEY
La nuit tombe sur Manhattan

GARY DEVON
Désirs inavouables
Nuit de noces

WILLIAM DICKINSON
Des diamants pour Mrs Clarke

Mrs Clarke et les enfants du diable
De l'autre côté de la nuit

MARJORIE DORNER
Plan fixe

FRÉDÉRIC H. FAJARDIE
Le Loup d'écume

STEPHEN GALLAGHER
Mort sur catalogue

CHRISTIAN GERNIGON
La Queue du Scorpion
(Grand Prix de
littérature policière 1985)
Le Sommeil de l'ours

JOHN GILSTRAP
Nathan

JAMES W. HALL
En plein jour
Bleu Floride
Marée rouge

JEAN-CLAUDE HÉBERLÉ
La Deuxième Vie de Ray Sullivan

CARL HIAASEN
Cousu main
Miami Park

JACK HIGGINS
Confessionnal

MARY HIGGINS CLARK
La nuit du renard
(Grand Prix de
littérature policière 1980)
La Clinique du Docteur H.
Un cri dans la nuit
La Maison du guet
Le Démon du passé
Ne pleure pas, ma belle
Dors ma jolie
Le Fantôme de Lady Margaret
*Recherche jeune femme
aimant danser*
Nous n'irons plus au bois
Un jour tu verras...
Souviens-toi
Ce que vivent les roses
La maison du clair de lune

PHILIPPE HUET
La nuit des docks

GWEN HUNTER
La Malédiction des bayous

CHUCK HOGAN
Face à face

MICHAËL KIMBALL
Un cercueil pour les caïmans

TOM KAKONIS
Chicane au Michigan

LAURIE KING
Un talent mortel

STEPHEN KING
Cujo
Charlie

DEAN R. KOONTZ
Chasse à mort
Les Étrangers
La Cache du diable

FROMENTAL/LANDON
Le Système de l'homme-mort

PATRICIA J. MACDONALD
Un étranger dans la maison
Petite sœur
Sans retour
La Double Mort de Linda
Expiation

PHILLIP M. MARGOLIN
La Rose noire
Les Heures noires

DAVID MARTIN
Un si beau mensonge

LAURENCE ORIOL (NOËLLE LORIOT)
Le tueur est parmi nous
Le Domaine du Prince
L'Inculpé
Prière d'insérer

ALAIN PARIS
Impact
Opération Gomorrhe

RICHARD NORTH PATTERSON
Projection privée

THOMAS PERRY
Une fille de rêve

STEPHEN PETERS
Central Park

NICHOLAS PROFFITT
L'Exécuteur du Mékong

PETER ROBINSON
Qui sème la violence...

FRANCIS RYCK
Le Nuage et la Foudre
Le Piège

JOYCE ANNE SCHNEIDER
Baignade interdite

BROOKS STANWOOD
Jogging

WHITLEY STRIEBER
Billy
Feu d'enfer